山外山房詩集卷一

獻縣劉書年仙石著

壬午年十有四

燕子磯阻風登眺步麥秋帆韻

佳處何妨住登臨近落暉風帆穿樹出水鳥傍人飛寺古唐碑斷迹遥燕客稀江南好風景留墨滿苔磯

戊子

晚秋渡桑乾河

劉書年《山外山房詩集》（鈔本　《清芬叢鈔》本　國家圖書館藏）

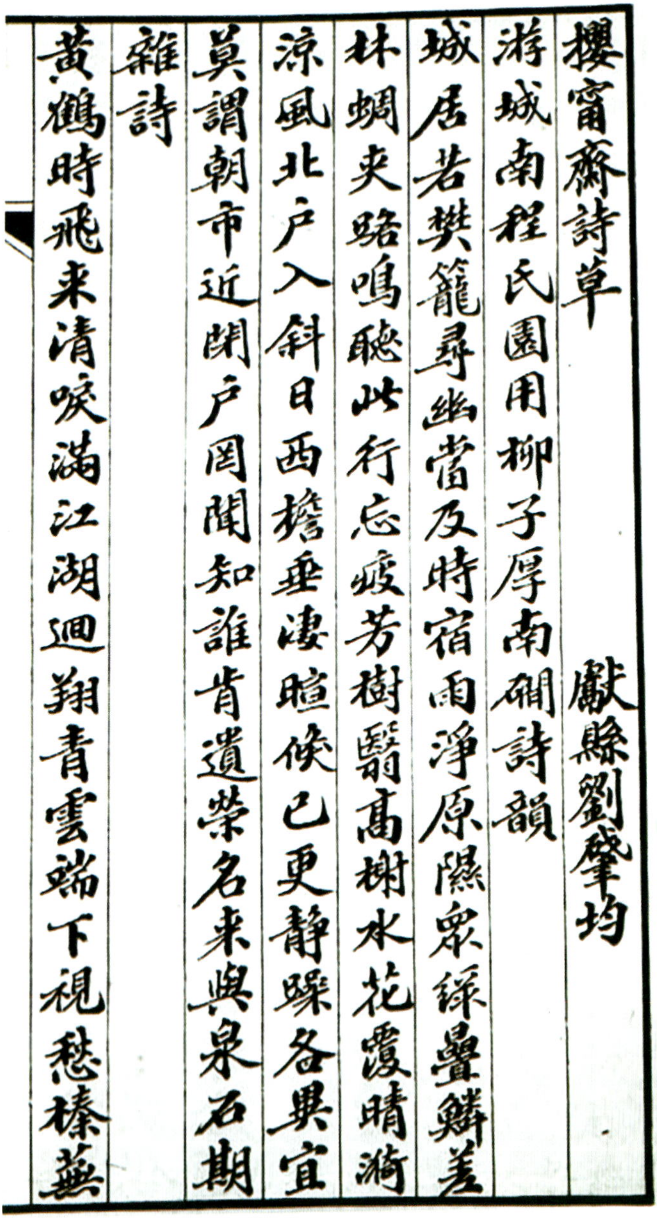
櫻甯齋詩草　　獻縣劉肇均
游城南程氏園用柳子厚南磵詩韻
城居若樊籠尋幽當及時宿雨淨原隰衆綠疊鱗差
林蜩夾路鳴聽此行忘疲芳樹翳高榭水花霞晴漪
涼風北户入斜日西簷垂淒暄倏已更静躁各異宜
莫謂朝市近閉户罔聞知誰肯遺榮名來與泉石期
雜詩
黃鶴時飛來清唳滿江湖迴翔青雲端下視愁榛蕪

《張文襄公手書櫻寧齋詩草》（影印本　劉肇均著　張之洞書　杜書恒藏）

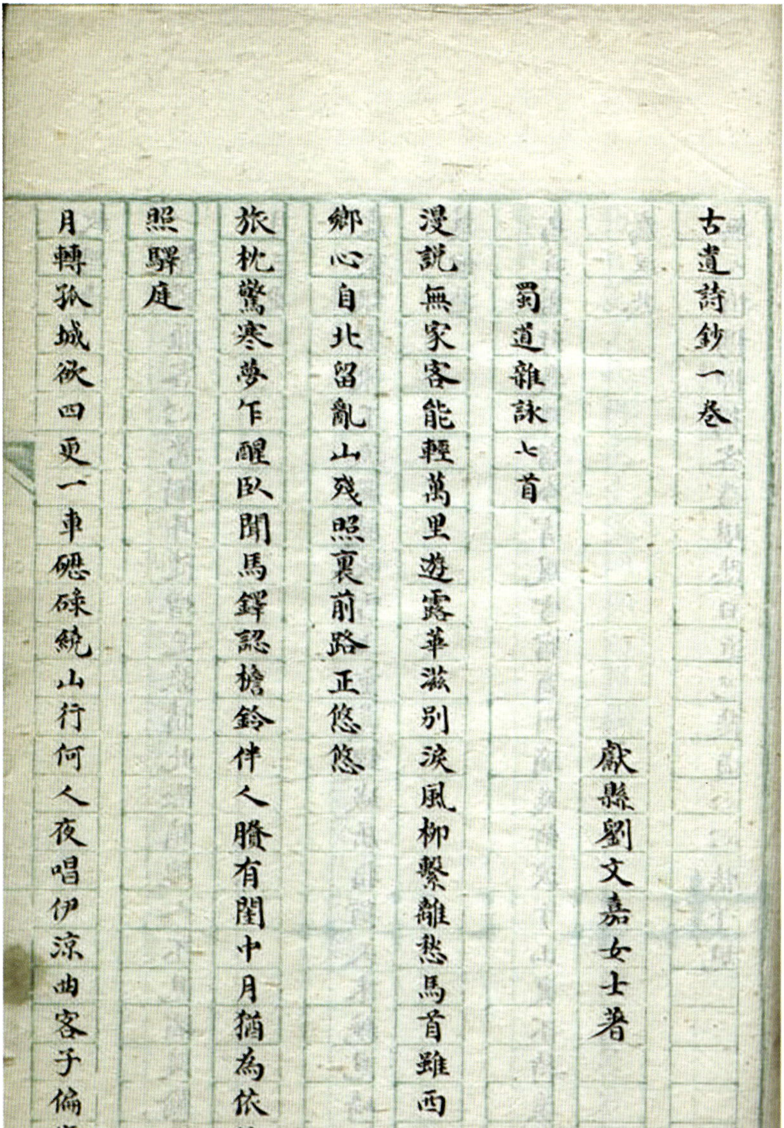
古遺詩鈔一卷

獻縣劉文嘉女士著

蜀道雜詠七首

漫説無家客能輕萬里遊露華滋别淚風柳繫離愁馬首雖西向鄉心自北留亂山殘照裏前路正悠悠

旅枕驚寒夢乍醒臥聞馬鐸認檐鈴伴人賸有閨中月猶爲依依照驛庭

月轉孤城欲四更一車颸碌繞山行何人夜唱伊涼曲客子偏傷

劉文嘉《古遺詩鈔》（鈔本　天津圖書館藏）

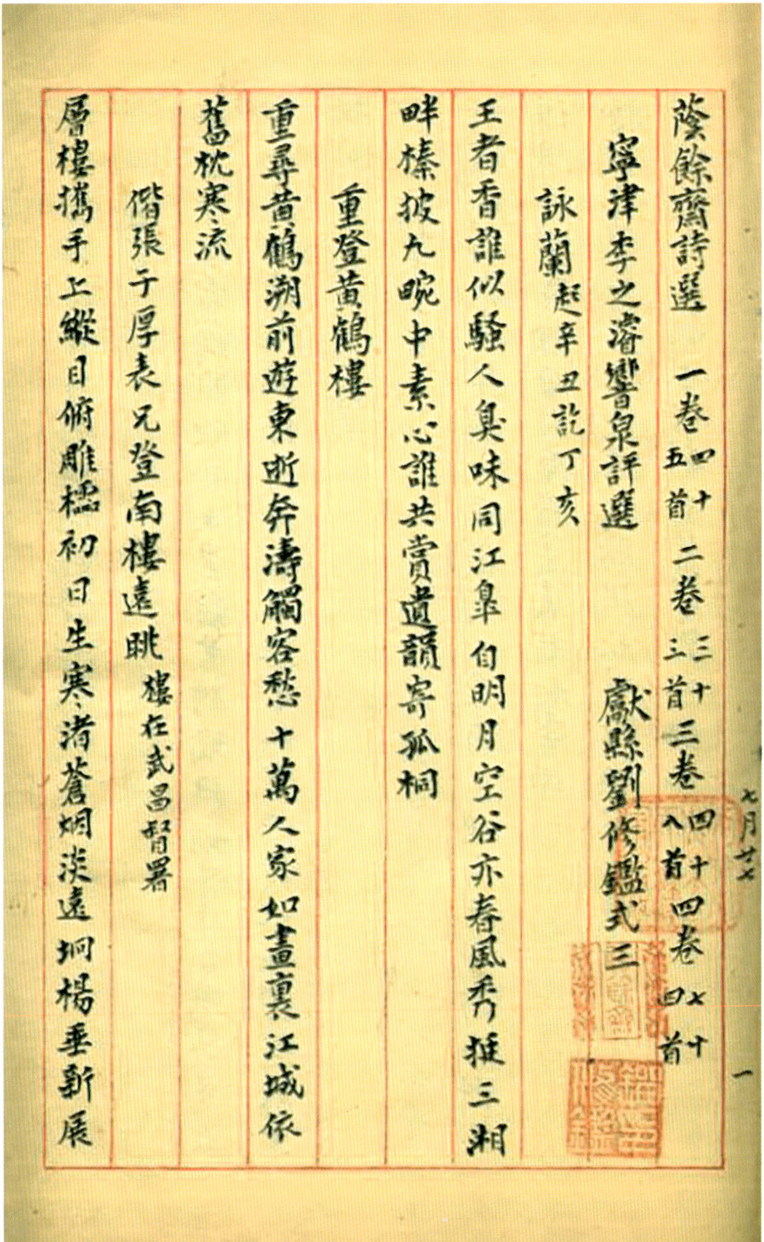

蔭餘齋詩選　一卷四十五首　二卷三十三首　三卷四十八首　四卷七十四首

寧津李之濬譽泉評選　獻縣劉修鑑式三

詠蘭　起辛丑訖丁亥

王者香誰似騷人臭味同江皐自明月空谷亦春風秀挺三湘畔榛披九畹中素心誰共賞遺韻寄孤桐

重登黃鶴樓

重尋黃鶴溯前遊東逝奔濤瀉客愁十萬人家如畫裏江城依舊枕寒流

偕張于厚表兄登南樓遠眺　樓在武昌督署

層樓攜手上縱目俯雕欄初日生寒渚蒼烟淡遠岡楊垂新展

劉修鑑《蔭餘齋詩選》（鈔本　李濬之評選　天津圖書館藏）

直隸學研究書系·歷代獻縣詩鈔

傅林　于萬復　劉青松　主編

清芬叢鈔詩全集

杜書恒　輯校

河北大學出版社
·保定·

QINGFEN CONGCHAO SHI QUANJI

清芬叢鈔詩全集

出 版 人：耿金龍
責任編輯：王紅梅
裝幀設計：張彥琪
責任校對：劉景坤
責任印制：靳雲飛

圖書在版編目（CIP）數據

清芬叢鈔詩全集 / 杜書恒輯校. -- 保定 ：河北大學出版社，2018.12

（直隸學研究書系 / 傅林，于萬復，劉青松主編. 歷代獻縣詩鈔）

ISBN 978-7-5666-1429-2

Ⅰ. ①清… Ⅱ. ①杜… Ⅲ. ①古典詩歌－詩集－中國－清代 Ⅳ. ① I222.749

中國版本圖書館 CIP 數據核字(2018)第 272150 號

出版發行：河北大學出版社
地址：河北省保定市七一東路 2666 號　郵編：071000
電話：0312-5073033　0312-5073029
郵箱：hbdxcbs818@163.com　網址：www.hbdxcbs.com
經　　銷：全國新華書店
印　　刷：保定市北方膠印有限公司
幅面尺寸：148 mm × 210 mm
印　　張：17.125
插　　頁：4
字　　數：360 千字
版　　次：2018 年 12 月第 1 版
印　　次：2018 年 12 月第 1 次印刷
書　　號：ISBN 978-7-5666-1429-2
定　　價：58.00 元

河北大學國學傳承與發展協同創新中心資助項目

總序一

獻縣自古爲畿輔名區，河間獻王收書于前，紀文達公兼綜于後，可謂金聲玉振。在歷史的積澱中，獻縣人文鼎盛，如戈氏、紀氏、劉氏等舊家不僅在當時享名于世，即今亦被目爲“文化世家”①，這些家族涌現出大量的詩人、學者，與畿輔地區的其他詩人互相應和，形成了别具一格的畿輔詩人群。在提倡“京津冀協同發展”的今天，整理畿輔詩人的詩作，進行“直隸學”的研究，具有特殊的歷史内涵。

清代“畿輔詩人盛于河間”②，獻縣詩人則是河間府詩人群的重要組成部分，除了戈濤、紀昀名列“河間七子”外，戈濤與邊連寶被稱爲“瀛州二子”，崔士元與崔旭、梅成棟、董元度并稱“燕齊四家”，劉肇均與張之洞、邊瀹慈有“畿南三才子”之目，這些名號反映了當時獻縣文壇的興盛局面。紀坤、王餘

---

① 見王崗、鄧瑞全、曹書杰《中國文化世家》，湖北教育出版社，2008年。

② 陶樑：《国朝畿辅诗传》卷三十八。

佑作爲明代遺民，詩多憂時感事的沉痛之音，尤其是王餘佑，負家國之痛，“不肯以塗朱傅粉，争妍取憐于世人”①，百無聊賴，乃以詩名，故其詩質樸粗豪，頗示所志。乾隆間，獻縣詩壇空前繁榮，著名詩人戈濤、紀昀二人“以燕許手筆，鼓吹休明”②，以大量的詩歌創作與鮮明的文學理念成爲“河間七子”的中堅。其後，劉書年以書生而爲名將，戡夷黔亂，支持殘城，憂患疾苦無不備嘗，故吟咏之中多憂國憂民之聲。布衣詩人崔士元落拓京師，遭遇“三千年未有之大變局”，其詩作中憂時憫世的愛國情懷與對社會的强烈批判形成鮮明的對比，這是其詩作有别于盛世之音的特點。崔士元弟子紀鉅維“宗法盛唐，屏絶浮響”③，爲近代河北詩派重要代表。此外，獻縣詩壇結社之風甚盛，戈涓、紀樹畬、紀煐述等人結“吟秋詩社”，崔士元、劉書年、劉濬源、馬龍驧、紀堪琴、鄭廷雲等結“杏花詩社”，其作品展現了中下層知識分子的情懷與懷才不遇的感慨，是清中晚期畿輔詩壇的重要力量。

在文學資料方面，前人選集對獻縣詩歌收録并不完備，如《國朝畿輔詩傳》對紀樹畬的漏收，時人便有遺珠之憾，後來的《晚晴簃詩話》大約未脱《國朝畿輔詩傳》的窠臼。文學通史于

---

① 王餘佑：《乾坤大略》自序。

② 范鳴鳳：《愚仙吟草序》，民國十四年（1925）《獻縣志》卷十二上《文獻志》。

③ 汪辟疆：《近代詩派與地域》，見《汪辟疆文集》，第306頁，上海古籍出版社，1988年。

獻縣部分，僅僅對紀昀有所闡述，近年來蔣寅、張寅彭等學者對戈濤略有述及，對其餘詩人并未予以關注，《歷代獻縣詩鈔》的面世可以彌補這方面的缺失。在文學理論方面，戈濤作爲畿輔詩人之“巨擘”，以大量的詩文創作，對當時籠罩詩壇的“神韵説”提出了不同的見解，于乾嘉詩壇獨樹一幟。① 與戈濤不同的是，紀昀身居要職，總纂《四庫》，高揭群言，在《四庫總目》中以持平之論對王士禛的“神韵説”多所褒揚，然作爲個人，却腹誹頗多，大量見于其序跋之中，因此其詩作提倡性情，不依傍模擬。翁方綱以爲戈、紀二人在反對“神韵説”方面是一致的，不同的是“芥舟（濤）之服膺陶、杜與曉嵐之服習後山微有差别”②，作爲二人的摯友，翁方綱的這句甘苦之言是文學理論研究應當特别注意的。

近年來，獻縣歷代詩人的作品，除了王餘佑的《五公山人集》、紀昀的《紀曉嵐詩文集》、戈濤的《坳堂詩文集》單獨整理過之外，其他尚未有整理本，因此，《歷代獻縣詩鈔》中的許多詩集是首次面世。《歷代獻縣詩鈔》的整理者均爲獻縣籍學人，他們歷經數年勾稽、索隱，對當地詩人的材料掌握最爲詳備，庶可補前人在版本、地名、人名、斷句、注釋等方面的不足。

河北大學國學傳承與發展協同創新中心成立于二〇一三年。本中心依托正在創建世界一流學科的“中國語言文學”學科的優勢科研資源，整合相關研究力量，以保護和弘揚河北地區優

---

① 柯愈春：《清人詩文集總目提要》，第686頁，北京古籍出版社，2002年。

② 翁方綱：《復初齋文集》卷三《〈坳堂詩集〉序》。

秀傳統文化、延續河北歷史文脉爲目標，對優秀文化遺産的搜集、研究進行大幅度支持。《歷代獻縣詩鈔》就是本中心資助出版項目之一，相信該叢書的出版對河北文化暨“直隸學”的發揚能做出應有的貢獻。

劉金柱

二〇一七年十一月十三日

總　序　二[①]

獻縣爲獻王故地，素稱畿輔名區，是詩書禮儀之邦，詩風很盛，代有名人。但由于年代久遠，爲水火兵燹湮滅者不知凡幾，但存書名，不見詩作者，又不知凡幾。“文革”时期，民間詩書古籍，消亡殆盡。當前，百廢待興，國家重視傳統文化的傳承，大順民意，搶救鄉邦文化成爲當務之急。鄉邦文化產生于鄉邦歷史，國家文化產生于國家歷史，鄉邦文化是國家文化的根。獻縣歷代的詩人詩作，是獻縣鄉邦文化的重要組成部分，可惜一直没有一位大手筆出來，編輯一部涵蓋歷代的詩集，把歷代詩人的作品挖掘出來，保存起來，不使其自生自滅，而令其熠熠生輝，爲今人所用。

遲遲没人做這件事的原因，主要是年代久遠，詩人衆多，資料零散，難以尋覓，費力未必討好。儘管如此，人們還是企

① 此爲二〇一五年朱惠民先生爲《歷代獻縣詩鈔》（内刊）所作序言，題爲《萬古詩濤繞獻陵——寫在〈歷代獻縣詩鈔〉殺青之際》。

盼着有一位大手筆的出現。

不負衆望，這位大手筆真的出現了，不過不是一個人，而是以于萬復爲首的一個寫作班子，年齡都在三四十歲。這些人的一個共同點是都喜愛詩詞，都有責任心與使命感，都捨得吃苦，敢想敢幹。

事情的緣起還得從于萬復説起。于萬復是獻縣教育體育局的一名普通幹部，是《獻縣志》的主編，喜歡詩詞，在鄉邦文化研究上做過很多工作。二〇一一年，獻縣文化廣電新聞出版局要出一本《獻縣古迹詩存》，找到了他，他爲之提供了有關詩詞五百餘首。二〇一三年滄州市政協組織編寫《歷代名人咏滄州》，又找到他，他把辛辛苦苦搜集到的詩詞精選了將近三百首作品做了無償奉獻。經過兩次搜遺，他進一步瞭解到獻縣歷史悠久，英才輩出。兩千年中獻縣積累了豐厚的文化底藴，入選區區兩本書遠不如找幾個人編寫一部《歷代獻縣詩鈔》，把歷代獻縣籍人的詩作和非獻縣籍人咏獻縣的詩作都吸納進來，供人們觀覽、研究、繼承、發揚，也算爲獻縣文化建設盡一份力，這也是獻縣作爲一個文化大縣的有力佐證。有了這個想法，他便跟七位同道商議，一拍即合，説幹就幹。他們這個想法也得到社會上一些有識之士的鼓勵和支持。

編寫工作是從搜集資料開始的。資料在哪里？分布在民間和各地圖書館中，得去找。爲保護古籍，不能照相，不能掃描，找到了要逐字逐句地抄。好在于萬復已經做了一些嘗試。爲此他們跑遍周邊各縣市，跑了北京、天津、南京等各大圖書館，還從網上搜到日本、美國、韓國等域外資料。他們都是有工作的人，只能犧牲節假日出去抄書。他們都是家裏的頂梁柱，上有老下有小，依靠每月兩千元工資生活，外出差旅費要自己墊付，需要格外精打細算。外出時，他們常常是幾個人合租一個標準間，身體好的打地鋪，把床讓給身體較差的同志，而白天抄起書來，個個都是“拼命三郎”。有個同志在抄書日記中寫道，“多抄一點兒是一點兒，少住一天是一天”，这極形象地反映出他們外出抄書的情狀。

抄出書來，幾個不同版本，還要精心校對，勘正錯訛。這個工作是抄回來之後的大活兒、細活兒。幾個人分了工，每人負責一部分，字斟句酌，反復推敲。有的地方拿不准，就幾個人進行“會診”，務必做到實事求是、準確無誤。他們有時爲了一句話，不惜重返一次天津；爲了找到一個版本，居然兩赴北京；有時實在累了，停下來，想想自己是在做着流芳後世的事，再苦再累心裏也覺得甜。

就這樣嘔心瀝血，經歷一年寒暑，八册一函的《歷代獻縣詩鈔》初稿終于完成。《詩鈔》含詩萬餘首，專輯二十八個，涉及詩人百余名，是迄今爲止最完備、最翔實的一部獻縣歷代詩歌總匯。它使我們看到了歷史，看到了人文，看到了獻縣的詩歌傳統，更從一個側面看到了獻縣作爲一個文化大縣的歷史面貌。這樣一項浩大的工程，居然由幾個年輕人利用業餘時間，一年完成，效率之高，工作之艱辛，成果之豐碩，不能不説是一個奇迹！按時下一句很流行的話説：衹要年輕，没有什麽不可能。而今，我更要説的是：年輕人衹要有志氣，有目標，没有什麽不可能！

古人云："詩言志。"志是什麽？就是"心之所之"，就是心裏想的那些美好的東西。詩之大旨，在于勸善懲惡，故國人自古有"詩教"一説。詩一直受到國人的熱愛和重視。五四運動以來，白話詩興起，舊體詩受到衝擊，但由于人民喜愛，舊體詩依舊綿綿不絶。像魯迅、郭沫若這些五四運動的旗手和如毛澤東、朱德、周恩來等革命領袖們也都寫過舊體詩。無可諱言，舊體詩由于受到格律的諸多限制，不容易寫，有人把這比作帶着脚鐐跳舞。但我們的古人却跳得鏗鏘有致，有板有眼，古人能做到的，我們如果努力也可以做到。何况現在于用韵上比較寬泛，允許用新韵。詩是用來抒發感情的，衹要有情感，就會有詩。各個民族、各個國家都有自己的詩，語言不同，文字不同，所作的詩也不一樣。中國的方塊字以及方塊字的五音，是産生中國舊體詩的基本元素。一首好的詩作，不在它用什麽韵，用什麽體式，更主要的是它真善美的内涵。

改革開放以來，文化隨之振興，詩社詩刊，如雨後春笋。我們講話、寫文章，總喜歡引用古詩名言，因爲它簡約而雋永，飽含哲理，話不多而可一語中的。這充分説明，舊體詩的生命力還是很旺盛的。書法活動的普遍開展，也爲詩詞的傳播起了極大的促進作用。教材選文中也逐年加大了舊體詩的比重。一切都向着有利于中華傳統文化傳承的方向發展，因爲衹有民族的，才是世界的。《歷代獻縣詩鈔》可謂是應運而生，縣政府已將其列爲二〇一五年獻縣文化建設的一件大事，足見重視。讓我們爲這部書和它的編者們點贊，他們本身就是一首壯懷激烈的詩！

萬古詩濤繞獻陵。讓我們讀着古人的詩，寫出更加雋永豪邁的詩篇，來歌頌我們詩一般的生活，來贊美我們這個偉大的時代。

朱惠民

二〇一五年五月二十五日

前　言

《清芬叢鈔詩全集》是獻縣劉氏的家集，由劉修鑑彙集抄寫而成，“清芬”取“高山安可仰，徒此揖清芬”（李白《贈孟浩然》）之意。全集共收録了從清嘉慶到民國中期獻縣劉氏家族的十一種詩集，近三十卷，一千五百余首詩。獻縣劉氏家族以劉廷楠、劉書年、劉肇均祖孫三代爲代表，在清代直隸頗有影響。《中國文化世家》[①] 燕趙遼海卷《交游簡貴——獻縣劉書年三代》中稱：獻縣自漢代以來文脉頗旺，至清代仍是名士輩出，劉書年三代，亦有可稱道者。

劉廷楠（1754—1821），字讓木，又作欀木，號雲岡。祖父劉開泰，康熙甲午科舉人，賜武功將軍。父劉文燦，雍正甲辰科武進士，曾官山東兖沂鎮總兵。劉廷楠乾隆五十二年（1787）進士，歷任廣東信宜、揭陽、南海諸縣縣令，補嘉應州知州，攝廉州知府。所到之處，安民禦亂，簡法阜施，頗受百姓愛戴。

① 王崗、鄧瑞全、曹書杰主編：《中國文化世家·燕趙遼海卷》，湖北教育出版社 2008 年版。

拒和珅、説降張保等事廣爲流傳，主要事迹見于曾國藩《廣東嘉應州知州劉君事狀》和門人徐青的《景廉堂年譜》。著有《景廉堂偶一草》，後散佚，劉修鑑輯抄爲《景廉堂偶一草拾遺》。《續修四庫全書總目》集部引《念堂詩話》云：獻縣劉讓木太守詩七古如《和李東田明經留别》《題仲柘庵海天一鑒圖》，皆氣足神完，有盛唐之格調。

劉書年（1811—1861），字竹史（有雲），號仙石，自號秋冶子，劉廷楠第四子。清代著名詩人、學者，工楷書。庚子恩科北元，乙巳恩科進士，翰林院庶吉士，散館試一等第一名，授編修。庚戌科會試同考官，壬子科浙江鄉試副主考。京察一等，欽放貴州道遺缺知府，補安順知府，調貴陽知府，咸豐十年（1860）被召回直隸，以道台用。咸豐十一年，未除官，卒于家。劉書年與倪瀾、燕晋、包煒、馬龍駰號爲“文壇五虎”（民國《獻縣志》）。南皮張之洞爲劉書年撰寫碑文，稱其“孝友文貞”，出曾國藩門下。張之洞稱劉書年“胸有尺寸，崖岸斬絶，不爲不義所撓”。劉書年精于經説，篤守清代諸大儒之道，有《劉貴陽説經殘稿》傳世。邢端在《劉貴陽遺稿・序》中説“咸豐初年，東南事棘，黔中苗民乘隙構亂，全黔幾無净土。幸獲二三强臣，如張惠肅、曾文誠……諸公，艱難振勵。而胡文忠（胡林翼）、韓果靖（韓超）、劉仙石（劉書年）……諸賢各竭其力，以翊贊之，綿歷廿餘載，卒遘承平”，又説“而劉公則莅官未久，遭際艱危，撫飢疲之民，禦奔突之寇，大勳未集，蹶于中道”。劉書年逝後，錢塘許乃普在給曾國藩的信中説：劉仙石書年，内行純篤，才藝豐多。其在門下，則扶風之都講生，其于不佞，亦香山之上入室。違離禁近，作郡夜郎，枳棘瘁其身，倥偬犯其慮，然而貪泉增爽于澄襟，夷歌流韵于窮箐。①《清儒學案》將劉書年列入“湘鄉學案”。咸豐三年（1853），由獻縣到貴州赴任，行三月，著有《黔行日記》一卷，爲詩百首；咸豐十年（1860），自黔返獻，行三月，有《歸程日記》一卷；平定黔亂，據所爲所知所聞而著《黔亂紀實》一卷；在貴州爲官時有《黔游草》詩一卷；此四卷經李浚之（響泉）之手輯入朱啓鈐刊印《黔南叢書》，名爲《劉貴陽遺稿》。詩集《山外山房詩集》兩卷，以編年寫之，國家圖書館有《清芬叢鈔》鈔本。另有如《秋吟百首》《黔粵接壤里數考》《聖廟從祀録》《四書集字》等。張之洞稱其“交游簡貴”，與清末名家曾國藩、張之洞、張之萬、莫友芝、苗夔、鄭珍、承齡、孫鼎臣、黄彭年、唐樹義、沈丙瑩、曾璧光、劉位坦、馮培元、鄭知同、唐炯、于鐘岳等都有交往。

劉書年在黔處兵亂中，支持殘城，累嬰險禍。軍旅行役憂患疾苦蓋無不備嘗，故吟咏之中多憂國憂民之聲。劉書年的詩歌創作明顯地分爲兩個階段，以咸豐三年（1853）爲界，入黔後，詩風爲之一變。許同莘在《山外山房詩集》序中説：公早年詩冲和融易，逮入黔以後，境界一變，《黔陽書感》《南岳山督役》諸篇憂傷惻怛，情見乎詞，豈感物造端有不能自已者耶。可謂真知灼見。劉書年爲詩于激昂中有逸致，重聞（瞿兑之）在評《劉貴陽遺稿》中説：最愛其《黔中山行雜詩》及《黔陽書感》十首，或則山程水驛隨景賦咏，或則考風詢俗，蘆笙野唱花布蠻舞俱可爲黔中風土作一簡括之記録，在其激昂之外則

---

① 《大清畿輔先哲傳》，北京古籍出版社1993年版。

有閑逸之致也。劉詩中亦有“金剛怒目”之篇，如《益津行送陳景溪刺史罷官歸里》（《劉貴陽遺稿》之《滌濫軒詩鈔》）堪稱佳品，趙崇慶評爲：鬱㪍動宕，汪洋恣肆，東坡肚皮爲之一空。

張之洞在碑記中説：喜爲詩，尤工長短句，類南宋能者所爲。惜其詞散佚無考，《思舊集》中只存四首，劉修鑑抄入《滌濫軒詞鈔殘稿》，共十一首。輯佚一首。書年詞抑揚折曲，感慨良多。

劉其年（1818—1870），字芝泉，劉廷楠第六子。自幼喪父，孝順生母，隨兄書年讀書。道光十七年（1837）中舉人，道光二十七年（1847）成丁未科二甲第七名進士。選庶吉士，散館授翰林院編修。不久遷任御史。同治元年（1862），參劾勝保，直聲鵲起。同治二年（1863），外放四川任知府。同治九年（1870），改雅州府，卒于赴任途中。身後幾乎無錢收殮，由四川總督吴棠出資治喪。劉其年爲詩數量較少，無詩集傳世，僅集數首。

劉肇域（1806—1878），字陟山，號蕉雪，劉廷楠次子劉一士之子，劉書年之侄。道光丁酉科舉人，甲酉科挑二等候選教諭，署河南縣訓導。咸豐癸丑科進士，浙江即用知縣，呈請改選大名府教諭。調升順天府漢學教授，欽加五品銜，誥授奉政大夫。著有《蜀游日録》四卷、《蜀中日録》二卷和《綉佛齋詩文集》八卷。劉肇域有靖節，見官場污濁，改教職，臨大難，獨立支持，獲保薦，終不改教職，操守若此。肇域爲詩冲和淡雅，淡泊自許。

劉肇均（1836—1863），字伯洵，咸豐十一年（1861）拔貢，劉書年長子。有雋才，志節魁偉，游京師，與南皮張之洞、任丘邊瀹慈有畿南三才子之目，《大清畿輔先哲傳》載：张以文雄，边以书著，而肇均以詩鸣之。尤爲張之洞稱道，詩才豪邁，直追漢魏。有《攖寧齋詩草》一卷。張之洞獨愛伯洵詩，多次語及，極稱道之，手書《攖寧齋詩草》一册。

劉文嘉（1860—1930），號古遺女史，晚清女詩人，劉肇均之女，劉書年之嫡孫女。劉文嘉自幼受到良好的教育，天資聰敏，琴書筆硯，四書五經，皆能博通。長適南皮張權。張權，張之洞長子，光緒二十年（1894）進士。劉文嘉安貧樂道，喜好吟咏。著有《然藜閣詩鈔》《無邪堂詩存》《春蠶齋詞》《古遺詩鈔》等。然多不收拾，散逸無從，劉修鑑爲其姊董理之，輯爲《張可園徵君夫婦遺稿》，藏于北平國立圖書館和天津圖書館。劉文嘉有氣節，肖其曾祖、祖，袁世凱聘其教家庭，婉辭不就。爲詩雅致有梗慨之氣。《晚晴簃詩匯》詩話稱：《然藜閣詩》言志書懷具見学養，如《村居雜興》《讀書》《知命》諸作，其胸襟非尋常閨閣所有。

劉修鑑（1880—?），字式三，號蔭餘居士。劉其年之子劉肇坦子，劉肇埈嗣子。《清芬叢鈔》的收集整理傳抄者。襁褓中送之貴陽，由劉肇埈之妻唐孟端撫養。唐孟端病故，由舅氏唐炯撫育。1899 年，隨張之洞在武昌讀書，見劉文嘉，得劉書年遺著。後留學日本，歷任江西通判署江西南昌府同知、江西安縣知縣、直隸盧龍縣知事。民國時，劉修鑑所藏劉書年遺著經李響泉、朱啓鈐之手，刊爲《劉貴陽遺稿》四卷，入《黔南叢書》别集。又將劉氏著述匯輯鈔爲《清芬叢鈔》，爲獻陵劉氏之功甚夥。著有《蔭餘齋詩草》三卷。天津市圖書舘藏《蔭餘齊詩選》爲四卷，李浚之選評。

劉修鏐（1883—?），字鈍成，劉其年之子劉肇坦次子，劉肇均嗣子。少負聰明，不甚致力于學。比出應世，殊不稱意，每借酒消其塊壘，以是常在醉鄉，半生潦倒，但所爲詩詞，語尚性靈。著有《識耕堂詩草》一卷。

王韵婉（1884—?），劉修鏐之妻，湖北鄖陽通守武進王子均先生作霖之次女。幼年失恃，父撫成立，天賦聰明，性復柔則，僅誦女誡。嫁與劉修鏐後，見劉文嘉每日吟咏，于是向劉文嘉學習作詩，學三月即能吟詩。言爲心聲，音多愁苦，有《相春廬稿》傳世。

《清芬叢鈔》中另有《吉光片羽集》收劉氏家族劉肇培、劉肇墀等人詩，數量較少，正如輯者劉修鑑所述：搜寄數首，敬編集中，藉志一門風雅佳話。《獻陵劉氏懿行録》收録與劉氏家族交游唱和之作，并有題詞數十首，其中頗多雅士名士，如張之洞、莫友芝、鄭珍、嚴辰、唐炯、邢端、温忠翰等，頗記劉氏懿行與交游簡貴。劉氏稱忠貞潔孝，如唐孟端，貞孝以聞，合肥李鴻章爲之請旌；劉雲亭，戰亂中，負八十歲老母以逃，中彈而死。

《清芬叢鈔詩全集》中的詩集主要分爲鈔本和刻本兩個系統。鈔本系統以《清芬叢鈔》爲主，除劉書年《秋吟百首》是邑人朱惠民從民間搜集整理以及劉文嘉《古遺詩鈔》是劉修鑑選輯的《張可園徵君夫婦遺稿》（鈔本）外，其他都出自《清芬叢鈔》。刻本系統主要以張之洞選輯的《思舊集》和朱啓鈐輯入《黔南叢書》的《劉貴陽遺稿》爲主。《思舊集》中包括了劉書年的《山外山房詩録》和劉肇均的《攖寧齋詩草》。《劉貴陽遺稿》包括了《黔亂紀實》《滌濫軒詩鈔》《黔行日記》和《歸程日記》，詩歌集中在《滌濫軒詩鈔》和《黔行日記》中。這些詩人中還包括了兩位女詩人劉文嘉和王韵婉。其中以劉書年、劉肇均父子的成就最高，張之洞在編選《思舊集》時將父子二人的詩集選入，并多次與近代著名教育家，幫助張創辦中學和大學的紀鉅維探討劉氏父子的詩歌著作，其推獎如此。

劉氏家族的著作經過了劉文嘉的收集保存，劉修鑑的傳抄，朱啓鈐的刊印，才得以留傳至今。其中的曲折令人感嘆，更令我們感嘆的是這樣一個家族，他們有一種强烈的文化使命感，要將家族文化保存下去，讓文化傳承下去。當今我們的文化建設，不僅要將經歷了幾千年、幾百年的文化傳承下去并發揚光大，更要讓這些傳統文化融入現代社會，成爲人們的精神食糧。

目　録

卷一　景廉堂偶一草拾遺[1]

［清］劉廷楠　撰

① 《清芬叢鈔》卷二，稿本，國家圖書館藏。

序

讀《畿輔先哲賢能傳》載先生之宰南服也，民功曰庸，戰功曰多，既兼之矣。吟咏撰述，文人學子所挾以擅長者，在先生爲餘事。摛藻揚芬，敲金戛玉，令讀者口涎而手胝，相與商度而揚榷之似矣。雖然，吏才貴乎文事。昔顔平原捍邊著節，以善書掩，王新建平寇策勳，以理學掩。吾國趨重文學，結習舊矣，可勿鑒哉！有清乾嘉之際號稱盛事，君臣賡歌于殿陛，貴游嘯咏于壇社者，風靡一時。先生躬逢此會，則不期而然之流露，非必撫意嘔心以競工而求勝也明矣。故嘗眷懷不以問世，後遂散失。先生曾孫式三明府網羅散失，得雜體詩七十餘首，駢散文九，裒爲一册，伻來示余。余受而讀之，觥觥乎如韓文杜詩，無一字無來歷，至千言不少衰，于先生諸作嘆觀止矣！証以嚮者志乘之紀録，愈以知吾鄉先進之發名成業者，雖餘緒猶足以傳後云爾。

時中華民國八年五月二十九日夏曆端陽節前四日

張潤石樵氏書于京師寓邸之澄心觀理齋

乾隆甲寅九月，佐校山右，沁州葛處士培初年七十隱于詩，是歲領冠軍試。河間李青墅贈詩，仙舟學使步韵，因附紀事二首

漫將爲庶嘆清門，此日從公色笑温。知己定增文字感，迴車曾屈使車尊。幾人白首逢心賞，嗟汝青衫足泪痕。不是飛鳴遲又久，雲程十萬待高騫。

頻年佐校歷風塵，鎖院深沉又小春。底事開編偏眼豁，曾同説項最情親。文章有命歸宗匠，遲暮傷心是美人。他日詩筒勞遠寄，頭銜莫更署州民（處士呈學使詩署曰“州民”）。

附

河間李東生（燧）贈葛處士元韵

（沁州葛處士培初年七十，隱于詩。戈仙舟學使物色之，與倡酬有素，甲寅科試得領冠軍，方壽考作人，伫見倚青直上也。以詩贈之）

重扶鳩杖拜龍門，隔歲春風席尚温（學使曾訪處士于其家）。贇士禮隨多士後，頭銜人羡布衣尊。學裁宫錦争新樣，借著襴衫見皺痕。莫向清時嘆爲庶（處士有“而今爲庶”之句），九秋雲路待高騫。

得逢巨眼識埃塵，回首空山七十春。漫説文章繽偶合，端由風雅道相親。春霄奮翮先開路，白首感恩吏幾人？他日銅鞮經過處，丹崖應紀葛天民。

將赴廣州途中即事口占二首

顛倒作奇想，殘冬忽遠征。河山三面繞，行李一肩輕。古戍軍容肅，岩疆戰壘横。海防關廟算，設險在承明。

壯游天下半，兹土最崎嶇。裘葛崇朝易，舟車百里殊。漏天愁雨雪，瀕海戒萑苻。宦轍前因在，無勞説畏途。

軍中即事（時博羅甫平，永安復叛，奉檄督兵截剿）

羅浮一炬陣雲高，又報軍中馳羽毛。知有風霜凌草木（各路軍俱調集）誰教牧豎長酋豪。三山移陣朝傳箭（三神山俱揭屬），萬弩防江夜伏發。便擬鐵衣隨定遠，捲旗徑渡海門潮。

羽書飛不到江潯，雲壓孤城白日陰（時永安被圍旬日）。困獸衹今無鬥志（賊遇官軍即潰），王師自古尚攻心。籌邊司馬星軺促（黄東井司馬奉檄堵禦），擁節元戎玉帳深（請兵經旬不報）。南裔從來開府地，那堪車輔望氛侵。

連營代鼓渡横流（時官軍已渡横流），襟帶山河控上游。懋賞已聞酬李愬（博羅之役，諸將有賞花翎者），捷書何不下循州（惠郡爲古循州）。一丸已弃當關險（賊弃天字陣不守，爲大兵所據），三窟頻煩上將憂。應念潢池皆赤子，不堪談笑取封侯。

千群面縛遠驚風，一掃欃槍戰壘空。聞説瘡痍尚嘗膽，寧留梟獍早藏弓。綏蠻舊憶王新建，入蔡今看裴晋公。願祝烽烟從此息，承恩諸將好論功。

藍關謁韓昌黎次韵二首（祠在龍川之兩山中，相傳爲“雪擁藍關”處，其西有山名秦嶺，蓋土人附會之説，未考藍關即今陝西之藍田也。然先生去今二千年矣，即窮鄉僻壤猶欲藉爲光寵，其盛德感人，何必當年親至其地也哉?）

龍川吊古漫紛紛，山斗行踪詫舊聞。幾見南天愁雨雪，平教此地附青雲。潮陽謫去非關佛，羑里歌成祇愛君。莫剔殘碑泥往迹，八千里路盡流芬。

當年解道雪繽紛，到處山川侈見聞。爲愛匹夫師百世，遂令粤嶺説秦雲。西來何處逢關吏，東道憑誰識使君。丹荔紅蕉春社罷，却先鰐渚薦清芬。

題王葦塘《幽篁獨坐圖》二首

我愛坡老詩，不可居無竹。公餘闢荒園，手栽千竿緑。豈曰栖鸞凰，聊以供眺矚。無那對使君，益慚形骸俗。羡汝凌霄姿，天寒倚空谷。不種和靖梅，不采元亮菊。人似竹有筠，竹肖人如玉。物我兩俱忘，各得真面目。

嵇阮號七賢，竹林寄高致。云何王浚冲，足迹未一至。徒以冠冕羈，勝游莫能遂（竹林之游，王戎以仕不與）。從識造物心，清福是所忌。君系出琅琊，家風期無墜。皎皎玉笋班，翻教投筆吏。折腰比菖蒲，無乃非本志。抗懷寫兹圖，聊補未逮事。

嘉慶丙寅，再任榕江。林詡斯農部以“前度劉郎今又來”四詩戲贈，因次韵答之四首

前度劉郎今又來，江城五見菊花開。政經損益難由舊，味到酸辛願讓才。鄒魯風遥誰繼迹（揭號海濱鄒魯），斗山在望尚留胎。三年詛祝成前事，寬猛如今轉自猜。

前度劉郎今又來，春風鎖院喜重開。三條燭看羅群彦，五字詩應有别才（通場詩無一佳者）。鐵網何人騰寶氣，金丹此日换仙胎。風檐迴首當年事，得失關頭總費猜。

前度劉郎今又來，山樽重待故人開。更生經術吾家駿（渭川），水部詞源天下才（詡斯）。兩地名山瞻道氣，十年戀棧愧凡胎。瀛洲仙侣風塵吏，雪爪鴻泥且莫猜。

前度劉郎今又來，停驂話舊倍顔開。衣冠人避陽鱎迹（衆紳士），苜蓿盤分屈宋才（廣文先生）。敢詡然犀無遁影，旋愁徙鱷

有遺貽。閭閻疾苦經時异，珍重咨諏不汝猜。

榕江號四首

襆被匆匆取次過，海濱鄒魯近如何？諸君莫話當年事，前度劉郎鬢已皤（予兩宰揭陽，紳士相見多話舊事）。

劇憐城市似山家，草色苔痕一徑斜。蛺蝶不來蜂又懶，荒庭開罷紫荆花（奉檄讞獄，書役、人犯屢催不至）。

江城風雨晚凄凄，又作飛鴻踏雪泥。不識幾生休得到，一龕燈火伴昌黎（假寓韓祠）。

兒童竹馬繞江干，迎得新官勝舊官（時揭又易官）。我聞父老從頭説，十五年中歲歲看（十五年中，官易十四）。

無題八首（有序）

潮妓藴玉，吴姓，本良家女，明慧豐艷，略知書，涉歧黄，尤精音律，色藝聲價甲于平康。一時貴官、富賈、冶客、詞人無不逐影尋香，揮金買笑，非强有力者莫能致也。而居恒鬱鬱，欲于風塵中物色吉偶爲終身托，蹉跎未就。後歸巨商爲小星，嫡不能容，逼遣之。自出所積纏頭貲買宅委巷，裾布釵荆，閉門課婢媪操作，居然素封矣。未幾，商以事籍没，當事者覬其所蓄，誣以寄頓，遂并罹瓜蔓之抄，至仳離不能自存，仍歸依假母。雖不作倚門妝，每遇名流宴集，或有時一赴，蓋其初志未忘也。某年，予將于役北上，息肩後小住金山，始遇之于某太史筵中，時將花殘鶯老矣！雖娥眉淡掃，而豐韵天成，妍笑工顰，流光四照，偶話平生，輒欷歔欲啼，殆亦有心人之淪落不偶者。瀕行，諸名士復餞予于鳳凰臺，招以侑觴。比至，則啼眉慵髻，緑慘紅愁。酒半，客有吹長笛者，促之度曲，乃離席斂袵，歌折柳一闋，凄清宛轉，聲與泪俱，滿座爲之動容，覺商婦琵琶不獨潯陽江上。予遽解纜以去。逾年，返棹韓江，詢之，則埋香黄土，墓草已青矣！撫今追昔，情見乎詞，非如揚州杜牧，聊比之板橋雜記云爾。

盈盈十五鬥妖斜，雲懶烟慵初破瓜。錦水有魚多比目，雕欄無樹不雙花。虛傳越客千絲網，漫御金夫七寶車。贏得青衫老司馬，樽前重與記琵琶。

秦鏡何能照覆盆，筐箱没入更鷄豚。誰令槁木延瓜蔓，悔把閑田種葛根。南部烟花詞客泪，西陵松柏美人魂。春塘看遍鴛鴦戲，難見驚鴻舊爪痕。

緑楊影裏畫橋邊，翠袖銀箏晚放船。杜牧三生猶入夢，徐娘半老竟長眠。風風雨雨華嚴劫，色色空空忉利天。見説簪花圖尚在，還愁執手颺如烟（玉有簪花小照）。

六張五角日蹉跎，彈指流光付逝波。夢裏鶯花情緒減，天涯風月别離多。何時纔解丁香結，此處休聞子夜歌。縱有掌珠能效母，一船兩槳①怕經過。

桃花流水繞江亭，十里珠簾獨閉扃。倚棹懶敲金屈戍，隔窗愁聽玉東丁。空將舊事詢沙董，無復新妝鬥尹邢。五馬曾聞説共載，誤人偏是假惺惺（玉爲某太守所眷，欲納之，不果）。

豈是千花藏裏身，維摩榻畔證前因。迷雲夢雨愁飄汝，見影聞聲總可人。漫擬城南逢好好，祇從壁上喚真真。青天碧海無多日，已閱紅塵廿八春。

聽殘鶗鴂乍驚秋，纔買珠江下瀨舟。小別猶沾他日泪，再來忽報此生休。浮家祇住梅花國（玉，梅州人），幻影仍憑燕子樓。凄愴鳳凰臺上月，那堪重照大刀頭。

到老春蠶未斷絲，博山沉水意迷離。蕩舟何處迎桃葉，走馬無心折柳枝。豈有黄金買歌舞，偏勞紅豆種相思。青山欲表真娘墓，安得婁淞畫裏詩（吴梅村有真娘墓詩）。

張保受降口號②

鼙鼓聲中泛上游，海門何處覓封侯。城頭指點洪濤裏，劉令生還一葉舟。

---

① 原鈔作“槳”。

② 謹按：詩凡四首有序，紀受降始末，僅存末首。

送温廉訪華甫夫子入覲（六十四承志）韵

帝曰明刑最，南郊命世卿。鼎門看鼎盛，難弟比難兄（父由詞林任卿貳，兄承惠任直隸制軍）。乙夜頻簪筆（校書四庫），丁年早蜚聲。前修初不忝，高步莫能争。豈獨文章著，兼推藝事精。冬官遴俊乂，粉署藉經營（任工部郎中）。鵲印傳家舊，貂蟬入座清。金梯欣得路，水部領專城（發往粤東，以道府用）。五嶺分符節，雙烏引旆旌。越裳知買犢，梁化慶遷鶯。春滿豐湖樹，膏流蔀屋氓。戴盆皆炳燭，淫雨倏開晴。蘇井求終吉，韓江政又成。風澄鰐渚水，人聽鳳臺笙。若母咸稱杜，如山願識荆。次公今再覲，長者昔曾評（由高惠調潮州府，多平反大案，不爲已甚）。岳瀆雄千里，星辰動八紘。獻琛來卉服，持節導神京。虎拜崇三接，龍光喜載賡。御屏親紀績，重譯盡知名（伴送貢使，召見，記名）。佳氣騰逾上，真除大道亨。熬波煩借箸，挽粟賴操嬴。秩以酬庸晋，謙翻受寵驚（升惠潮道署運司調糧道）。剛柔期共濟，盤錯更交并。瀕海方多難，萑苻正孰弸。腥飆感地軸，妖焰射欃槍。剿撫謀難預，披猖勢莫攖。紛營狡兔窟，咸聽牝鷄鳴（時巨盜烏石二、張保、郭學顯分三股，皆聽鄭石氏號令）。幕府虚長席，軍門孰請纓。朝霞看舉止，紫電助聰明。掌上談形勝，胸中貯甲兵（總辦剿撫事宜）。計非斷左臂，未可議西征（時洋匪張保、烏石二分東西兩路，首尾牽制）。泣罪開湯網，推誠入虎坑。潢池非敢叛，回紇本輸誠。飛檄乘霄下，降旗破浪擎（公隨百制軍以孤舟出海虎門，夜見張保，賊感其誠，遂投首，盜渠烏石二等尚盤踞雷瓊一帶，張保願剿賊自效）。回戈先用命，游釜尚偷生。肯使留餘孽，無虞恃素盟（烏石二與張保素有盟約，易視之）。偏師出間道，六月渡寰瀛。徑搗循盧穴，還趨孟獲行。鏟濠殲巨猾，倚劍縛長鯨（先以一軍由陸路進，使張保隨水師作前驅，公督師轉戰，生擒烏石二，剿滅餘黨）。島嶼諸方奠，葩華萬里平。百蠻登衽席，群醜絶芽萌。鼙鼓沿邊静，香花夾岸迎。九天温語沛，兩袖瑞烟縈。翰染芝泥濕，冠影翠羽榮。綉衣頒内府，驄馬邁群英（洋面平静，賞戴花翎，加按察司銜）寒谷冬常暖，冰心志不更。甘棠認茇憩，芳草卧楊桁（先署臬司，旋真除）。皋飏嘉謨裕，郇勞篤棐呈。楓宸瞻咫尺，豸角表忠貞。易許占鴻羽，詩應歌鹿蘋。堯階咨岳牧，商代詔阿衡。出祖威儀肅，束裝囊橐輕（饋送皆不受）。戒途還課子，諏日定先庚。伫盼雲衢近，懸思寶炬瑩。望塵空戀戀，顧影自怦怦（時攝羅定，未獲親送）。力漸駑駘竭，忱猶葵藿傾。康成衹師馬，張禹猶憐彭（屢蒙保薦，誼屬師生）。譾陋蒙雕飾，艱危稟律令。此邦勤代斫，幾度費支撑。政拙頭堪白，官貧尾益赬。感時朱夏熾，屈指曙河盈。青瑣懷歸佩，皇華數驛程。言旋仍立雪，頌禱不勝情。

題章坦庵《愛菊圖》二首

四面樓臺十里花，天然圖畫不須賒（坦庵家杭州）。而今懶作湖山主，寫入柴桑處士家。

仲蔚清標自昔聞，滿城風雨恰逢君。披圖細認秋容淡，輸與黄花瘦幾分。

送廣州太守高青書引疾歸里四首

揮手欣聞話昔游，如君真不愧龍頭。七旬苗格侔干羽（青苗滋事，公倡議先撫後剿，功成甚速），六月霜飛脱累囚（公歷官治獄，多所平反）。治娩龔黄猶斤斤，交無蜀洛本休休。御屏早紀南征績，肯許收竿退急流。

敢許雲龍上下隨，相逢早已沁肝脾。曲江風度應如此，曼倩詼諧偶似之（公美髯博辯，時以諧笑出之）。揖客長頭識伯叔（少君甫四齡，遍知坐客年甲，呼伯叔無誤），乞書野老識鬚眉。無端怕見秋風起，不爲莼鱸也有詞。

同是天涯虱蟣身，雪泥鴻爪有前因。七千里外論交少，三十年中惜别頻。白髪乞湖貧太守，青山思潁老詩人。懸知不作妻孥計，應爲蒼生一愴神。

官職聲名事偶然，軟紅塵裹著歸鞭。輸君早覺華胥夢，愧我慵參玉版禪。粤海斗山韓吏部，皖江風月柳屯田。不須世外尋丹訣，一到栖霞骨便仙（栖霞山，在貴陽郡）。

戴東塘同年以甲戌書懷詩見示，匆匆次韵，即以志别四首

軟紅塵裹宰官身，誰向孤花問古春。卅載科名同在子（予與

東塘同舉于庚子），半生宦况各惟寅（東塘歷任廣潮嘉，與予先後接踵）。儻來恩怨嘗皆慣，閱過炎凉交始真。我領一州君五馬，漫言俱是不如人。

相逢各看鬢如霜，重話當年褦襶忙。東道軍儲方告匱，南天使節又相望（東塘與予前任南海皆值軍需，欽使諸役）。黍苗流膏勞郇伯，星宿羅胸羡季長（東塘于天文地理靡不精曉）。莫向故人諮舊政，古來義化説程鄉。

豈是禪宗乾慧徒，三生石上話非誣（宋小坡給諫能記前生，自言與東塘兩世夙因）。是真名士難諧俗，惟獨清人不避污。新政無虞譏魯衛，前程詎肯問瑝嵎（唐大中後諺云：欲得命通，問瑝嵎都雍。謂孫瑝、鄭嵎、李都、崔雍也）。羊城冠蓋多英俊，逐隊應慚兩老夫。

與君頻歲泛虚舟，曾見蓬萊最上頭。此土還應歌再至（嘉應系東塘本缺，嗣因改府别補），余懷終是愧三休。一官豈爲兒孫計，老馬難忘棧豆謀。愿趁春風買歸棹，隨班聽鼓又同游。

六旬初度，諸生以詩爲壽，皆步翁覃溪年伯試院題壁程江原韵，即和二章兼以志勖二首

敢將才望比王瑩，多恐浮名是僞成。伏櫪空慚沙苑馬，遷喬待看上林鶯。衹今文教昭云漢，自古良材産越荆。况有南針

指前路，好從跬步趁休程。

幾年心迹伴經窗，巨鼎真堪健筆扛。便許乘風探月窟，可能平步渡天江（星名，在天河内，主四瀆津梁），龍翰見説三千匹，樂府休誇七十雙。顧我觀瀾難到海，應嗤止水漾盆缸。

乙亥清明連陰初霽，諸同人游陽東岩，歸話其勝，以“春城無處不飛花”爲韵分賦得“春”字

梅州苦雨連三旬，梅江春水渺無津。竈沉隙漏不可堙，下隰高原失畦畛。安得誇父叱羲輪，天鷄夜唱東海濱。并出十日照高旻，黑蜧潜伏驕龍馴。不寐視天意逡巡，浮雲隱隱羅星辰。倏見霽景開賓寅，一日五日始得春。餳簫吹斷艷陽辰，冶游原上如雲屯。花明柳媚千翠嚬，青紗步障文錦茵。家家新釀邀比鄰，良時須教酒入唇。衙鼓不動清漏頻，榆羹杏粥無雜賓。釣鰲仙人席上珍，巢種青梅未全貧（李東田有《青梅巢集》）。弱冠清譽比陳荀，三州髦士歸陶甄。宰相憐才不亨迍（東田山長爲大興朱文正公所賞），高歌時聞泣鬼神。座中佳士俱莘莘，延之孺子是前身。新詩雅似礦出銀，高名肯令璉稱珉（顔徐兩生試冠軍）。房精幻出紅麒麟，俯視萬馬空駪駪。胡不騰踏窮八垠，昂首猶待九方歅。三君子者無緇磷，芝蘭异室臭味親。芒鞋不踏軟紅塵，探奇抉奥搜荆榛。峻嶒危磴不易遵，滑滑新泥石粼粼。行者傴僂憩者伸，壯趾往往虞顛眴。乘興不待緣與循，履之若坦氣益振。失喜自詫絶頂臻，相顧莫肯發吟呻。憑高一覽萬象陳，

化工肖物各有倫。奇石若伏忽若疄，蒼鷹迴立熊虎蹲。古木參天狀輪囷，龍攫螭蟠奮修鱗。飛泉瀉地清且淪，跳珠噴玉拖天紳。蔚藍璀璨琉璃勻，雲壇花雨擁群真。紺髻珠眉金容純，莊嚴七寶陳三因。更指山東河之漘，鼓勇寧惜兩足皴。歸來揮汗欹烏巾，道所曾經不知辛。我聞茲游眉深顰，悔脱屐齒作勞薪。炎天萬里虱蟣臣，青衫依舊白髮新。回首松楸心惄惄，荒阡何日羞藻蘋。方今二麥半沉湮，清明野哭有饑民。得毋上忤天心仁，安敢五馬行郊闉。咫尺林壑不相親，此去恐惹山靈嗔。君來訪古迹已泯，無復梅花照璘珣。長歌醉我若飲醇，努力樹木如樹人。

題彭井南太守《隨緣去住圖》六首

清修已得到岷峨，道是隨緣却逐波。應笑禪機似坡老，括鋒難悟又生魔。（出山）

百戰身經蜀道難（教匪滋事，井南督兵勇剿捕），虎頭投筆弃儒冠。如何纔試和羹手（井南時攝運同），却憶荒齋苜蓿盤。（秉鐸）

射虎雄心老已違，無端見獵又神飛。乞君飲我黄羊血，同上天山雪打圍。（射虎）

鯨鯢跳浪海雲隤，楊僕樓船去不回（時林、許兩鎮戰殁）。記與先生分半壁（時與總理剿撫），經年纔築受降臺。（降鯨。海面平靖，築受降臺于香山）

遠岫平林足牧芻，自趨烏悖課奚奴。佩牛帶犢緣奚事，且看先生戴笠圖。（司牧）

看罷羊曇一局棋，懸崖撤手不須疑。出山仍踐歸山約，獨使山靈笑我遲。（歸山）

丙子賓興示諸生二首

三十年前説橘陳，鈍根仍現宰官身。夢中蕉鹿渾忘我，鏡裏芙蓉解笑人。風露最憐吴質冷，文章不患長卿貧。春城重有看花約（予于明年入都），爲報聯翩座上賓。

花開仙嶂（嘉應有山曰仙花嶂）比崐崚，憑看諸君捷足登。晋室賢才舉谷儉，漢廷經術辟鐘興。題名定詡儕千佛，占象還應拜萬蠅。法酒漫酬老刺史，殘牙先汝啖紅綾。

題仲柘庵海天一覽圖

南溟上接銀漢遥，誰賓主之赤與寥。乾輪坤軸雙丸跳，陽冰陰火冶不銷。渾沌之初如浮泡，狂瀾不肯循汐潮。颶母吹浪黿鼉號，山澤錯遻無支條。王公設險磐石牢，東峙大虎西崖蕉。三門一束如堂坳，零丁鷄足吾垌郊。利涉索度達沃焦，梯航萬國百寶饒。商賈重利狎風飆，帆檣出没無昏朝。守兹土者若斗筲，蜑人龍户俱雄梟。海防海戰紛嘵嘵，談兵紙上嗤虚枵。柘庵吏事邁常僚，亭鼓無警民不佻。還慮萑苻伺劫剽，欲窮澳嶼擒酋豪。山壟碨磊紫瀾高，望濤遠決色無撓。驚帆如葉舟如瓢，長年如豆櫓如毛。海童馬銜不敢遨，恍驅雷霆鞭巨鰲。天水混茫一色包，雲譎波詭萬象昭。或若神山隐岧嶢，或若島夷分土茅。或若馮夷擊靈鼗，或若陽侯馭雲驄。或若群妖視眇瞟，或若鬼國狀僬僥。或若蜃窟吐虹橋，或若鮫室挂冰綃。靈變惚恍難具描，風激浪駭促歸橈。邏卒沙丁遠然膏，魚姑蜆妹夜吹簫。測海今知衆言淆，世所未名目已遭。憶昔氛祲尚未消，水犀三千久垂櫜。天吴不戢鯨鯢驕，幻化介鬼長鱗妖。紅旗黑幟連千艘，安得周郎赤壁燒。帝咨元老建節旄，樓船五月下南郊。[①] 封狼生貙猚卵蛟，岠虛負蟨猿援猱。右臂宜斷左宜招，近者用撫遠用剿。顧我素未諳鈐韜，徒以命薄輕洪濤。慷慨請行浮一舠，衝其壁壘搗其巢。渠魁面縛不血刀，群醜解甲齊山腰。受降臺築拜嫖姚，不數伏波銅柱標。書生蹈險幸僥徼，虎穴得子敢告勞。披君此圖白首搔，雙眸猶眩心旌摇。方今環海滌腥臊，鬖沙礐石無逋逃。餘殄猶恐孕鱅鰷，安不忘危是吾曹。與君誼結古同袍，老矣壯志未全拋。共抒心力答熙朝，非徒奇絶記游遨。

題顏明經（崇衡）《湘帆圖》二首

無端寫出汨羅秋，萬頃蒼波一葉舟。多恐輕帆不得泊，天風吹送到瀛洲。

杜若洲邊烟漠漠，黄陵廟外雨冥冥。一生不識蕭湘水，祇

① “郊”，《晚晴簃詩匯》作“交”。

愛衡山九面青。

題蓉賓遺草

寰區代出雕龍手，類享聲華膺福壽。况君系本高賢裔，宜有達人嗣其後。彼蒼何事迫不待，星容黯淡靈祇走。天符夜召緑衣童，遽令旌鶴空中守（柘庵自述夢中所見）。若云長吉嘔心肝，例與修文亦才咎。前宵凉雨滴梧桐，衙齋秋深燈在牖。細繙遺草一再三，盎盎春雲出岩藪。水流花放自成溪，泠泠朱弦滌塵垢。大波忽起馮夷愁，龍蛇欲捉還蚴蟉。才豪氣壯語言工，春蚓秋蟬不敢嗾。九歲楊烏十歲弦，今日蓉賓應不負。有子如斯真可人，神仙入夢洵非偶。憶昔羊城識乃翁，公子當年呼小友。犀角玉頰雙瞳青，濯濯丰姿靈和柳。依稀猶是眼中人，石火電光惜不久。儻令造物假之年，天下文章誰能右。不作才人作才鬼，地下朱衣偏點首。明識彭殤理本齊，奈何多與才八斗。鎸劖刻畫造化忌，事雖渺茫非烏有。藥爐病榻想孤吟，煤紙蛛絲誦萬口。豈無皓首窮經者，衹供人間覆醬瓿。珍重一編壽棗梨，謹防六丁更下取。雛鳳聲清老鳳哀，駿骨雖朽文不朽。寄語柘庵作達觀，君不見，劉景升兒如豚狗。

題戴鶴門《舉杯邀月圖》二首

明月前生事有無，停杯對影且相須。兒痴不解先生意，道是青蓮覓句圖。（幼子六歲，從其學詩）

三五清光分外圓，幾生修到大羅天。廣陵多少飛仙戲，獨有吴剛夜不眠。

再叠前韵和戴鶴門山長二首

湛然心境比吹瑩，脱手新詩百煉成。獨叩霜鐘答牛鐸，罷題凡鳥引雛鶯（幼子六歲，從鶴門學詩）。剡溪風雪人懷戴，夜雨韓山我識荆（去夏夜雨，識鶴門潮州）。漫道雲霄九萬里，春光留住半年程。

起草誰開白玉窗，如椽巨筆待君扛。清才競羨花生筆，雅度寧容篙測江。若作神仙應第一，即論國士亦無雙。釵蟲伫作長虹吐，莫惜蘭膏續夜缸。

送李東田明經赴景韓書院主講并柬李小雲同年

從古才名匹八叉，蟠根况是爾東家。芸香縹帙同抽架，囊貯心肝各吐花（東田、小雲俱刊有詩集）。海内宗風倡北海，江東人物重西涯。暮雲春樹休回首，此去龍門路不賒。

李東田明經用東坡石鼓韵留别，次韵奉和

我生之時在己丑，彈指流光童變叟①。廿年嶺海蟻旋磨，又

① “童變叟”，《晚晴簃诗匯》作“變童叟”。

到梅州牛馬走。舊業全抛嗤負腹，新政試行慎防口。此邦文物盛淵源，多士雲龍争先後。伊昔締交識一二，于今望氣得八九。驅車無須避陽鱎，閉門無從見泄柳。比年校士屬有司，仔細量才數升斗。鮮新差擬管吐[①]花，詰屈或若柏生肘。模糊老眼溷場師，得毋蘭艾埋蒿莠。五羊名士今謫仙，三載盟心吾畏友。别裁僞體黜軋茁，譌字方言辨乳縠。譬彼象罔索玄[②]珠，瞭如伏生識蝌蚪。青雲意氣愛少年，白首心情憐宿耇。我昔懷鉛佐玉尺，候蟲時鳥紛唧嗾。漫屈諍人伸僬僥，敢重商提輕梁卣。所懼相皮反遺骨，五色全迷目同瞍。二十八宿動星文，指點翼峋與離嶁（予前在山右學使幕，于遺才中拔取二十八人，皆登科甲，時號二十八宿，今陽江李明府巽宇其一也）。陋儒一得竊自喜，與君論文覺顔厚。清言明理瓶瀉水，宗派支流析某某。多錢不敢傲貧兒，良賈深藏如烏有。却慚俗吏走風塵，委置詩書習枷杻。餉我新詩抵百朋，應付琅環[③]鎖雙狗。惜哉梳妝不入時，待字頻年猶未偶。翻許劉安有仙骨，解得徐鉉爲龍首。瑰然大璞不雕琢，留待良匠施攻掊。老手斫輪自有真，雕蟲小技何足取。傳觀見説愈頭風，長吟頓使滌心垢。雲路從此看騰達，風檐莫更嘆株守。總然良馬感孫陽，不遇先睹或同朽。一編願付青梅巢，梨棗長媲喬松壽。

---

① “吐”，《晚晴簃诗匯》作“生”。

② “玄”，《晚晴簃诗匯》作“元”。

③ “琅環”，《晚晴簃诗匯》作“琅嬛”。

寄颜湘帆（時南澳李鐵橋司馬延主書院講席）四首

鞅掌經年悵索居，故人消息渺愁予。春風多少南來雁，不寄衡陽一紙書。

韓山衹在水之涯，此去登龍路不賒。爲愛新陰種桃李，更無消息到梅花。

島嶼蒼茫閩粵分，天吴紫鳳總超群。絳紗今看彭宣拜，莫學相如更賣文。

司馬文章號大風，梅州刺史老雕蟲。依劉禦李無殊軌，何必顔標非魯公。

戊寅賓興示諸生六首

恩倫遥沛紫泥新，多士新充上國賓。棫樸作人周壽考，軺輪應詔漢經神。文章聲價争千古，才命升沉判一旬。漫道龍頭非故物，仙花嶂里數陳陳（州志：仙花嶂以花開之多少兆中式之名數，自康熙丙午至嘉慶戊午領解者九人）。

南極元精貫玉繩，天吴紫鳳待雲興。諸君夙號無雙士，他日誰參最上乘。擲米應成丹粒粒，剥蕉須盡葉層層。迂儒見獵心空喜，老馬知途愧未能。

秋雨槐花物候新，昔年此日宴嘉賓。龍翰曾詡三千匹，鶚薦休輸十一人（丙子科，州屬中式十一人）。佇待泥金書丙乙，早教丹竈守庚申。從來器識先文藝，莫使高明瞰鬼神。

風氣十年有廢興，誰從覺路覓金繩。休言造命憑君相，須念乘車畏友朋。吏部從來逢陸贄，蘭成一舉媲徐陵。行行莫怯囊裝薄，玉宇高寒更不勝。

鹿鳴三唱莫辭頻，更把長歌擬答賓。軒紀方周新甲子，鯫生莫泥古庚寅（諸生有以年命不利不欲赴試者）。慚予空罥千絲網，祝汝高扶大雅輪。奪得錦標休滿志，春明還待看花人。

千古文章待嗣興，疲驢席帽記頻仍。争誇赤汗來燕市，誰撫朱徽奏廣陵。古戰場曾驚劫火，新花様又看傳燈。南天玉尺誰司柄，憑仗歐梅示準繩。

鄒貞姑歌

壯士伏節甘損軀，匹夫負義死不渝。公孫杵臼志慷慨，程嬰不死爲存孤。存孤難比殺身難，巾幗鬚眉總一般。豈無匹夫經溝瀆，未盡芳徽照簡編。貞姑之難無與比，所難初不在一死。難在平生未見夫，肯爲其難竟如此。平生未見夢中見，衣冠黯淡形非幻。羊燈焰碧磷火青，幽魂未變初識面。一面知爲永訣來，爺娘勸女信還猜。果傳江上青鸞信，頓折窗前玉鏡臺。此際祇思同穴好，轉念同穴猶草草。哀哉留此未亡人，萬事艱難殊未了。沉沉風雨夜凄其，忍使重泉泣餒而。拼令翠幕金閨質，練裙縞素成于歸。升堂再拜泣如霰，舅姑無言心自慘。皖山迢遞楚山高，异鄉旅櫬何時返。志决力果身任之，匍匐扶歸千里遠。歸來卜葬芝山頭，誰奠山頭土一抔。自是德門敦孝友，早教猶子續箕裘。都將别鸞離鶴泪，并入丸熊畫荻流。更慮高堂傷遲暮，情如烏烏待反哺。卅年憂戚變歡娱，雖失佳兒得佳婦。嗚呼妾身未分明，夢中一諾許平生。人間信有女貞樹，到老不知河鼓星。我與兄公敦孔李，愧無銀管書青史。長歌并俟采風人，田家還有奇女子（南海仲大令孀媳田亦未嫁守志）。

吴菊坪先生以《桐陰課子圖》索題，自云：弄璋待賦，願俟异日也。余于聲韵之學弃鄙荒疏，公餘草此，録希郢政。學步邯鄲，工拙所不計耳

修月傳薪付阿誰，趨庭雙玉願非痴。聲華便擬三蘇重，骨相懸追二陸奇。從古按圖摹駿馬，知君有夢兆熊羆。廿年膏晷蹉跎過，愧煞劉家豚犬兒。

和謝雲槎秋蟬四首

繁聲盡日咽殘烟，聽到天涯倍愴然。萬樹風霜秋黯淡，一城砧杵夜纏綿。清脩似汝還愁劫，羽化如斯是幻緣。見説生花能不老，緑槐高柳又明年。

古寺長堤草樹荒，浮生如夢閲炎凉。貂冠伊昔曾分影，玄

鬢祇今欲作霜。垂暮光陰憐蟋蟀，驚寒魂夢避螳螂。多君自有餐風術，任使飄零總不妨。

生成薄翼不禁秋，故曳殘聲送客愁。晚節憑誰比貞士，前程枉自問丹邱。葉將辭樹居烏在，露漸爲霜飽莫由。漫伺西風怨摇落，天寒日暮更何求。

從知物候有乘除，解識飛鳴計已疏。烏桕丹楓八月後，寒烟冷露五更初。青蟲社散人應老，黄葉村深翼倦舒。浮宦由來同梗泛，銷魂豈獨是三閭（雲槎，楚人）。

補遺

新圖道中簡雲岡[①]

佚　名

如天蜀道子經過，視此崎嶇定若何？怪石出山争扼路，懸崖飛瀑欲分河。荒村月黑蚊雷聚，絶壑風生虎伥多。到此那容行不得，漫勞鳥語勸哥哥。

---

① 選自《信宜縣志》。題爲劉廷楠作，當誤。

附記

鑑髫齡隨宦蜀中，習聞先曾祖嘉應公有《偶一草》行世，顧未之見。竊意雖未流傳于蜀中，必久刊布于河朔也。弱冠奉本生先大夫諱東下武昌，晋謁張文襄公，留讀節署。一日，詢文嘉姊氏曾見《偶一草》否？曰：未也。既而曰：昔讀先祖貴陽公手書嘉應公紀降張保七絶四首，繫以長序，然已佚亡，詩亦不復全憶，惟記其末首云：鼙鼓聲中泛上游，海門何處覓封侯。城頭指點洪濤裏，劉令生還一葉舟。謹識而藏之。癸卯北還于都，于里索之，終不可得。又囑黄君本甫求之嶺南，亦無知者。深慮先世手澤之湮没也。壬子重莅都門，主于君立姊丈可園，見《念堂詩話》（慶雲崔旭撰）載有無題四首，復録而藏之。嗣旅津沽，遇紀丈香驄（鉅維）示以畿輔詩傳（長洲陶梁輯），亦經選載八首。雖全集不可得，而其詩固已散見于各簡編之中，私心竊喜。迨丙寅秋，從侄積洵忽于書簏中得抄本寄示。頻年探索而不可得者，今不期得而得之，不禁大喜之過望也。捧而讀之，詩凡七十餘首，文僅九篇，大都從政嶺南所作。

謹按：青梅巢詩抄序尚有序，李東田詳批唐賦一首亦已佚去，無從蒐輯，此本雖非全豹，然較昔之所藏不又多耶？惟言多魯亥，編頗散漫，兹就所知訛者校之，逸者補之。詩文則按年譜事迹先後編次，訂爲二卷，顔曰：偶一草拾遺。録而藏之，俟力少裕，當并徐青撰之年譜梓而壽世焉。

戊午大寒曾孫修鑑謹志

卷二　綉佛齋詩集

［清］劉肇域　撰

初發守練村口占二首

我昨經離別，今朝又別人。親朋重把袂，兄妹更沾巾。分自兼師弟，情徧洽主賓。行行幾千里，初次走風塵。

素未諳游興，從容事遠征。敢萌樂郊願，定有畏途驚。霜雪三邊闊，關河萬里清。高堂一回首，彝訓記分明。

黎明車中口占

一夜微風沁冷魂，暗中無數度荒村。車聲漸曉依稀認，茅屋人家半閉門。

晚謁泰山行宮（饒陽張岡鎮）

聖母行宮何處尋，張岡肅謁拜深深。願將萬古別離恨，禱向三霄慈聖心。列像尚多排屋下（廟中女像羅列甚多），工程未老認碑陰（志于道光十八年重修，列布施姓名）。古槐冽冽生寒氣（院中古槐二株，枝干甚老），人事天時悟到今。

燈下贈邊仲思

甲午同君造鳳樓（甲午春，帥宗師録科，仲思任邱首卷，余獻縣首卷，初次相識），君曾先我步瀛洲（仲思中乙未鄉試）。我能繼武從君後（余中丁酉鄉試），君又重登最上頭（仲思本年會魁，會試與予同寓）。

次深澤

岩墻咄咄此門中，深澤荒凉大不同。店價甚豐人强住（店家索價甚昂），炭資已貴火難籠（木炭斤銅錢二十文）。土床澒洞非通燎（炕有洞，不甚通火），紙户玲瓏不障風（門系紙糊而多破孔）。小睡三星當午夜，車聲已在晋州東。

晚渡滹沱河（渡在賈市莊東北六里，設有浮橋，莊屬晋州）

光武臨流喚奈何，天教滕六結洪波。而今不必尋王霸，碎踏玻璃已渡河。

曉望趙州

四圍山色淡難描，塔影玲瓏接碧霄。一縷炊烟村舍近，鞭絲直指趙州橋。

題大石橋

古橋仙迹宛然留，鬼斧神工枕趙州。萬石叠成當孔道，不須名勝説盧溝。

順德店中憶王五橋

五橋在何處，駐馬想清操。書法超群妙，文章命意高（五橋善書，古今體無不備，制藝亦有家法）。髫年膺拔萃（丁酉選拔），鄉舉重賢豪（庚子中鄉試）。慚愧無相訪，風塵我獨勞。

題邯鄲旅店壁

昔年吕祖將人弄，店壁詩詞題者衆。我今初到邯戰①城，擱筆不作盧生夢。

杜村鋪題壁（屬磁州）二首

得失鷄蟲事，相争亦偶然。吾生應有托，斯世合隨緣。枯樹花生晚，高枝得露先。蒼茫前路黑，且著祖生鞭。

酌酒不敢飲，空腸芒角撑。亂心花怒發，斫地劍悲鳴。經世才原薄，名山事未成。邯鄲醒眼過，好夢讓盧生。

磁州詞二首

磁州城内白饅頭（磁州南關饅頭殊佳），菜物紛堆列肆稠（雉兔

---

① “戰”應爲“鄲”。

等物販賣甚多)。十里長闕真熱鬧，看來風味勝瀛州。

昔歲庚寅地動哀，磁州城陷一時災。石橋已斷功難就，剩有山泉滚滚來。

渡漳口占

株守鄉偶卅六年，半生事業付流泉。衹今甫入河南界，痴立魂銷漳水前。

謁岳武穆王祠

高坊大厦壯檐甍，門外鐵人久鑄成。聖主傾心恢社稷，奸臣和議誤蒼生。漫愁三字沉淪獄，竟作千秋俎豆榮。跨馬湯陰已如此，杭州何日仰精誠。

淇水橋

高村出淇泉，壘石通津要。水聲激激鳴，擊節稱幽妙。

新鄉道中作（古鄘國地）

滿目霜風吹大荒，敝裘烏帽度新鄉。人聲漸异知家遠，歸夢難真覺路長。曉月無情沉古驛，晚雲作勢逼斜陽。算來萬里三巴路，幾日驪歌已斷腸。

道出清化，竹林茂密，吾鄉罕有，心襟一快，歌以紀之

生平愛蘇詩，不可居無竹。從未見此君，風塵多栗陸。我初入懷慶，清化偶一宿。中宵各登車，徒步我所獨。忽見氣葱蘢，幽徑何紆曲。朦朧月色中，訝是多林麓。陡然發深思，嚴冬令已酷。蕭條萬里空，全無後凋木。何物獨倔强，抗節能繁縟。得毋造化偏，此地厚亭毒。寒夜得深凹，野火行人伏（行至竹林凹中，有數人舉火禦寒）。以手探林中，方知是竹緑。黑暗鬱凌雲，枝葉攢相復。回憶古人詩，沈吟每三復。相倚不忍去，徘徊在空谷。從來物習見，未必重屬目。一旦睹此君，清我塵萬斛。小者紛如櫛，大者可盈掬。直節果足珍，超然絶塵俗。异想忽頓開，不願常鞿促。胡不賣我園，胡不檢我簏。胡不簇我裝，胡不命我僕。買山來河陽，日暮常相屬。好將千萬竿，栽滿讀書屋。

淇　　縣（殷朝歌也）

衛國傳佳境，芳名一縣垂。源泉湛水曲，菉竹美人思。閥閱開新第，衣冠式舊儀。三仁留勝迹，肅肅拜遺祠。

渡黄口號

從來聞説渡黄難，果見黄河勢不凡。船在中流撑不住，泊

時已到夕陽殘。

徒步行兩山夾溝中

兩山夾道我先行，屈曲雙車不并程。覿面回頭看不見，但聞人馬近來聲。

將至新安城六七里，入大石山，夾門中僅容一車，上攲峭壁，下臨巨壑，山泉瀑涌，石子在水中歷歷舞動，此出門來甫一巨觀也，口占一絶

半壁容車一徑懸，仰窺鳥道俯窺泉。濤聲激石飛花雪，徹底玲瓏萬顆圓。

山腰廟口占

望望山腰小洞天，半空點綴萬松圓。此中可有成仙果，解脱浮名學大年。

石　河　歌

石河石河，亂石嵯峨。車行打脚，輪鐵銷磨。嗟爾遠道，傷如之何？

渡崤口占二首 (即秦殽地)

踏入崤峰不可攀，猶疑風雨出其間。我車甫上山頭路，轉下峰腰又一彎。

二陵險絶踞如盤，此日行行胆尚寒。怪底當年秦任好，故教三帥拜河干。

題函谷關

險過崤陵又一關，祖龍倚勢重斯山。誰知萬世金城業，楚客來時一炬删。

行函谷道短歌

一入函谷關，徑途極幽窅。峭壁束兩旁，如游巫峽道。既恐土峰合，復慮岩墻倒。車轅不得旋，馬尾不能掉。伊誰原上行，勢將鹽其腦。坐令眼孔仄，不識八荒表。勿怪坐井人，觀天謂天小。

夢朵庵白公寄詩二首

自從樽酒慰離顔，寂守枯窗盡日閑。昨夜行行函谷月，計程今日到潼關。

同人離索幾時還，兀坐紅爐想像間。料得西安應不遠，也曾因夢到家山。

登華陰廟萬壽閣

高閣玲瓏峙上台，天門直對華山開。三峰翠叠排空入，九曲黄河繞座來。四十年中初作客，二千里外獨登臺。兒時愛讀唐人句，憶到而今幾費猜。

寄白朵庵二首

共君切錯已三冬，飲水圍爐興倍濃。今日遠征非得已，王京他日喜重逢。

鸞膠重續一番新，入幕檀郎護好春。酬唱紅閨得佳句，瑶箋應寄蜀中人。（朵庵冬初悼亡，續已訂新盟，約于年前締婚）

題灞橋二首

聞説長安有灞橋，行人送别易魂銷。我今到此魂如故，手拍闌干笑漢朝。

只説斯橋略彴通，誰知百丈勢如虹。朱樓面面排金字，甲午新秋建此工。

長安題壁二首

西安古都會，置郡已多年。鐘鼓雙樓接，門墻萬堞連。驪山屏作障，滻水輞爲川。花萼今何在，臨風一愴然。

愧别同門友，從師學宦游。辭家千里遠，舉目一天愁。烽火傳吴越（時一路輒遇赴浙之兵），寒光逼斗牛。回看灞橋水，猶自向東流。

留别邊仲思二首

與君計日别鄉關，碾碎風塵彈指間。茅店栖遲同把酒，岩途跋涉共看山。忽驚握手還分手，且破愁顔作笑顔。栽遍長安桃李樹，知君原是列仙班。

莫是長安行樂何，當門今又唱驪歌。二千里外論交少，十一年中惜别多。君已無庸嘆飄泊，我猶未免愧風波。他時倘遂歸來願，同附霓裳在大羅。

初發西安口占二首

潼關已過又西安，博得城中數日歡。回憶故人應有托（仲思可望主講關中），我行猶望路漫漫。

三人扛轎兩肩忙（三人抬轎名三丁拐，前二後一，每十數步即易肩），小憩街頭食辣湯（三橋小憩，予坐街頭小飯案，飲燒酒一壺，麵湯一碗，多加秦椒，蓋入棧後更無别味，宿時方可自作也）。過得灃橋臨渭渡，望中不遠是咸陽（咸陽古渡即渭水，《鳳翔府志》：渭水下流曾經寶鷄南）。

興平縣題壁

千古多佳人，紅顔競桃杏。但爲悦己容，鮮能知戒儆。一朝霧露蒙，浮言事紛逞。或謂貌傾城，或謂色招眚。論古無恕心，芳魂應耿耿。我讀舊唐書，内傳兼復領。常變各有因，成敗足深省。盛事溯開元，賢相思宋璟。妃子自承恩，君王自寵幸。曲江諫疏稀，漁陽鼓聲哽。牝鷄本無晨，去馬偏遭綆。誅錯究何名，鸞鳳落陷阱。遂令後世人，放談每齒冷。吠影復吠聲，狂妄如猘獷。今來馬嵬坡，天清風日静。春柳與春花，疑是可憐影。功罪難兩言，摇鞭過斯境。

觀音洞題壁

小穴真如一綫牽，誰知古洞在中邊。深深入地疑無路，悄悄開門别有天。送子神仙形化石，婆心菩薩座生蓮。看來不是人間境，面壁何妨五百年。

題伏波將軍墓（距伏風縣城十里）

岨岐佳氣郁葱蘢，鐘毓扶風老將雄。銅柱已成交趾滅，米山初聚隗囂窮。漢光豁達恩終薄，古墓荒涼事亦空。果使明珠非薏苡，豈能酬得伏波功。

五　丈　原（距岐山縣十里）

五丈原名三字標，卧龍舊迹恨難銷。君王自昔勞三顧，事業于今痛兩朝。立國纔能分鼎勢，出師終未絶天驕。永安遺命言猶在，故主端應地下招。

寶鷄道中雜咏六首

萬峰聳翠不知名（自入寶鷄口，山峰插天。詢諸土人，亦難以名，大抵陳倉、石鼓、天臺、岍隴也），屈曲羊腸九折成。俯聽流泉真險絶，空山可有寶鷄鳴。（山腰窄徑）

舉目生雲第幾層，勢如釜上氣蒸蒸。懸崖未得當前認（山頂出雲，有有雲者，有無雲者，初此目睹，恨不得陟巔細看），恨不攝衣拾級升。（山頂生雲）

善逼流泉築瓦樓，法輪横轉浪花浮。機心果自生機事，不似吾鄉用力謀。（水碾）

三折彌高不可攀，望中忽度磬聲間（將至關，聞磬聲，知有僧人募化）。過來不見嘉陵水，古石空鐫大散關。（大散關）

劉郎原合入天臺，我到天臺轉費猜。問道仙家曾否是，如何不約洞中來。（天臺山）

石磴盤旋西復東，輕身隱霧入虛空。仰觀俯視全無物（嚮欲近觀生雲之實，而不可得。欲登山以觀山外，亦不可得。玆至絶頂，則雲霧迷漫，已入雲中矣。俯視皆氣所障隔），偶有雲絲入眼中（有雲如烟縷，在眼下飛過，相隔不過尺餘）。（煎茶坪）

草凉驛過雪

西出紅花飛雪天，翠微冬老欲華顛。三人彳亍肩輿側，萬巔迴旋玉笋連。插脚難從芒履認，昂頭驚望石牙懸（棧中石如垂霤，或如巨牙伸出）。四圍山色茫茫白，好似藍關馬不前。

棧道遇風

肩輿渺渺入雲中，棧路崎嶇又遇風。出谷已非吹面好，轉彎猝著打頭雄。兩竿竹管擎難穩（三丁拐用竹竿抬，窄道被風，扛擎不穩，急乎危乎），三尺油簾碎欲空（予轎之簾被風吹破）。莫是風姨來結伴，也應隨我赴蠶叢。

雪天度鳳嶺四首

鳳城西上步虛空，急雪迴旋耐舞風。豈是春深飛絮報，輕輕點入轎簾中。

一峰勝似一峰高，轉上峰峰不紀遭。呼吸可能通帝座，問天不語首重搔。

下山更比上山難，滑澾應防雪已殘。俯坐肩輿拳鷺足，棧中不敢望闌干（下坡雪後滑甚，輿夫蹉跌二次，幸免于危）。

雪嶺崎嶇不易行，南星一飲快平生。回頭試望飛仙路，屈指更兼一日程（下嶺三十里即屬新設留壩廳）。

題去天尺五

尺五高穹待手捫，振衣直欲撼乾坤。憑將下土無窮恨，獨叩南天絕頂門（飛仙嶺，土人呼爲南天門）。五岳尊嚴分伯仲，衆山低伏作兒孫。試開千里蕩胸次，放眼無如色正昏。

咏懷古迹四首

淮陰舊迹漢時留，暗度陳倉尚有溝。萬壑千山分不得，只今惟看水東流。（陳倉溝）

強暴難污抱義人，誓拼一死各忘身。千秋連理亭邊樹，玉潔蘭香不化塵。（連理臺）

肩輿直上白雲間，霧滿乾坤雪滿山。身在群峰最高處，模糊古字認柴關。（柴關嶺）

紫柏高峰碧玉泉，中環遺廟獨巍然。功成具有求仙果，不似淮陰更乞憐。（留侯廟）

褒斜谷口占

進得褒斜色尚寒，高低不計路盤盤。土人比似形容切，廿四橋名説馬鞍（自畫眉關至青橋驛，有廿四座馬鞍橋之名）。

樊 河 橋

煅成鐵緶亘樊川，萬板排空兩岸懸。小步闌干飛舞處，濤聲無礙走中邊。

青 橋 驛（亦是鐵鎖浮橋。碑志：南鄰褒斜，北接馬道。以此推之，則褒斜谷尚應在南）

石刻青橋字字疏，褒斜仍是向南儲。蒼苔手剥分明認，遠勝輿圖古志書。

白石土地歌

碑志云：漢王駐兵此山，爲楚師所圍，路阻水絶，夜有白衣老人送水，至曉，見廟中白石土地像即送水老人。又，土人相傳，當日土地送水，扒山時爲項王所見，叱之，老人驚懼，化而爲石，後世立祠，貯之廟中，仍去而卧坡上，雖疑以傳疑，亦古迹，古之不没也，歌以紀之。

當年送水白石翁，神小亦知助沛公。蹣跚夜半至坡上，猝遇項王恣其雄。項王咤叱聲初起，問何物兮來負水。老翁股栗心且驚，一蹶頓令神仙死。神仙雖死猶如生，千秋廟貌新檐甍。過客乞福獻碑記，鷄頭山小紛縱横。我來正逢冬令節，道人引我從頭説。推窗試望東山坡，老翁堅坐穩如鐵。

鷄頭關二首

雄冠高欲啄褒城，俯飲驚濤尚有聲。若使田文來過此，枯崖應已奮先鳴。

我行原自寶鷄來，今見雄關轉益猜。不祀鷄頭祀陳寶，此中尚少祀鷄臺。

沔縣道中口占

芳郊瞥眼一番新，物態清華遠襲人。油菜舒青微帶露，麥苗茁緑暗生春。最宜薄著霏霏霧，且喜曾無點點塵。一路漸看村舍密，土肥那得使民貧。

土　關　鋪

廉纖一路濕行肩，朝挹輕塵緲欲仙。山店人家千樹雨，土關風景半峰烟。二分流水憐今日，三叠陽關迫近年。小憩藍橋莫留戀，梅花正是斷魂天（蘇詩：去年迢遞關山路，細雨梅花正斷魂）。

石窩金品茶

未嘗先覺氣清芬，玉笋抽芻不著裙（川陝婦人不似三江，每不著裙）。一笑供來茶七碗，可曾風韵似文君。

過五丁峽歌

蜀山之高高插天，閉絶秦塞隔人烟，先時已歷四萬八千年。蜀王好勇兼好貨，秦人巧制金牛卧，幾次引牛山不過。五丁力士真天人，手劈雄關通蜀秦，石破天驚泣鬼神。得牛盡力開山路，智同屈産將他誤，秦人一笑蜀人怒。後來蜀王作色荒，迎女未至拙蛇忙，地崩山摧壯士亡。吁嗟乎！五丁之生生何奇，五丁之死死何劇？至今絶壁兩分離，徒令千秋萬世詫爲神斤鬼斧來開闢。君不見，萬重山，一條路，金牛來，碧鷄去。

寧羌道中雜咏四首

沔陽未得謁巍祠（沔縣有武侯祠，昨過未及瞻謁），又過寧羌感舊思。天意難回燈火暗，千秋遺恨祭星池（祭星池屬寧羌）。

石碎泥黏轉上彎，勢如尫客仰而攀。肩輿放炮頻傾側，何事名爲牢固關（牢固關屬寧羌）。

一身呼吸在雲端，水氣氤氳着不乾。滿徑石棱泥滑滑，下坡幸易上坡難（閔家坡屬寧羌）。

川陝平分只二山，閔家坡外七盤關。小心移步憑誰建，客路行看泪欲潸（七盤关屬廣元）。

廣元道中口占六首

教場一夜雨難勝（一夜雨聲不息，觸感不能成寐），窗外冬青窗内燈。不料明朝轉晴徹，鶯花隊裏度崚嶒。

從來見慣是西商，誰料商家盡窅娘。四十餘夫争索飯，美人拭碗不停量（每當小尖，輿夫四五十名争索乾飯。不過一二婦人拭碗抄飯，絶不急遽）。

轉斗流波溯逆分（過轉斗堡，渡一波溯流，又渡一波逆流，想必入龍硐山穴者），又從中子見文君。兒家夫婿浮梁去，采買毛尖信不聞。

喧闐如市過神宣，爆竹香花迫近年。酒肆茶房新氣象，留賓最好是嬋娟。

龍門高踞嶺如牛，背轉層層最上頭。未識何人穿石窟，嘉陵水自洞中流。

龍硐朝天界似環，過來九里十三彎。四千總計辭家路，收拾風光莫等閑。

朝　天　關

俯看嘉陵水，隨山曲折中。幾層盤磴道，數里入虚空。萬笏天門插，孤峰帝座通。大羅真咫尺，謁拜肅靈宫。

朝天關盤道

下盤仰視上盤迷，轉上盤來上又低。直到朝天關上望，盤盤不復計東西。

千佛崖歌

蛟龍吐沫鰲山開，水晶宮破佛生胎，幻出一座凌空縹緲金銀臺。臺高臨江與天齊，驚濤折棧連雲低。過客至此烟雨迷，欲行不得束馬蹄。有唐韋公（名抗。開道就石壁鐫無數佛像，以鎮江水）毅然起，驅使靈窿障江水。岡兩奉令鞭石髓，闌干叠石平如砥，鐫成千佛懸崖裏。恍兮縱，惚兮横，形形色色皆如來，奇奇怪怪看不定。大佛如翁仲，小佛疑雕蟲；一佛撫猛虎，一佛制毒龍；一佛好坦腹，一佛能鞠躬（皆壁上佛）；中有一佛大龕卧，千秋萬古常朦朧（睡佛在大龕）。雲車風馬排上下，决是造化非人工。我今歲除至綿谷（廣元，古綿谷縣），瞻拜莊嚴炫心目。南朝四百八十寺，菩提現出真舍利。坤維三萬六千軸，金剛負之如握粟（壁上有金剛扛佛像）。初訝洪崖接浮邱，無量佛像來滄州。忽如子晋訪叔卿，天風吹下步虚聲。又疑神仙浴洛川，出没凌波滴滴蓮。不然或是天公獻壽杯，比邱大衆，乘鸞駕鯉，羅羅列列，緣墻踏壁紛然來。列缺霹靂，璚詭瑰奇，金壁輝映，變態合離，既千傀而萬儡，羌欲定而忽移，龕龕壁壁觀不止，令人思古意未已。天險古稱石櫃閣，今無其迹存其略。石闌走馬瞰嘉陵，行行古棧都忘却。此去不怕蜀道難，千佛對我説平安。

桔柏渡

桔柏江頭古益昌，銷魂自昔説明皇。我今到此緣何事，萬里勞勞喚渡忙。

天　雄　關

見説秦關百二重，幾番曾度最高峰。天雄獨占牛頭嶺，此後秦關不再逢。

劍門驛除夕有懷二首

昨登石匱閣，今入劍門關。水合雙溪外，峰開萬仞間。光陰過歲臘，雲樹望家山，瞻謁鉢盂寺，僧談不忍還。

燈火明除夕，盈街氣象新。嚴關羈店夜，寒燭异鄉人。巷巷摇金鼓，家家敬鬼神。明朝春色好，小住息征塵。

元旦登劍閣有懷

古道插天閣道通，恰逢元日步雲中。高疑秋水横空白，低訝蓮花匝地紅。玉闕春暉思北極，錦江曉色悵西風。欲酬佳節鄉心切，一夜離愁兩處同。

劍 州 有 懷

萬柏森森拂劍州，隔年新又作春游。雙娃竽鼓歌金縷，一架鞦韆挂玉樓。歲月今纔悲馬齒，風塵昨已嘆牛頭（牛頭嶺在天雄關）。四千里外難回首，滿目鶯花助客愁。

武侯祠

陣雲常護古祠堂，故壘摩空萬丈强。豈謂元戎威震虎，終令後主袒牽羊。祭星尚有池波泛，籌筆猶留驛路香。到底三郎勝劉禪，逍遥樓下又君王。

逍遥樓

武連回馬駐金鑣，十萬軍聲頌聖朝。莫是明皇能獨樂，玉人不在亦逍遥。

上亭驛

（又名琅璫，明皇駐此睹景傷情，因制雨淋鈴之曲）

怪底簾纖灑上亭，明皇曾譜雨淋鈴。三邊鼙鼓聲初靖，一曲霓裳韵早停。涕泪散同絲密密，琅璫誰喚玉娉娉。我今走馬梓潼道，古柏高山試一聽。

贈田驛丞豐

割鷄待客意綢繆，小麯高燒遞唱酬。七十餘年仍作吏，五千里外暫停郵。最難有子能承志，且喜爲官亦有秋（置田于此）。此處買山應不瘦，羨君終籍老綿州。

金山食紫甘蔗

紫蔗從來未竟嘗，金山列肆各盈筐。十分醞釀饒餘味，九節玲瓏吐异香。寸寸剥膚入佳境，層層咀液是甜鄉。若能飽食全無滓，造物應須别有方。

落 風 坡

長松老柏鬱高邱，古廟雄關鎮鹿頭。遺像肅清瞻舊式，平臺巍焕壯新猷。勳名未及扶昭列，志節何嘗讓武侯。北望定軍山畔路，卧龍白馬并千秋。

漢州道中四首

卜肆于今尚有樓，羅江勝迹足千秋。未知當日窮河洛，算我今朝過此不。（君平卜肆）

簇新金字表高坊，千古流風感德陽。今日不知江水遠，過來猶覺孝泉香。（姜詩孝泉）

直上層層聳碧霄，長虹百尺飲鳴潮。此邦多是人情好，故爾名爲和順橋。（和順橋）

雲影天光兩不開，板橋幾見作樓臺。渾忘雁水中邊過，疑

是長亭餞别來。（金雁橋）

舟泊成都東門望江樓下，夜梦薛濤，賦以紀异八首

井水何嘗負所天，波瀾誓不起中邊。嗤他老大商家婦，終抱琵琶過别船。

斷送高郎不白頭，温江常附大江流。緑珠舊事從容擬，千古傷心墜玉樓。

娓娓貞魂説向余，泪痕常灑竹窗虚。不知何物間唇吻，抱恨重泉女校書。

桃林讒謗話初成，流盡川江洗不清。試問兒家寧有此，何人解釋個中情。

舊客頻邀過客憐，并無貞字入詩篇。况餘三尺孤墳在，寒食何人化紙錢（濤墓去井三四里）。

蜀錦由來天下傳，芳名終遜薛濤箋。花間有恨憑抒寫，悵斷香魂離恨天。

神仙覿面在今宵，帶雨梨花無限嬌。絮語殷勤留不得，恨余解纜即明朝。

陳寶持來寄意深，媧皇舊物值千金。他年我若司全蜀，定爲芳卿表素心。

凌雲山六咏

萬樹千岩露一斑，亭亭蓋影秀孱頑。三峨盡勢全收入，衹在憑欄指點間。（競秀亭）

絶壁高擎大佛頭，千尋足踏浪花浮。從兹坐鎮三江水，不敢飛濤再逆流。（大佛崖）

古洞深沉罕見春，履聲咄咄逼游人。一睟法像常存石，面壁千年不動身。（海師洞）

翠微四面望玲瓏，左倚烏尤右祝融。一嘯亭中衆山響，恍疑鐵綽唱江東。（清音亭）

當時悵斷少年游，兄有東坡弟子由。今日聯床終不去，常常風雨讀書樓。（東坡閣）

層巒倒影鏡中涵，繞壁齊鐫古佛龕。疑是嘉陵江上景，一天風月好重談。（千佛龕）

舟行即景六首

誰將佛殿砌層層，十二瓊樓拾級升。洞裏自藏鴻化水，此工莫是二郎興。(古佛洞)

蜀中佳果幾時還，千里緹郵賚玉環。若道馬嵬應有變，何如生長荔支灣。(荔支灣)

深灘飛灘急浪衝，江心獨聳玉芙蓉。望中倒影懸樓閣，不羨巫山十二峰。(道士灘)

昂首高盤絶壁中，臨江俯飲咽長虹。五丁已死無人拔，常使蛇頭縮向東。(鐵蛇壩)

凌空匹練蘸横江，峭壁斜噴下急瀧。到此櫓聲停不住，添流催送木蘭艭。(瀑布崖)

險絶灘頭不易行，飛濤全自石棱生。舟人静悄都無語，只聽中流蕩槳聲。(乂魚灘)

馬邊即景六首

寳筏輕輕逐浪浮，一人赤足踏當流。問君蓮上紅鸚鵡，彼岸相逢渡我不?(竹筏)

百孔高輪轉軸圓，玲瓏竹管吸流泉。上行本是天然水，不費工夫自灌田。（筒車）

一畦密似一畦高，水面如梯不起濤。身入奇峰看界畫，魚鱗叠次數遭遭。（梯田）

雲碓何人置急瀧，臨流忽度曉聲淙。法輪轉處樁頭落，滿斛珠成力未降。（水碓）

不費仙家鞭石勞，任他雪片走飛濤。天生自比人爲好，穩似冠山有巨鰲。（天生橋）

十步岩巒五折彎，深深疑出洞中間。觀音對面明明説，不許肩輿坐上山。（觀音崖）

一　剪　梅（旅店題壁）

汧水多情助寂寥，風也飄飄，雨也飄飄。陳倉曾否度明朝？雲看山椒，霧看山椒。　　滿壁塗鴉漫解嘲，詩也無聊，字也無聊。故鄉正是可憐宵。梦斷征袍，望斷征袍。

卷三　山外山房詩集①

［清］劉書年　撰

① 《山外山房詩集》主要版本有三：（1）《山外山房詩集》，《清芬叢鈔》十六種之一，民國劉修鑑輯鈔本。簡稱叢鈔本，下同。（2）《山外山房詩録》，《思舊集》之一，民國十六年天津高凌霨蒼檜簃刻本。簡稱思舊本，下同。（3）《滌濫軒詩鈔》，《劉貴陽遺稿》本，《黔南叢書》別集。簡稱黔刻本，下同。（4）《滌濫軒詞鈔》，《清芬叢鈔》十六種之一，民國劉修鑑輯鈔本。簡稱詞鈔本，下同。

序

獻縣劉仙石先生《山外山房詩》若干卷，張文襄選入《思舊集》中，公早年詩冲和融易，逮入黔以後，境界一變，《黔陽書感》《南岳山督役》諸篇憂傷惻怛，情見乎詞，豈感物造端有不能自已者耶？文襄稱先生論人物及辨是非崖岸斬决。夫明鏡止水湛然無我，歡愉憂戚之發于先生之詩，猶人物是非之不能遁于先生之前也。式三大令誦述先德出此篇見示，展卷三復，爲之起敬，因述所見如此。

辛未八月後學許同莘謹跋

卷　之　一

壬午　年十有四

燕子磯阻風登眺，步麥秋帆韵

佳處何妨住，登臨近落暉。風帆穿樹出，水鳥傍人飛。寺古唐碑斷，途遥燕客稀。江南好風景，留墨滿苔磯。

戊子

晚秋渡桑乾河

寂寞河干路，窮愁對落暉。驚濤舟客狎，暗雨廟神歸。水漲漁梁没，天高雁陣稀。不堪重側耳，砧杵搗寒衣。

連橋詞二首

波外紅塵接遠天，水風長潑小漁船。前山日落人無語，郎自打魚儂采蓮。

問客搖鞭那處行，往來何事預期程。憐他風雨年年過，十二連橋數不清。

己丑

睡　　餘

一覺南柯日影偏，起尋殘夢步階前。半醒不醉夜來酒，乍暖又涼晴後天。妙悟欲參飛絮果，芳情休負杏花緣。烟蓑雨笠生涯好，倦客從他且放顛。

荒　　園

荒園久衰颯，草滿菊花叢。落葉響殘雨，寒蟬咽晚風。不眠茶作祟，多病久無功。書劍兩難就，浮生悲轉蓬。

裁衣曲四首

郎心似快剪，妾心似長綫。綫長密密縫，剪快絲絲斷。

織成鴛鴦錦，雙雙交頸卧。顛倒不忍裁，怕剪鴛鴦破。

手提白玉尺，星星著意量。量取妾與君，兩情誰較長。

衣成勞結鈕，結結綴郎襟。不結尋常鈕，結郎長遠心。

庚寅

折楊柳行

東風一片春光逗，楊柳依依摇短堠。馬啼驚醒客夢寒，鶯聲叫斷烟痕瘦。少婦慵妝起送行，滿懷愁絮亂絲縈。花底開樽勸郎醉，三杯五杯不勝情。天涯一望碧無垠，官道迢迢愁煞人。舞月披風春不管，問伊眉黛爲誰顰？芳軀願化風中絮，送郎送過黄牛渡。可憐别後倚西樓，凝眸怕見長堤樹。相思何處最魂銷，紅字闌干白板橋。手綰柔條挽郎轡，軟紅塵裏玉驄驕。烟寒日暮難留住，紅泪雙垂頭不舉。那堪轉眼又秋風，緑陰吹作黄金縷。

立秋夜有懷蕉雪四侄二首（時訓讀韓村官舍）

一片梧桐葉，飄然報早秋。蟬聲過雨咽，雁影帶雲流。入夜客吹笛，挑燈婦補裘。遥憐官鼓歇，清絶讀書樓。

凉月照孤影，滿庭花氣清。露濃疑雨點，風過作秋聲。絳帳自尋樂，青衿真强名。試看河漢色，曾否動閨情。

辛卯

憶舊時讀書處九首[①]

揖青小榭（甲戌、乙亥、戊寅）

小榭清幽極，梅州憶舊緣。數存詩禮訓，長倚愛偏憐（時隨先大夫讀書）。踪迹八千里，光陰十五年。羲經存手澤，什襲奉遺編（先大夫爲書年批點周易猶存）。

培風書院（丙子、丁丑）

五邑培風地，羈人足竟投。槿環三面牖，蕉蔭半間樓。愛索徐熙画，時听薛訪謳（徐幼白工丹青，爲余画扇。薛梦岩善歌，皆住書院）。一班成往事，那許重回頭。

梅花書屋（己卯、庚寅）

一廳凸立處，四面繞梅花。書嚮冷中讀，香从淡處賒。巡檐頻索句，掃雪爲烹茶。空色兩不辨，疏枝壁上斜（何竹圃画梅最佳，余以詩易墨梅一幅，懸書屋壁上）。

---

① 紀香驄先生鉅維評九首必存。

三　間　樓（辛巳）

廢讀猶勤讀，登樓最愴懷。墨縗愁沁桂，苫枕静依槐（樓下有桂二株，槐一株，余時守制居此）。笛韵聽何咽（西鄰時有弄笛者），琴聲和未諧。閉門無一事，伴母學長齋。

北　　軒（壬午、癸未、甲申、乙酉、丙戌）

五載栖遲久，村居記北軒。忘情花自舞，得意鳥能言。人憶分瓜戲，墻餘潑墨痕。當窗卧風處，往事向誰論。

沐　春　館（丁亥）

題額當年事，工書憶阿咸（沐春館匾額爲蕉雪侄手書）。水深時唤渡，家遠不通函。隔岸瓜三畝，沿河水一帆（館瀕河，隔岸多瓜田，瓜時，與同人游憩其間）。沐春春已逝，衣鉢恨空緘（同館八人，予最年少，爲宋敬齋夫子特賞，夫子竟以是年冬卒）。

松 榆 書 屋（戊子）

東郭盤桓處，相隨似竹林（時與蕉雪侄讀書于此）。剪燈邀夜話，分韵賦春陰（予與蕉雪各有春陰詩）。蓑笠僮來饁，壺樽我自斟（書屋距家里許，每阻雨則一童子自家賫具來饁）。棘闈慚戰北，今夕有同心。

豆 花 深 處（己丑）

種豆年年事，迎門一架香。書聲疏處透，月影静中凉。抱瓮呼童屨，抄詩課弟忙。自然真樂在，耕讀不離鄉。

山外山房（庚寅）

我住無山郡，何來山外山。讀書耽静境，有夢即烟鬟。想到峰巒頂，飛來几席間。小窗高咏罷，空際試追攀（予性愛山而所居無之，顏書齋曰“山外山房”）。

集句送謝緩階回粤（有引）

緩階名雲卿，粤人，工詩歌，飲極豪，尤嫻音律，觀碑太學，辛酉秋闈不第，將于九月言旋，同人賦詩祖別。僕自慚譾陋，又不能文，因取陳留家言自太傅以下凡六家綴成三短章，一以藉文其猥鄙，一以君家舊物還以持贈，其亦不出鄭志之意也夫。

幸藉京華游（玄暉），惠而能好我（玄暉）。如何當此時（玄暉），復思離居者（玄暉）。嚶鳴悦同響（宣遠），心襟既云披（康樂）。意傾歌弄緩（玄暉），酌酒賦新詩（玄暉）。相與欣嘉節（太傅），積念隔炎凉（玄暉）。誰能久京洛（玄暉），終知返路長（玄暉）。人謂客行樂（法曹），已傷春暮客（玄暉）。親親子敦余（宣遠），念離情無歇（法曹）。

别幌清琴哀（玄暉），行雲故鄉色（玄暉）。秋浦結清陰（希逸），悵望心已極（玄暉）。舉觴矜飲餞（宣遠），分手東城闉（宣遠）。道途艱緬邈（宣遠），深兹眷念情（宣遠）。沉吟爲爾感（法曹），願子淹桂舟（玄暉）。微風翼輕航（太傅），江上徒離憂（玄暉）。

餘日照青林（希逸），還顧望京畿（康樂）。搔首歌離别（法曹），緇塵染素衣（玄暉）。鴻飛從萬里（希逸），與爾同羽翼（玄暉）。寥廓已高翔（玄暉），圖南矯風翮（玄暉）。季秋邊朔苦（康樂），嘆彼行路艱（宣遠）。荒城迴易陰（玄暉），河流有急瀾（康樂）。歸客遂海隅（康樂），君思此何極（玄暉）。問以瑶華音（玄暉），歸梦相思夕（玄暉）。

秋陰晚寒

秋色淡將暝，薄寒襟袖添。烟光凝黄叶，鳥影入蒼兼。微月水邊漾，濕云空際黏。椅①樓人獨立，不語下湘簾。

卧　病

病魔十載未能降，擬絶塵緣卧北窗。魂夢不知關塞遠，徑隨黄葉渡湘江。

病中夜話

傷心秋事冷于烟，瘦骨棱棱亦可憐。相敬相親情稍慰，忽悲忽喜語尤顛。半簾燈影評新稿，一枕茶香話舊緣。苦爲相如病消渴，晚妝三夜減清妍。

---

① “椅”應爲“倚”。

感興二首

個裏因緣衹自知，浮生如夢獨醒時。世間幾見重圓鏡，局上終無兩勝棋。持算衹因同踏瓮，讀書敢竟許窺籬。百年塵迹皆前定，幻影窮通莫更疑。

築屋何須更買山，避喧終日掩柴關。事當已往方知悔，境到無聊轉似閑。病久漸教詩思懶，愁多休使酒懷慳。年華回首成虛擲，直付東流去不還。

癸巳

早　　行

籠銅晨鼓催人起，燈火昏昏猶在几。開門呼僕理孤衾，睡眼迷離倒雙屣。嚙槽老馬懶入轅，可憐瘦骨遭鞭棰。月影濛濛澹欲無，似隔疏林辨荒壘。多少紅樓香夢酣，四面樓窗扃不啓。獨有路旁名利人，碌碌輪蹄何日已。落花心事自蕭閑，也逐行人渡溪水。

秋　　江

雨過凉生夜，明月挂高樹。秋江澹無烟，一僧遥唤渡。

觀戈苕尊家藏宣和御筆書畫幀[1]

（畫作古梅一株，一猴坐據其下）

宣和世界忒草草，朝三暮四任顛倒。天子深宫作畫師，遺迹流傳尚珍寶。苕尊家藏八尺圖，得之禁中洵不誣。一猴坐據梅一株，梅自高古猴自神。清臞玲瓏御印覆其上，廣運之寶覷模糊。我聞猴之爲性貪而淫，梅花皎潔含冰心，譬諸君子小人别，臭味如何尺幅同。追尋宣和政體無乃大類是，韓劉王蔡混雜膺朝簪。吁嗟乎！可憐當代和羹手，沐而冠者居十九。南薰門外一炬燒，那得袁公劍術嬰城守？飄零五國魂無主，此圖不共埋黄土。冷山冰雪事堪傷，枉向人間留畫譜。裂君此圖君勿瞋，永固陵邊草又春。哀猿冷叫梅梢月，不見來澆麥飯人。

哭戈苕尊三首

門外傳凶耗，抛書咄咄呼。斯人赴冥漠，天道竟糊塗。迴首風烟慘，傷心筆硯枯。死甘陪講席，讖語恨終符（苕尊嘗謂人，得侍予講席一年，死亦無憾。由今思之，竟成讖語。吁可悲也）。

講席追隨樂，何期此願違。父喪猶未畢（苕尊父亡僅一年），母老竟誰依。冷露埋黄草，酸風卷素帷。凄凉别離日，相送對斜暉。

---

① 紀（紀鉅維，下同）評，節拍中度。

相送成永訣，三旬彈指間（苕尊辭歸甫匝月）。覆苫乏黄口（苕尊無子），泣血有紅顔。身世原無著，家門亦孔艱。撫棺誠未忍，西望淚痕潸。

讀史雜咏五首①

唐虞稱郅治，九官同濟濟。相彼巢許流，箕潁甘不起。既無康濟才，耕鑿安田里。如何洗耳言，乖僻一至此。名弗見六經，説乃出諸子。其人未必有，有亦妄人耳。皋陶作士師，厥罪宜先抵。富貴與貧賤，違時皆可耻。若逢亂離世，伯夷太公比。

從來開創君②，類皆英雄侶。炎漢逮唐宋，奮興一十宇。李趙多慚德，劉季足千古。豈其較二君，心術差可取。徒以時勢殊，古今异所處。西滅無道秦，東誅不義楚。幸因秦楚惡，相形成義舉。宫中醢勳臣，得無愧唐主。馬上駡豎儒，得無愧宋祖。

生死關節義，世人之所知。往往入其中，與世爲轉移。死亦人不免，百端巧避之。彭傷歸一致，名節誰能欺。嗟嗟揚子雲，讀書好男兒。一死苟不忍，文學終何裨。身爲莽大夫，七十尚有奇。何如早夭折，免致千秋訾。

---

① 紀評：五詩論正筆健，少作之嚴潔者。

② 思舊本録此首。

祖忠[①]見赫連，一拜遭屠毒。蘇威見秦王，不拜遭斥辱。憂來洵無方，人生總窮蹙。拜與不拜間，趨避將安屬。豈知君子心，坦懷無瑟縮。死生皆有命，區區難預卜。直道雖得禍，猶勝枉道福。

君子小人介[②]，象取陰陽分。成敗及事後，判若蕕與薰。當其貌竊時，往往惑聽聞。温公罷免役，蔡京效其勤。剋期副所令，相視成歡欣。豈知黨人禍，後此徒棼棼。所以貴君子，平心待群倫。勿以拂己去，勿以附己存。喜怒一有偏，賞識安能真。吁嗟苟不謹，誤國惟斯人。

我　昔

我昔觸藩時，進退皆難能。時恐憂患罹，步履如不勝。賴兹惴栗心，竟得安其恒。艱危幸自解，無復長兢兢。久之歷坦途，直欲忘淵冰。淵冰知不遠，墜陷嗟頻仍。如彼銜波魚，一朝得漏罾。又如雲中鳥，矯翮脱輕矰。飛潛苟不謹，禍機復來乘。差幸漁獵徒，尚未加憑陵。慎之復慎之，覆轍宜知懲。

塞下曲三首

嶺頭亂草盤，寨外暮笳寒。健兒調劣馬，不用跨雕鞍。

---

① 思舊本録此首，“忠”作“思”。

② 思舊本録此首，“介”作“界”。

半醉袒貂裘，不壓春寒重。指點刀劍瘢，天陰作隱痛。

何年烽火銷，閑却射雕手。携歸餉鄰翁，塞上蒲桃酒。

秋　海　棠

春花艷似嬌娆婦，秋花静似幽貞女。春花有色媚春風，秋花無力禁秋雨。天生兩種不同時，邢尹遥遥鬥眉嫵。若將燕瘦比環肥，秋花羞與春花伍。春花可愛秋可憐，弱質輕盈奈何許。

甲午

春日客居[①]

每值春來便别家，扁舟送我向天涯。東風吹緑門前水，載到鄉愁是落花。

偶　　觸

已被儒冠誤，茫茫唤奈何。壯仍知事少，貧覺負恩多。醉倒還看劍，愁來欲放歌。何當凌五岳，絶頂結行窩。

---

① 紀評：神韵天然爲卷中絶句之冠。

閨　情[1]

春老雙蛾鎖不開，羞將粉黛對妝臺。夢于覺後尋無著，愁自生前帶得來。離緒料應濃似酒，吟身可是瘦于梅。新詩寫上青團扇，日向花間讀幾回。

郊行晚歸

偶爲尋芳戀，歸途暝色昏。花明春水岸，人語夕陽村。衣薄禁風力，林疏漏月痕。炊烟飄一縷，雙犬吠柴門。

寄内六十韵

燕齊各一方，睽隔若卯酉。兩翁事宦游，邂逅相逢偶。遂締絲羅緣，以卿奉箕帚。卿生卅二日，呱呱喪慈母。隨翁走天涯，不離翁左右。九齡以孝聞，哭翁血數嘔。我父相繼亡，各歸守田畝。草草又十年，太歲在己丑。卿與我同生，時年皆十九。三月日初八，于歸爲我婦。事姑得歡心，傷哉不逮舅。寒素我家風，衣鶉飯則糗。卿非桓少君，荆布甘相守。豈惟事機杼，兼須操井臼。鬻釵典明璫，日易米一籔。怡然無怨言，何殊冀缺耦。卿本不知書，聰明由禀受。從未經世緣，何嘗染塵垢。生成義烈性，不能隨矯揉。我時發戲言，錚錚無所苟。質

---

① 紀評：絶清空妙作，猶嫌起三句滯相。

弱比茂姝，心堅類賁黝。凉霄我讀書，熒熒燈在牖。語卿忠孝事，清泪滴杯酒。每言生有涯，難博名不朽。尤慕魯朱家，于義别有取。外人怪其痴，紛紛掩笑口。我生鮮同心，視卿如畏友。卿志在學書，乞我循循誘。偷閑執一編，微吟不釋手。經史有疑義，時時代爲剖。唯不喜老莊，鄙之如芻狗。暇或及韵語，但推杜陵叟。捉筆試爲之，亦弄無鹽醜。手談術最精，布子如結紐。有時偶對局，一笑我先負。情事驗纏綿，宛如絲在藕。庶幾筆墨間，倡隨常聚首。可憐名利途，困人若枷杻。自從入我門，于今六年久。其間事乖舛，紛若亂絲綹。風雨趁槐黄，三戰三敗走。科名我未能，黻佩卿何有。兩載滯京華，三載辭樂壽。北堂萱草枯，涕泗横襟肘。兩雛并夭折，勞卿空乳縠。我出在春初，我歸在冬後。我性又卞急，器量愧筲斗。卿以激烈心，相遭益攻掊。事後兩無猜，尋思祗自咎。行行將三十，所遇仍紛糾。鳥倦思役林，魚困方罹罶。已嗟生計疏，誰憐顔面厚。逐逐不得休，鑽研翰墨藪。小技等雕蟲，祗供覆醬瓿。浪竊一日名，問心心益忸。逝將作歸計，繞門種楊柳。中構讀書堂，任人呼某某。與卿和新詩，投報類瓊玖。何苦學蠻觸，世途紛踐蹂。作詩還質卿，卿其然我否?

曉　　發

剪波柔櫓響依稀，五夜寒生旅客衣。潮勢已隨殘月落，鐘聲遥挾片雲飛。一星漁火剛投渚，兩岸人家尚掩扉。貪倚篷窗凉不寐，誤抛鄉梦隔慈幃。

讀書十章示芝泉季弟①

讀書若觀水，道在窮其源。源遠流自長，六經有遺編。導河始積石，千里紆綿延。次及列朝史，汹涌披波瀾。諸子與百家，騷選連千篇。清泉漾池沼，亦足供流連。于此不致力，末學憑倒顛。案頭制科文，童丱困其間。沒齒奉爲寶，干禄操微權。叩以經史義，張目都茫然。譬彼斷港水，日暴將立乾。

讀書若尋山，横峰而側嶺。一丘與一壑，曲折藏勝景。彳亍窮躋攀，歷歷心自領。既往惜已遥，未來望猶警。跬步神偶疲，當前失妙境。今之讀書者，鹵莽雜馳騁。匆匆數十行，對人誇奇穎。譬彼游山客，流連清晝永。問以山之奇，瞢騰殊不省。所貴善學人，妙悟生于静。

讀書若飲酒，其味扺醇醪。斟酌纔滿杯，能使壘塊消。醖釀得其方，真珠滴小槽。承筐泲以丱，入瓮縮以茅。未聞飲酒人，啜醨餔其糟。旨哉古人書，精粗無不包。此中有津液，不與糟粕淆。患在讀書人，所見衹皮毛。不能細咀嚼，奚自承薰陶。酒中有真味，曾未嘗分毫。

讀書若傳薪，攸灼終弗絶。徒觀始然時，杯水即撲滅。比其勢既熾，可以鎔金鐵。其中少間斷，沸止薪已撤。晝短夜以

① 紀評：讀書十首皆甘苦有得之言，學者當寫一通置諸座右。

繼，蘭膏勿銷歇。焰焰逮炎炎，焜煌并日月。若使旦暮間，或作而或輟。死灰難再然，伯夷豈能烈。餘燼不可收，碌碌因人熱。

讀書若耘苗，土疏苗自生。順其自然性，去其拂逆情。若嫌所生遲，率意加經營。朝夕助之長，屑屑矜聰明。根株一以斷，是自絶其萌。枯槁可立見，何以能敷榮。拘牽與穿鑿，畢竟同無成。所貴學養兼，速效敢預程。無益而有損，宋人所當懲。

讀書若看雲，當存活潑思。倏然雲在天，舒卷隨其意。何日天無雲，何日雲相類。變化在須臾，無心作游戲。古人今已死，陳編偶然寄。即使身不死，復生今之世。覼縷述所言，焉能不少异。今之讀書者，循行而數字。一一求其合，寸心先已滯。持此論古人，豈能抉深秘。紙上畫雲山，終年乏殊致。

讀書若賈貨，巨眼辨幾希。羅陳五都市，珠玉輝陸離。良楛雜真僞，所争在毫厘。古人著作才，非似書奴痴。或爲鋪張筆，或爲粉飾詞。有時詭寄托，有時耽游嬉。懵憧略無别，一例盡信之。舉僞以亂真，已爲古人欺。所賴讀書者，善悟兼善疑。入市逞奇巧，烏能眩波斯。

讀書若持衡，貴在平兩端。毋輕爲披駁，毋刻爲譏彈。事後論古人，少智而多頑。局外談世故，有易而無難。設身以處地，未必心皆安。如何後學者，率意興狂瀾。能令青史人，千載心猶寒。譬彼持衡者，輕重淆多般。空自較錙銖，呶呶肆呼歡。

讀書若較射，畫的懸居中。範圍過不及，偏倚皆消融。毫厘一以差，矢發流西東。著書出异端，百計欺愚蒙。趨向苟不審，步履將終窮。歧途一誤入，無術出牢籠。展卷對聖賢，事事宜折衷（折衷衷字本去聲，按《後漢書・梁統傳》："爰制百姓于册之衷"，注不輕不重也。通作"中"。《前漢書・貢禹傳》："微夫子之言則無所折衷"，亦讀作平聲）。志正而體直，所發自不空。道書與内典，充棟宜火攻。

讀書若品藥，甘苦雜温凉。藥性既异宜，對證[①]即良方。豈容稍無别，一例投肝腸。人性各有偏，毗陰而毗陽。古書即妙藥，扶弱兼抑强。用之苟失宜，反爲性情傷。返躬須自審，弃短而取長。良藥或誤用，勿令疾者嘗。

北宋古錢歌（有引）[②]

歲甲午，村童有戲于東皋者，見土氣坌涌，時有陸離之狀。以手撥之，得古錢數枚，再以物探其下，則纍纍遍地，歸取畚鍤掘焉，得錢三千餘，細辨之，大半北宋物也。以示劉子，爲作歌曰：

---

① "證"應爲"症"。

② 《思舊集》録此首，"有"作"并"。

宋家錢法忒潦倒，畸輕畸重何擾擾。七百年來鐘鼎沉，猶嚮土中埋重寶。土中重寶自璘彬，不涸泥沙不化塵。日深光氣終騰上，重使人間識郭輪。競携鴉觜深深掘，土花班駁苔痕黦。摩挲细字認模糊，知是曩時宋①京物。村童逐個數星星，恰得三千尚有零。九帝改元三十五，猶餘七種失沉冥。草書淳化工塗竄，熙陵捉筆揮宸翰。記得頒從玉几前，敕賜近臣人一貫。太平興國字銷磨，篆體盤旋蛟與鼉。崇寧不改當三式，嘉祐空懸折二科。中有一枚紹興字，流傳應自臨安至。就中再揀得正隆，幽燕舊是完顏地。解事村童笑向予，此錢埋没幾年餘。我言不雜光寧字，北宋之終南宋初。憶昔青苗紛聚訟，敕使舒王經國用。兩河滿地哭流②民，安得此錢醫病痛。加税初行國步遷，廣輸金帛爲和邊。消錢有罪漏錢死，枉設峻法相株連。當世荒原修戰壘，此錢不共刀兵毁。太平土地變膏腴，終歲犁鋤翻不起。物之隱現各有年，人世徒勞子母權。君不見，南渡紛紛行會子，方尺稱提紙作錢。

雜詩六首

思我少年事，恩怨何分明。讀我少年詩，風月何凄清。所見既不達，于事誠多争。頗思近年來，意氣稍和平。不使任俠氣，不牽兒女情。循循守吾素，庶幾全其生。

---

① “宋”，思舊本作“汴”。

② “流”，思舊本作“窮”。

終歲爲饑驅，出門寡依托。生成冷淡性，與人多落落。所以羈旅中，每思田園樂。如何返田園，倍覺情緒惡。翻羨客中身，見聞了無著。茫茫天地中，何處堪插脚。有愧學道人，隨地皆綽綽。

閉户日讀書，悉心與推測。必欲抉其微，不能存特識。偶然見方隅，古人已先得。如何持小慧，師心矜創獲。著述擬前賢，紛紛角智力。累牘與連篇，祇供蠹魚蝕。

我生十二年，歸來服先疇。忽忽又及今，歲復十二周。村隅笑株守，日月真如流。著書苦無才，何以遣窮愁。温飽固非志，饑寒亦可憂。何時弃儒冠，四方學壯游。

西風掃空林，落葉皆紛飛。辭條猶戀戀，隨波故依依。使我感逝心，對之一長欷。豈知天心轉，陽和已先歸。榮枯有定理，孰能與時違。以此悟循環，人生當息機。

手種佛桑花，英英媚園亭。朱華朝始燦，向夕隨凋零。荏苒纔一日，四序如迭經。人生百年内，何殊一日停。感此彌不樂，胡爲誇獨生。

梦蔣理門（并序）

理門，粵人也。舊事先君子。予幼與之戲，稍長從之學。予年十二返于粵，常通音問焉。庚寅冬，理門入都，羸馬敝裘，迂途百里，造門見訪，極感其厚誼，留一夜，匆匆別去。爾來三四年，消息闃如。今歲十一月二十七夜，忽梦見之，梦境恍惚猶庚寅冬日事也。覺後枕上偶成此篇，工拙在所不計，聊不虛此一梦爾，藏諸篋中，异日以示理門。

与君相依十二年，兒時風景在眼前。與君相別十二載，壯盛光陰容易改。人生聚散亦何常，叵耐天長路更長。草草年華付流水，個中情事總難忘。前年十月層冰裂，疲馬凌競蹄似鐵。萬里敲門謀一笑，那不令人叫痴絶。嗟予屋角獨僵眠，耻食朱門買笑錢。先世故交都冷落，窮途何意博君憐。感君高誼世無比，握手相看雜悲喜。新詩出示聲可擲，舊事重提泪如洗。匆匆一別又三冬，苦憶君顔不易逢。自是相逢良不易，那堪魚雁杳無踪。聞道風塵蒙引汲，軍門森竦容長揖。又聞劉表解荆州，仲宣浪迹難收拾。白日風烟障遠眸，黄昏燈火照離愁。果然痴想還生梦，仿佛當年事壯游。夢中不識相逢樂，但説將離悲索寞。牽衣强作苦死留，留君不住空漂泊。嶺樹燕雲各一天，情知此會總茫然。憐君安得生雙翼，梦裏相逢話舊緣。

訪　友

踏雪訪君來，君先踏雪去。低徊認屐痕，引入尋梅路。

乙未

春雨中客思

春暖春寒太不齊，桃花東面柳條西。剪開風片燕初到，攪碎雨聲鶯亂啼。筆墨才華輸地主，園林消息盼山妻。爲霖儻得深膚寸，半頃荒田定插犁。

别 舊 屋

七載安居忽漫違，此行忍便説如歸。情懷似與故人别，踪迹宛隨新燕飛。僅有墨痕留四壁，憑教花影鎖雙扉。蛛絲鼠迹憐蕪漫，知付何人守夕暉。

閑庭小立，有柳花拂襟袖間，捉而遣之，隨風度墻去，情感于中，口占一律

本是飄零物，乘風意已迷。谁能留爾住，枉自覓人栖。茵溷緣隨結，升沉理亦齊。懸知身世感，不必怨塗泥。

苦 旱 行

懶龍貪睡鞭不起，長夜猶疑蟄潭底。一夜喧傳汲井枯，千家萬家愁欲死。去秋便爾遲甘霖，豈期一旱直到今。春苗五月未下種，凄絶農夫望澤心。連朝西北濃雲作，屢被南來風力奪。

陰凝不敵亢陽欺，依舊晴空閃日脚。前墟米價逐日高，貧者愈困富愈豪。千錢乞得易斗粟，僅免三日妻兒號。嗟予筆耕仗毛穎，家無負郭田二頃。忍飢誦經夜不寐，仰視繁星猶耿耿。嗚呼天聽何其高，書生坐視徒憂勞。安得乘風排絳霄，手抉雲漢流甘膏。

重過周六泉先生故宅，愴然有感，賦詩悼之

西州門外泪痕潸，咫尺仙踪不可攀。作吏家風盟白水，著書心事托青山。簏多遺稿從人取，室少孤兒信命慳（先生乏嗣）。料得泉臺留隱憾，傳經弟子故痴頑（先生及門最廣，期予獨厚，故云）。

哈密瓜十六韵

不羡青門種，瓜州産倍强（哈密，古瓜州地）。嘉名誰與錫，妙品合争嘗。密葉翻濃緑，疏花謝嫩黄。籬深防鼠竊（土人種瓜者必固其籬，以防鼠竊），實巨驗狐藏（顔師古注《漢書》謂瓜州大瓜，狐入其中食之，首尾不見，今證以哈密所産，實無此事）。灰細頻搓子，風尖恐裂瓤。綿綿經抱瓮，采采已盈筐。雨露三秋浥，山川萬里長。得天原最厚，遷地豈能良。滋蔓嚴他族，分甘重此鄉。觚棱回部帽（形稍尖者，俗名回回帽，中斷之形酷似），鈴馱賈人裝（瓜熟時，商賈來販瓜者多以騾馱負去）。驛路紛馳送，腴田敢久荒。沁牙成美質，剖腹結寒漿。鮮壓狸頭白，珍推鴿色蒼。新餐同沆瀣，舊志説燉煌。异域飄香遠，通衢索價昂。年年方物貢，

聖代擴邊疆。

途次口占即示牧之

莽莽風沙接遠郊，偶尋村店款衡茅。兒童争看衣冠客，父老難忘筆墨交。往事中途悲重述，殘年舊業忍全抛。匆匆揖别摇鞭去，愁見疏林日挂梢。

丙申

查初白名其游廬山詩曰：雲霧窟集，凡十餘日，山之南北俱遍，得詩七十餘首，燈下披覽，用其自題集後韵，戲作一首

男兒生來好筋力，萬里遨游壯行色。安能閭巷守枯株，咫尺峰巒不相識。廬山名弗列五岳，絶境由來競攀陟。我昔扁舟過山下，欲卸征帆風不息。芒鞋探勝苦無緣，望斷蒼岩空拭目。先生游興本自豪，獨撥烟雲闢榛棘。奇險都留一卷詩，出没毫端誰得測。夜深静坐偶披吟，透紙銛鋩猶叕叕。計從月初抵月半，略自山南過山北。每逢佳境觸耳目，便藉新篇寫胸臆。所惜游踪不暫停，枉費工夫耽藻飾。何如但學蘇子瞻，到此才鋒竟深匿（東坡游廬山，立意决不作詩，及聞山僧競云：子瞻來矣，僅成絶句數首）。平生蠟屐消幾雨，過眼名山留不得。無端一去迹如掃，歸路匆匆信誰逼。栖賢阻雨小流連，尚自祈晴恐道塞（卷中有栖賢寺阻雨詩云：石頭路滑不可行，游人早起祈天晴）。先生若竟住

山中，未必山僧意多嗇（卷中又有開先寺詩云：可惜不容我借榻，山南第一好禪林）。吟詩不了更輯志，何苦紛紛事雕刻（先生時方輯《廬山志》）。我生儻從五老游，記取斯言斷不食。

客中遣懷

十載飄零爲客身，衹憑筆墨接芳鄰。意中人遠偏無夢，腕底詩成却有神。酒冷半和游子泪，花開絶异故園春。思歸莫便彈長鋏，不是田文座上賓。

花朝微雨，諸同人郊外看杏花，得“花”字

天公作意釀韶華，蠟屐衝泥爲看花。細雨清風春一半，平蕪淺草路三义。香抛殘滴沾衣濕，艷入繁枝礙帽斜。儘受清寒自開落，不教容易折還家。

雨後庭中看花

東風太欺花，連朝作春冷。微雨暗相催，花魂猛然醒。顔色頗自矜，精神若爲逞。照人增嫵媚，枝枝斜復整。金釵十二行，新妝鬥明靚。客况苦寂寥，藉以娱晝永。杯酒試酬花，花神或笑領。所惜囊已空，坐負好風景。一醉不易謀，閑亭自啜茗。

梦至興化啖荔枝，蓋因日間讀竹坨初白閩游詩，屢及此物，故夢境云爾。然予幼時在粤，曾飽食之，初非幻造此空中色相也。覺後，戲成三絶①

十五年前嶺嶠回，炎天冰雪記成堆。只餘未啖楓亭種，一梦從教補缺來。

鼠穴乘車异想穿，一迴展卷一流涎。如何未領詩中味，却羡先生口腹緣。

側生倒挂火珠紅，一念新羅路便通。從此黑甜甜更甚，不妨終老是鄉中。

歸途見新柳有作②

南陌烟迷緑滿林，歸途恰好趁輕陰。人經遠道知甘苦，春到垂楊驗淺深。繫馬漫添吹笛怨，凝妝誰識倚樓心。憐他風雨長亭路，纔折柔條便不禁。

---

① 思舊本録三首。

② 思舊本録此首。

初携眷屬赴館感賦[①]

輕車結束客囊添，滿載琴書與鏡奩。半日征途親僕婢，一年清課辨齏鹽。出門托足羞懷土，入室低頭恐礙櫓。底事寄人梁上燕，携雛長是繞風簾。

又做一首以自解[②]

年年旅食嘆孤凄，忽漫移家逐馬蹄。客裏光陰消酒盞，閑中情味覓詩題。書燈檢點還同弟，食案經營况有妻。從古蘧廬比天地，何須惆悵苦羈栖。

張生木五以送揖青侄赴濟寧幕，即次其韵

任城此去客途賒，泪染麻衣看上車（侄于去歲遭父憂）。失計頓教兒廢學，分憂猶賴婦持家。登樓有賦應留草，入幕何心更坐花。汶水方生遲待渡，夕陽天半數歸鴉。

揖青次韵留别多凄惋之音，叠前韵以廣其意

便道重逢歲月賒，一杯相屬暫停車。琴書但得依賢主，鷄

① 思舊本録此首。

② 思舊本録此首。

犬何須戀破家。蓮幕尋詩虚遠梦，燈窗草札剔寒花。平安兩字吾能寄，不用城頭卜鵲鴉。

揖青詩中復以兄墓爲言，三叠前韵以示之

泪滴荒阡望眼賒，銜悲勸爾且登車。十旬濡滯緣辭墓，四海逢迎便作家。曠野夕陽多宿草，故園寒食有梨花。松楸我輩長看守，莫更傷心返哺鴉。

晨　起

晨起愛延賞，捲簾花氣濃。新詩方滿眼，古事每填胸。獨坐世情淡，不言真趣逢。寥寥天宇闊，容我寄孤踪。

三月十五日先慈諱辰，客中感賦

雨露忽已濡，日月行復逝。庭前風木聲，動我瓶罍思。痛惟屬纊初，慘若前日事。今來喪既除，屈指三易歲。拜奠弗躬親，正坐身遠繫。平生六弟兄，忽忽亡其二。斷雁不成行，存者僅餘四。去留又各半，那復論家計。而我了無成，久客偕予季。驚心及兹辰，欲歸竟無自。紙灰背人化，相對空垂涕。况乃貧乏交，未卜牛眠地。凝塵滿棺蓋，思之愴人意。持家仰生母，淑慎明太義。今朝寢堂上，定有魚菽祭。説著浪游兒，清泪應難制。母齒雖未衰，五旬亦將至。辛苦育三雛，一一勞撫字。長大漸離巢，反哺情難遂。終年竊館穀，孝養誠何濟。誓

言守懿訓，勿使脩名替。一第儻幸邀，兼慰存亡志。九原先大夫，世德膺有繼。嗚呼罔極思，報稱良非易。

送　春

九十韶光未覺賒，何須惆悵惜年華。燕南景物從來晚，送得春歸始看花。

聞揖青久而未行，四叠前韵

清樽話别酒曾賒，底事連朝滯客車。道遠未能輕決計，囊空那許竟辭家。誤入幽梦尋芳草，遲爾殘春送落花。十日閉門糧又尽，帖臨乞米祗塗鴉（揖青將行，張生蔭南以平原法書爲贈，揖青刻意模仿，故落句及之）。

寄懷鄭生蔭卿

异地論心喜得徒，敢將離思戀區區。鶴真有子聲相和，鶯許爲鄰德不孤。幾見畸人歸篤行，所難才子作醇儒。門墻桃李今栽滿，得似蒼松秀拔無？

接家書知揖青已行，連日盛暑，想見長途勞憊之狀也，五叠前韵

行期屢卜事原賒，算到今朝竟買車。滿面黄塵愁上路，半

天赤日倦思家。人投村店争呼茗，馬喘深林亂踏花。若遇晚凉休遠趁，恐防暗裏惱驚鴉。

夜雨有懷揖青道中，六叠前韵

觸暑馳驅恨已賒，那堪夜雨駐征車。殘魂銷盡難爲客，短夢驚回不到家。入耳怕添官道水，關心知在故園花。前途結伴聯床聽，應笑成雙縮項鴉（時與菊坡侄同行）。

夜坐憶舊，寄縣城諸同志

半生足迹羈窮鄉，耳目閉置難禁當。興來有意作排遣，如啼蚯蚓號寒螿。吾邑夙稱文獻藪，賢哲輩出誰能詳。維予自恨生也晚，慨慕先達空茫茫。十年結納半寒畯，才地往往皆難量。鋒棱瘦馬我所出，邇來駿足方騰驤（瘦珊馬甥方領鄉薦）。季騧挺秀亦善走，劇惜銀海銷光芒。若使雙瞳夾明鏡，雲衢定卜騣龍翔（季明爲瘦珊弟，天才俊逸，惜爲目疾所困，遂成坎壈）。二難競爽殊未已，猶有賢阮相頡頏。嶄然今已露頭角，名駒千里難施繮（蕉庵爲瘦珊、季鳴令侄，詩文有家法，去歲試方冠軍）。崔騆博洽更無比，胸中萬卷羅縹緗。揮毫頃刻逾十紙，群推賦手詩騷腸（崔次龍才思敏捷，風檐中一日成三賦，援筆立就，大爲吴甄甫先生所賞識）。吾宗二子頗豪逸，新詩千首充奚囊。有時一飲動一斗，世人不知呼酒狂（家問渠、雙溪，工詩善飲）。諸君磊落興非淺，鯫生晤對真彷徨。客冬朋好凡兩集，快事已許平生償。壺樽竟夕爲傾倒，密坐未覺寒更長。初徵雅令鬥遲速，旋拈險韵争低昂。雪中吟聯竈下醉，別來此意無時忘（去歲冬，有與諸君雪中聯句、祭竈聯句二詩）。所惜盛會不長覯，饑驅各在天一方。搏沙久已任聚散，泛梗難與分行藏。今宵風月仍好在，故人幾處勞相望。安得長房縮地術，坐令异域成同堂。紛紛寶劍齊出鞘，與君周旋古戰場。

桑葚二十四韵

萬箔蠶眠後，深閨罷采桑。風纔抽笋緑，雨恰促梅黄。忽訝離離葚，都飄點點香。勻圓初滿樹，錯落盡成行。葉底低垂密，枝頭寸許長。棗花開處認，麥穗秀時嘗。性比含桃熟，名齊縹李芳。翠朱凡幾變，玄白竟相當。攢粟形惟肖，生津味亦良。祇疑皴荔殼，差許敵柑漿。十畝栽應遍，千枝摘正忙。呼聲齊歇擔，説價定傾筐。陌上分錢買，林間用斗量。幾曾登綺席，空自重窮鄉。此味傳東海，何人嫉北方。熟常先夏果，墜不拾鄰墻。孝子囊無匱，神仙體有光。允宜充藥餌，尚可備糇糧。時警新亭梦，争投駿馬裝。鴞音懷漸好，鳩食醉應防。醲熟香雖烈，餐多暑恐傷。分甘欣有願，徵事陋難詳。生菌名休誤，爲桅辨忽忘。年年供飽啖，藉以潤枯腸。

梦揖青，七叠前韵

遠夢都從一枕賒，驚看携手竟同車（梦與揖青同車）。此身化蝶猶尋伴，何處聞鷄不憶家。長路關山迷月影，小窗風雨暗燈花。可知今夜逢痴叔，一樣無眠待曉鴉。

近聞揖青居停遷任洳河，揖清到泲後，想亦促裝南下也，八叠前韵

知爾蓬飄迹轉賒，迢迢千里易舟車。乍來東岸還爲客，却望南池已是家。水國定逢新雁度，山城誰護舊栽花。最憐寂歷金鄉道，竟作依依繞樹鴉（計揖清到泲時居亭已去泲數月）。

雷雨紀异，與若農、芝泉兩弟聯句①

今年立夏苦不雨（竹史），晚禾錐卓成枯荄（若農）。朝來南畝望雲氣（芝泉），依舊晴空日脚相摩揩。向晡延俄竟入夜（竹史），開軒却暑邀同儕。西南雷車隱隱不可遏（若農），陡聞急點淅瀝侵苔階（芝泉）。飄檐濺瓦驚驟至（竹史），但覺聲摧力猛砈砈摇空齋（若農）。孤燈欲滅不滅慘無色，花欄三尺泥沙埋（芝泉）。電光瞥向窗隙過②，時見天水一氣浩汗無津涯（竹史）。乍疑九霄銀河勢泛濫（芝泉），懸流直寫③風雲皆。又疑瞿塘倒傾三峽水（若農），波濤澎湃崩高崖④。世無昆陽大合戰（竹史），何來鉦鼓音相偕。中宵戛然止（芝泉），星斗明天街。凉風時送爽（竹史），清景何幽佳（若農）。破空霹靂一聲響（竹史），昂頭無術驅陰霾（若農）。傾盆較先勢愈急，承塵韵滴丁東諧（芝泉）。須臾

---

① 紀評：聯句能極盤礴尤爲大難。張文襄公之洞輯《思舊集》録此首。

② “過”，思舊本作“過”。

③ “寫”，思舊本作“瀉”。

④ “崖”，思舊本作“厓”。

漏痕墜老屋，草書妙訣逾古釵（竹史）。移床避之不能寐（若農），坐聽水聲徹曉鳴湝湝（竹史）。濃雲漸收朝日澮，出門滑澾泥黏鞋。籬根蟠泣蚓（芝泉），墻角栖涎蝸。輕烟障弱柳（若農），殘滴垂雙槐。折枝巢濕出飛雀（竹史），臨流水漲添鳴蛙。舍南浩蕩連舍北（若農），沿溪處處撑竹簰（竹史）。村童踴躍齊出浴（芝泉），争泅波底撈濕柴（竹史）。祇愁乾風坼豆莢（若農），誰知潦水沉麻藍（竹史）。田家積澇古亦有，終宵沈溺天心乖（芝泉）。鄰翁三五相聚説，夜來驚見神龍夭矯空中排（若農）。老樹十圍匿妖魅，六丁前部帝所差。枝幹奔崩褫魂魄（竹史），天明原野餘枯骸。鯫生聞之駭且嘆，事不經見摧心懷（芝泉）。時在丙申六月十八日（若農），兄弟三人歸來次第題詩牌（竹史）。

久不得揖青消息，
而家人待以舉火甚急，九叠前韵寄之

漫道他鄉樂事賒，依人幸免出無車。料應落拓還如舊，但有羸餘且作家。珍重遥天瞻雁足，丁寧驛使寄梅花。誰憐冷竈炊烟斷，獵獵西風噪暮鴉。

目疾口占二首

鎮日摩挲泪不干，閑花未老霧中看。已甘萬事模糊過，手把殘編欲廢難。

歲月都從暗裏過，光明世界忽生魔。憑誰試把金篦乞，宿

障沉沉爲刮摩。

懷戈敬齋

士風日以頹，之子稱卓行。俗儒安足譏，讀書志賢聖。難忘對床夜，語語見真性。立身苦無成，先求心氣定。古人如何作，此意差堪證。別後思君言，百感如不勝。況當摇落辰，蕭騷忍傾聽。紛紛柔脆姿，難與天心競。君看冰雪中，獨有蒼松勁。

郭旺屯即目

疏籬界斷兩三家，茅屋全教碧樹遮。閑擱轆轤斜照裏，豆花棚底響繅車。

秋日閑居

清晨下床啓竹扉，檐際淡沱明朝暉。宿露浮草濕人屨，峭風隔花吹我衣。新凉如此好天氣，度日依然無事機。偶向前林見落葉，征鴻歷歷皆南飛。

哭陳蓮浦四首

寥落悲吾黨，從今失此人。魂先歸白岳（蓮浦嘗爲言夢游黄山），心本厭紅塵。灑落生前意，飄零蜕後身。寒氈無恙在，不救長卿貧。

傅説修文召，誰能問杳冥。達人成解脱，造物忌精靈。入世情原淡，浮生夢忽醒。明年逢此日，宿草已青青。

當代論才子，如君本自奇。有生惟縱酒，將死漸無詩（蓮浦性嗜詩酒，聞近年惟以飲酒爲事，亦不復弄筆墨）。冷宦心如水，孤兒命若絲。誰賚磨鏡具，千里爲扶持。

與君交尚淺，不爲友生哀。一作騎鯨客，難尋綉虎才。塵沙埋玉樹，風雨暗金臺。蕭颯古桐下，吟魂時復來（蓮浦所居古桐書屋）。

中秋家宴憶内，用杜工部韵

良宵須放酒腸寬，博得當筵笑語歡。五載分携逢令節，一家環坐盡儒冠。移情莫惜金樽倒，對影翻愁玉臂寒。明月弄人真狡獪，我歸卿又异鄉看（予自辛卯後，中秋皆不在家。今歲予歸，而荆妻又寄女侄家未得返）。

接揖青信，十叠前韵

一緘輾轉道途賖，爲附南來驛使車。千里但憑人寄語，數行空説客思家。却看封面題蒲月，細數游踪感菊花。何事雁程多阻滯，錯占風信怨啼鴉。

夜坐讀崔次龍詩[1]

舉室盡鼾睡，挑燈聊獨吟。窮愁羈客泪，疏拙古人心。弦外有餘韵，塵中無賞音。篇終憶標格，明月照空林。

寒夜有懷李玉書

吾黨中有落拓不羈之玉書，詩腸盤結酒膽粗。逢人慣使白眼看，入世厭逐紅塵趨。詼諧談笑無時無，頻年却被儒冠誤。旅館寒窗苦誰訴，知君長夜學鰥魚。此際無眠亂愁注，鼓打籠銅盼窗曙。

秋九月，次龍書室桃李盛開，摘與菊花同供一瓶，爲賦此章

同居香國中，生小未識面。胡爲艷冶姿，耻向東風炫。晚節苟能甘，偕隱亦所願。高士與美人，何因得合傳。

揖青眷屬南行，附寄二首，十二叠前韵

盡室南征路正賒，况堪什具少于車。也知轉徙原非計，任説團圞可當家。靦面更拋千點泪，迎眸新放一枝花（揖青新舉一

---

① 《思舊集》録此首。

女）。空居爲爾殷勤護，愛及紛飛屋上鴉。

尋踪未惜馬蹄賒，滿載巾箱雜紡車。苦爲饑寒能作祟，竟携兒女説浮家。秋風東道迷鴻爪，夜雨西窗剪燭花。料有離情談不盡，可憐啼殺後栖鴉。

丁酉

悼張氏侄女

曉起群鴉啼，繞屋聲不止。門外忽喧傳，今宵女侄死。拍案驚復疑，其速胡止此？昨朝别汝歸，見汝色猶喜。何期一夕停，浮生付流水。哭汝不成文，哽咽陳所以。憶汝誕生時，祖父識初徙。字汝曰恩姑，謂汝多福祉。生成明慧姿，女伴誰得比。灑落但率真，笑談隨口齒。生平亦何辜，無端奪壽紀。自汝賦于歸，廿載若彈指。家道稱素封，好逑屬君子。婉娩事重慈，温恭接娣姒。佐夫任家政，一一就條理。鷄犬雜米鹽，瑣屑勞省視。婢僕數十人，寬嚴惟所使。以此著賢聲，藉藉遍鄰里。生兒十五齡，從我授經史。捉筆試爲文，頗能得其旨。我嘗戲謂汝，花封易博耳。三女又稚弱，待嫁深閨裏。一朝溘然逝，遺恨從兹始。汝父本早亡，兩兄皆庸鄙。汝母復善病，卧床久不起。我力不能顧，終年爲汝恃。今汝又捨去，衣衾竟誰委。况我館汝家，于兹四年矣。今歲眷屬來，骨肉相依倚。倏忽遭此變，幽憂胡可擬。明年再來時，人亡室猶邇。倉皇往哭汝，泪下不能已。知汝聞不聞，昏燈照靈几。

初見西山作

插天萬笏起峥嶸，猶記京華結素盟。今日相迎過百里，故人誰似爾多情。

上少司馬潘芸閣師六十韵

爲報星軺出，騰輝映璧躔。是真香案吏，來自大羅天。犀照波心朗，冰開鏡面圓。新階賓玉尺，宿望重花磚。憶昔蜚聲素，争誇得路先。探籌登甲第，拋紵值丁年。遂協虹霓願，親承雨露偏。榮將分寶帶，寵欲撤金蓮。邠老宗風擅，宣城逸派沿。西清供檢校，東觀費摩編（辛未舉進士，散館授職編修）。并集瀛洲侶，齊排禁闥前。嚴徐同給札，庾薛共分箋。賦海雄才著，登樓麗句研。千言矜白戰，萬選獲青錢。允副龍頭望，平教鵲序遷（大考翰詹以澄海樓賦命題，師仿歐陽禁體，凡字畫涉水部者，概不用，欽擢第一，由編修遷侍讀）。八叉欣獨步，再試領群仙。册府菁英萃，詞林典故宣。宏通標品目，顯要陟班聯（再試翰詹，復列一等，由侍讀遷侍讀學士）。河伯方興虐，民生日就朘。淮陽浮浩渺，宵旰重憂煎。資格何嫌破，宣防聽自便（河决淮陽，特設副河帥之職，首蒙簡命）。桃花春激浪，瓠子夜停船。敢憚泥塗瘁，惟期版築堅。風濤經險恶，忠信保安全。緩緩操舟楫，鱗鱗認陌阡。臣衷差不負，輿望總無愆。三策南隅奠，雙旌北闕旋。冷卿休致誚，宗寺暫充員（河患平，旋京補宗丞）。忽拜烏臺命，因操白筆權。車應彯鷺羽，冠合珥貂蟬。霧徹行垣肅，霜飛决事專。

甫令司憲度，又復任陶甄（遷副憲後，遂有提學畿輔之命）。化雨隨時渥，春風到處扇。皇華迎節鉞，官柳拂鞍韉。漫效青矜刺，高瞻絳帳懸。龍門清似水，鶴署冷于氈。晋秩參樞密，掄才歷薊燕。珊瑚收網底，翡翠拾洲邊（擢少司馬，仍留提學之任）。自愧雕蟲技，難邀彩鳳憐。半生羈隘巷，奕世勵貪泉（先君曾任廉州太守）。剩有牽蘿屋，都無種秫田。縹緗留舊業，錦綺制新篇。舞勺齡猶稚，游庠譽已延。名場軍屢冠，藝院幟頻搴。但覺烟霄近，徒驚日月遄。枯魚愁水竭，歸燕悵雲連。蝸角虛求勝，峨眉懶鬥妍。酒懷增氍毹，劍氣失蜿蜒。豈意文章伯，翻成翰墨緣。一家通沆瀣，四座雜丹鉛。頑石終遭剖，焦桐竟上弦。乙鴻精鑒别，五雀定衡銓。遂使金針度，堪嗟鐵研穿。置科原鄭重，入貢盡英賢。桃李均培植，参苓背弃捐。羽毛漸久鎩，衣鉢辱親傳。重射蘭成策，仍揮祖逖鞭。感懷空往復，酬志待聯翩。立雪能容否，挑燈倍惘然。驊騮蒙一顧，昂首九方歅。

戊戌

游趵突泉

濟水奔流不可狎，陡驚平地傾三峽。波飛濤立石倒穿，上指青天恣歕欱。是誰穴地鑿雲根，要與靈泉争險狹。那知剽悍不授制，直豎冰山勢岌嶪。迅若蛟龍怒攫雲，猛若虎兕哮出狎。神機暗伏弩射的，練影齊飛劍出匣。轉訝乾坤在桔槔，洄漩幾歷恒沙劫。我聞此水性難測，入坎出坎消一霎。疏瀹非關人力爲，千載猶傳神禹法。至今香火奉金仙，碧沼紅欄互穿插。傳言吕師掌雷部，役使紛紛衆丁甲。飛流不敢作狂瀾，應有神兵隨管押。我來城西訪遺迹，擬就清池求一畝。道人風骨何珊珊，自劚松根荷雲鍤。樹底翩躚有舞鶴，闌内褵褷多放鴨。無言飲我甘泉甘，舌本餘芳漗吸呷。山房默坐聽潺湲，小憩不愁足力乏。衹愁雲根嚙將穿，大地當年竟崩壓。

歸途雜感（有引）

僕以戊戌春杪歸自歷下，踽踽獨行，意甚不適，每當夕陽策馬，斜月聞鷄，情動于中，輒復口占一律，晚就旅舍，燈下録之。共得七首，因其語無詮次，總題之曰《歸途雜感》，末章專寄内兄。

匆匆游轍返東南，短堠長亭舊路諳。離緒已隨風力軟，酒懷不抵别愁酣。明湖影尚杯中泛，趵突泉留舌本甘。一事尋思終抱歉，鵲華雖好不曾探。

又從此日嘆孤栖，回首城闉漸漸低。馬解懷人催亦懶，鴻經留迹認都迷。相依健僕心猶怯，難忘嬌兒手自携。無限閑愁消不得，郵亭更在夕陽西。

酒旗亂颭出孤城，此是停驂第一程。沙静官橋知雨足，春生襆被覺寒輕。飽嘗旅館荒凉味，猶憶同車笑語聲。底事歸途翻悵望，妻孥山水總關情。

征途碌碌自奔馳，去住無端總繫思。百感逼人真齷齪，一身到處任遷移。客中歲月三春過，别後情懷兩地知。多謝深閨頻寄語，促裝休趁未明時。

銜尾雕輪逐曉寒，車箱差較去時覺。地多荒戍催行急，人到中年話别難。懊惱風塵雙轍誤，凄迷燈火五更殘。阿侯傍母方眠熟，擁被應知夢未闌。

一龕瞑坐夢惺忪，驀地驚回恨萬重。斷雁迴翔空有意，閑雲來去本無踪。花開野店香偏細，酒賣荒村味不濃。自覺近來消瘦盡，隔墻猶唱減芳容。

車簾深閉絶飛塵，心事低徊共轉輪。落拓親朋渾似我，飄零骨肉竟依人。霜姨艱苦籌薪米，稚女嬌痴解笑嚬。我亦年年愁旅食，思量無術療君貧。

聞歌有感

琵琶切切酒深深，誰擲當筵買笑金。父母饑寒紅粉泪，江湖老大白頭吟。閑花野草千秋恨，孽子孤臣一樣心。道是腐儒知此味，壯懷爲爾幾消沉。

楊花詞三首

不信花能離樹開，漫天晴雪點輕埃。儂心更比春飄蕩，偏逐東風入幕來。

作隊成團意若迷，春愁飛滿夕陽西。有人自恨不如爾，一路直隨郎馬蹄。

情態渾如酒乍醺，惹他蜂蝶鬧紛紛。隨風莫上妝樓去，年小徐娘怕見君。

寄　　内

自別平陵後，中途冷不支。幸因眠食健，頗耐風雨欺。攬轡嫌微早，停驂怕太遲。每逢過舊地，未免憶來時。傾盡三升酒，吟成一卷詩。按程歸遠道，作字慰遐思。

寄懷芝泉季弟春闈五首

風致翩翩太俊生，論才誰似阿戎清。老兄草舍聊揞拄，五鳳樓看汝造成。

早歲文辭并擅名，小堂同聽讀書聲。一朝健羽遭風折，讓爾蓬山頂上行。

文場倜儻統偏師，奏捷無煩再舉時。今日杏花隨手折，但須折取最高枝。

春陰深處望長安，山近連朝定釀寒。衹有號簾遮薄薄，怕教凉暈上毫端。

恰逢鴻雁北飛初，聊寄相思一紙書。爲問風檐春夜月，較量秋月定如何。

瘦珊馬甥亡于春闈，聞訃之下，哀悼不能成聲，七日後作詩四首[①]，哭之

凶耗傳來意轉驚，幾回搔首望神京。新詩寄我猶遲答（去冬以詩寄予，未及裁答），噩梦催君竟早成。燈下縗麻悲弱女（遺二女，尚幼），客中含殮仗門生（卒于門人冉申[②]寓所）。王融自抱文章痛，不爲私親始愴情。

車茵醉吐憶殘冬（去冬見過，相與縱飲，登車時遂至醉吐），豈料歡筵不再逢。生本工愁搴薜荔，死還惜福主芙蓉。書香欲繼無通子（甥無子），詩卷能傳有仲容（令侄蕉庵工詩有家法）。翻爲羊曇揮老泪，樂陵門外吊遺踪。

苦盼龍門海樣深，功名意氣總銷沉。九原莫釋方千恨，一第難償趙壹心。伏櫪馬原多駿骨，還鄉鶴尚作哀音。堪嗟旅櫬飄零日，誰助窮途一餅金。

---

① 思舊本無“四首”二字，録其一。

② “冉申”，思舊本作“申冉”。

梓鄉寒畯賴陶甄（甥素貧，以課徒爲業，邑中能文之士皆經其指授焉），豈獨門楣繫此身。從識浮名爲大患（甥自去歲患肺疾，同人阻其北上，甥不可，力疾入闈，甫出二場，疾遂不起），待删詩稿屬何人（予嘗有意屬瘦珊删定詩稿）。妻炊破釜難求米，弟檢遺書自掃塵。一樣摧殘同仲舉，修文有伴定情親。

將赴都中，留别諸同志五首

文字有因緣，半載稱素心。相交日雖淺，相契情以深。明知去必返，未免勞沉吟。藏拙苦無計，逼使同浮沉。行藏不自主，富貴非所歆。空煩數君子，引領期捷音。

詩壇有老佛（張佛村），廣大推教主。晨昏共唱酬，忘情到爾汝。送我過歧亭，再拜無一語。依依芳草情，重作春蠶吐。袖中出新詩，微吟益愁苦。明珠八十粒，粒粒皆堪數。爲我壯鞭絲，行裝信非窶。

主人稱好客（任之），招我登講壇。君家好栽培，繞砌多芝蘭。奇姿超凡卉，枝葉紛交攢。我來施灌溉，敢云心力殫。芬芳計日吐，顧之有餘歡。一朝遽舍去，莫使苔紋乾。歸來看繁花，朵朵披闌干。

援止即止之，一日聊逡巡。諸生敦厚誼（芥盧、端峰兄弟），苦苦攀征輪。清泪滴杯酒，泪酸酒益醇。别語豈在多，所貴完其真。先路敢云導，臭味原相親。後約如可踐，故策將重陳。

離恨勿復道，努力惜青春。

小別期未遥，此際亦難遣。同心四五人，歡聚悲緣淺。行期卜又更，朝朝事飲餞。僕夫促登程，腸共車輪轉。回首瞻暮雲，春風不能卷。安得并州刀，離愁一時剪。

讀王五橋平原道中題壁諸作，悵然有感，漫成二章以寄

金臺杯酒罄交歡，又向西風鎩羽翰。作客定知同我瘦，致書還比見君難（客歲彼此致聲，皆久而未達）。漫將一第常縈抱，各有千秋要放寬。傳語家門問和仲（謂喆兄、連伯同年），夜床聽雨鬢應殘。

匹馬梁鄒事壯游，爪痕一路我曾留。題詩名熟應捫壁，貰酒囊空記典裘。菽水慣牽游子恨，錢刀拼遜賈人籌（二句用五橋詩中意）。那知千里貧交在，更把新篇觸舊愁。

題吳壽璞明府《歡農圖》，時方以吏議去官，即送給其歸里三首

牧笛聲中雨意闌，分秧喜占水雲寬。黃童白叟齊通訊，忘却科頭是長官。

樹底停車認陌阡，瓜痕回首尚依然。宦情争似民情樂，負

郭曾無二頃田。

展卷欣看面目真，迎人善氣一腔春。家風合繼河南守，未許東山老此身。

送王治甫之官蜀中①

君向三巴去，崎嶇古道存。地盤江作字，山圻②劍爲門。芋粟成豐歲，烽烟靖列屯。文翁留治譜，遺俗勉重敦。

① 思舊本録此首。

② “圻”，思舊本作“坼”。

卷　之　二

壬子

七月初八日輿中口占二首①

山東風物似吾鄉，紅皺黄團夾路香。我自畏寒防腹疾，任看傔從買來嘗。

西北諸峰辭我去，東南列嶂又相迎。平生恐負青山約，何日山田事耦耕。

露　筋　祠②

垂楊垂柳傍湖栽，擾擾饑蚊尚似雷。殘月曉風添悵惘，我

---

① 思舊本録此。原爲七首，思舊本録其二，此當轉録自思舊本。

② 思舊本録此首。

來不見白蓮開。

丹　　陽①

訪古曲阿道，英風懷寄奴。丹陽曾置尹，玄②武亦名湖。故壘寒潮打，荒城夕照孤。六朝空往迹，秋色滿平蕪。

舟　　夜③

遠浦秋蕭瑟，扁舟夜杳冥。飛星拖水白，凉露洗天青。人影瘦于鷺，漁燈紛似螢。烟波清夢戀，有約問蘆汀。

癸丑

將之黔中述懷二首④

懷鄉戀闕意茫茫，也逐青蓮到夜郎。愧乏文章能報國，笑看傀儡乍登場。途窮骨肉抛三地，天遠音書滯一方。奪我鳳池

---

① 思舊本録此首。

② “玄”，思舊本作“元”。

③ 思舊本録此首。

④ 咸豐三年（1853）七月，劉書年由獻縣出發，赴貴陽上任，途中作《黔行日記》，爲詩百余首。自本首即爲日記中黔行詩。共有《山外山房詩集》本、劉修鑑《黔行日記》抄本、《黔南叢書》别集《黔行日記》刻本。思舊本録此，無“二首”字。

原不恨①，粗官只合老蠻荒。

强揮别泪上征車，又是秋風落木初。戎馬間關休脱劍，筐箱拉雜半裝書。肯令蘇蕙悲文錦，尚冀潘安奉板輿。傳語不教兒廢學，他年曾望氣充閭。

望店鋪雨夜題家書後二首②

客程無好夜，况值雨滂沱。孤燭銷殘夢，空樽托浩歌。家書陳瑣屑，壯志付蹉跎。坐聽村鷄唱，明朝鬢欲皤。

驛路三千里③，親年六十餘。功名孤注似，擔荷上肩初。荒戍多嚴警，鄉園匙定居。兵戈兼水潦，留滯意何如。

途次苦雨四首

北風次雨至④，七日不⑤開晴。路似通渠没⑥，車如泛艇行。

---

① “恨”，思舊本作“憾”。

② 思舊本録此首。

③ “驛路三千里”，其他本皆作“驛路七千外”。

④ 思舊本録此首。“次”，其他本皆作“吹”，應爲“吹”。

⑤ “不”，思舊本作“未”。

⑥ “没”，思舊本、黔刻本皆作“决”。

登程[①]先氣索，叱馭倍[②]心驚[③]。琴鶴都成累，差宜襆被輕。

風定雲彌厚，雷奔雨并驅。疾如飄羽箭，緩似滴銅壺。澗底狂瀾倒，檐端急溜粗。漏天猶未到，先自困征途。

昨夜模糊月，今朝黯黮陰。銜泥知馬力，問道驗人心。植穀連疇偃，新秧大野沉。豈徒行旅害，比户慟霪霖。

半程行不到，村店又延俄。屋漏床床遍，垣頹處處多。烘衣尋濕竈，濯足就盤渦。佇盼來朝霽，長虹天半拖。

妖　　星[④]

積雨忽開霽，欃槍晚更明。妖祥叶占驗，芒角太縱横。當世正多故，天心未厭兵。九重齋祓意，灾沴或消萌。

河北逢芝泉弟，屬以問渡，無舟。藉得小聚三日，别後却寄

河壖逢令弟，執手雜悲歡。豈意聯床便，翻因問渡難。時危仍作客，計迫始辭官。後會知何地，黔陽路渺漫。

---

① “登程”，思舊本作“約僮”。

② “倍”，思舊本作“獨”。“馭”，其他本皆作“馭”，應爲“馭”。

③ “驚”，思舊本作“平”。

④ 思舊本録此首。

陳橋二首[①]

陳橋刮地起陰霾，魁柄潛移兆厲階。馬首逢迎真快活，帷中籌策早安排。遺孤尚幼他年戒，大志非常夙昔懷。蒲伏齊稱[②]呼萬歲，臣心能否似乖崖。

北伐軍興正肅裝，俄驚揖遜出倉皇。果然檢點爲天子，不信香兒[③]是讓王。殿陛久知存虎視，爪牙先已伏龍驤。黄袍一著天心定，燭影中宵更可傷。

汴梁感事二首[④]

名都形勝望中收，客到夷門紀壯游。四塞河山開沃野，八方風雨會中州。金堤土壅孤城命，沙磧霜飛萬馬秋。艮岳樊樓休過問，眼前烽燧觸牢愁。

城頭三日望氛祲，已耗軍儲卅萬金。周勃但知錢穀數，陸機終愧棟梁任。靈威赫濯推神貺，懋賞便蕃錫玉音。誰似覃懷裘令尹，析骸食肉勵孤忱。

---

① 叢鈔本無“二首”兩字。

② “稱”，日記抄本、黔刻本作“聲”。

③ “兒”，日記抄本、黔刻本作“孩”。

④ 思舊本録一首，其二。

古東里國大夫廟①

故址傳東里，荒祠下馬尋。通材延國脉，遺愛在人心。溱洧清猶昨，萑苻害至今。救時宜用猛，火烈緬良箴。

潁　　橋

征衣猶帶帝京塵，鴻爪還留潁水濱。洗耳高風慚隱士，遺羹純孝慕封人。汝墳近有微波接，嵩岳長浮瑞靄新。賴是賊氛渾不到，耕漁仍作太平民（前月，賊由汴梁至許州南竄，襄城一路未攖其害）。

汝 墳 橋

汝墳勞問渡，一葉喚舟師。禹貢名偏闕，周南化始基。津亭詢古迹，旅思忍輖饑②。宛葉風多悍，空懷禮教遺。

南陽道中

漢家事業渺秋烟，宛葉驅車思悄然。名士青山高卧處，真人白水中興年。木牛莫挽偏安恨，銅馬争推大度賢。千載鬱葱

---

① “廟”，日記抄本、黔刻本皆作“祠”。

② “饑”，日記抄本、黔刻本皆作“飢”。

佳氣盡，霜蕪凄黯夕陽邊。

過南陽咏光武事六首①

白水真人氣象殊，西京火德嬗東都。堂堂正正中興統，多事强華赤伏符。

司隸威儀詎等常，葱葱佳氣望南陽。金吾却記微時語，未必初心即帝王。

枕上凄涼泪滿膺，傷心骨肉日兢兢。春陵四廟追尊後，菲土能無念伯升。

高皇豁達比無差，漫説深宮寵麗華。一樣英雄都好色，不曾人彘泣陰家。

河溯追奔力已窮，公孫麥飯太匆匆。滹沱冰雪昆陽雨，險絶蕭王亦幸中。

開國能教氣節伸，中宵犯座動星辰。高風終讓羊裘客，王（常）李（通）當年亦故人。

---

① 思舊本録二首，其一、其三。

望隆中山有作

躬耕遺迹説隆中，梁父高吟想素風。帝胄未將遺緒纂，先生那可布衣終。蠶叢割據三分定，魚水君臣一德同。甘把神仙换丞相，草廬恩遇感無窮。

襄陽曲二首[①]

舊説襄陽樂，今來宿大堤。兒童空拍手，不唱白銅鞮。

行近大堤城，初見大堤女。花艷幾曾驚，只是錢工數。

樊城舟次

輪蹄匝月困山程，心喜臨流賦濯纓。羈客衾寒燕市夢，艑郎艣唱楚人聲。荊門烟樹經秋出，鄂渚風波過雨平。早識布帆安穩挂，浮家悔不共南征。

望鹿門山有懷龐公

故里多冠蓋，維公擅一邱。高風逮妻子，名士數（去[②]聲）

① 思舊本録此首。

② “去”，日記抄本、黔刻本作“上”。

交游。養拙危時計，遺安後嗣謀。南陽高卧者，出處各千秋。

八月十五日夜，舟泊小河口，積陰初霽，對月感懷①

天公作意憐孤客，良宵不許秋陰積。似防蓬背雨添愁，故遣姮娥慰岑寂。濃雲净掃暮天碧，微風不動澄江白。初離海嶠鏡團欒，旋墮波心珠的皪。峰巒隔岸數（上聲②）層層，烟樹浮空排歷歷。宜城酒美饞可療，武昌魚賤飢堪食。長年饋節沿楚俗，粔籹餦餭粗飣席。追逋剥啄竟無聲，静聽鄰舟奏風笛。漢陽如此作中秋，比似長安意差適。平生遭遇艱跋涉，此意惟餘天愛惜。豈知扁舟獨夜心，雨固蒼凉月亦戚。回首天涯幾斷腸，令節都逢簡書迫。去年今夜在之江，鳳味堂中操玉尺。也因對月觸鄉思，尚慮遺珠恣冥索。一麾出守又如今，南指牂牁困行役。百年過隙歲將半，萬里投荒影成隻。白黑丁憐蠻俗殊。東西爨苦家書隔。羈臣③猶難骨肉俱，何日烟波同泛宅。相思相望在三地，各有啼痕墮今夕。知否陰晴同不同，北斗摇摇空目極。

江口守風作

雙艑伊鵶下漢川，西風穩借布帆便。那知束手江頭坐，却羡人家上水船。

---

① 思舊本録此首。

② 思舊本無此注。

③ “臣”，日記抄本、黔刻本作“官”。

代來船戲答

勸君不必羡儂船，快意原難冀兩全。我得順風君順水，天公恩怨本無偏。

三台湖阻風①

向晚②雨聲歇，西風颭檣竿。布被睡未興，舟子爭呼歡。帆腹倏飽張，迅若急弩攢。平湖定飛渡，寧患路渺漫。豈知造物心，順逆原無端。快意衹須臾，石尤怒翻瀾。急雨打頭至，雪片迴奔湍。斷岸人烟稀，寄泊隨所安。驚濤拍短③篷，層陰冪遥巒。華葉變焜黄，萬象皆荒寒。刁調晚漸息，湖光爛銀盤。市遠烏啼飢，渚冷鴻鳴酸。薄醉不易謀，粗糲供夕餐。荆楚地卑濕，淼淼江湖寬。黔陽四千里，西上皆危灘。艱險俱未歷，宦情亦已闌。涉川懍往戒，扣舷起三嘆。明發未可期，長歌行路難。

漢　口

萬古岷嶓水，東流此路經。朝宗期并赴，晝夜幾曾停。樹

---

① 思舊本録此首。

② “晚”，思舊本、日記抄本、黔刻本皆作“曉”。

③ “短”，思舊本、日記抄本、黔刻本皆作“矮”。

擁晴川碧，山横大别青。傷心兵燹後，市估總雕零。

武昌感興四首，末章專吊馮小亭學使

山川相繆鬱蒼蒼，自古雄稱百戰場。有客過江悲鼓角，無人據險失金湯。督師聽命由驕卒，堅子成名作國殤。莫更處堂同燕雀，烽烟咫尺接潯陽。

黄鶴樓高天半傾，楚氛一夕遍江城。劫開殺運能招寇，禍起庸臣令典兵。虎口屢經生亦幸，鴻毛無補死原輕。傷心鄂渚波流赤，捷奏飛馳到帝京。

謾語虚傳奮地雷，沿江百雉聳崔嵬。若無内應城難破，倘有强援敵可摧。皖浦瞬看樓艦下，巴陵空費羽書催。笑他遲暮悲身世，尚爲籯金屢乞哀。

桂譜同登見性真，探花先占上林春。銜恩國士身酬主，就義孤兒死報親。三楚通材收杞梓，百年大節動星辰。軍魔①坐擁渾無恙，地下應慚侍從臣。

---

① “魔”，《黔行日記》抄本、黔刻本皆作“麾”。

江行即事

浪花鋪翠不成堆，千里澂明一鏡開。飯罷舟師貪晝睡，布[1]帆安穩剪江來。

雨

川暝雷初動，江空雨驟來。渡頭深樹黑，天外暮潮迴。孤驛行難達，遥峰望不開。南征偕旅雁，并宿水雲隈。

江　暝[2]

暝色横江起，扁舟入杳冥。落霞猶映水，深樹已藏星。葉葉風帆白，層層石壁青。客愁須酒遣，移傍市壚停。

簰州早起

曉風殘月酒醒初，岸柳青青影漸疏。江水東流客西去，錦鱗不解替傳書。

---

① “布”，日記抄本、黔刻本皆作“片”。

② 思舊本録此首。

石頭灣過赤壁鏖兵處

石頭灣口水沄沄，舊日周郎此策勳。横槊奸雄空一世，截江事業定三分。舳艫東下驚宵焰，烏鵲南飛起暮雲。莫向劉家誚豚犬，荆州新屬左將軍。

羅山峽守風①

江行無定程，要在風力順。登艫渺孤躅，川涂日遠趁。平生恬退心，萬事戒輕進。獨有利涉貪，淹滯實所悶。昨朝石頭灣，破浪一帆順②。衝飈若行空，百里不逾瞬。放膽蹴龍穴，縱目數鴉陣。岧岧岳陽樓，咫尺庶可認。詎意羅山根，驚波忽倒噴。顛風掣旗角③，有翼不能奮。打樁加竹纜，舟師但坐鎮。可知宇宙④間，快意事亦僅。忽憶乘風時，來船力方困。艫摇舵還捩，移岸不及寸。我方恣奔放，彼定苦遲鈍。往來各懷私，疾徐宜揣分。造物有成算，恩施非所吝。所欲苟盡償，何以均喜慍。世途紛夷險，内念恃忠信。况當涉波濤，跬步必加慎。行止任天公，得酒姑勿問。

---

① 日記抄本、黔刻本“風”后有“作”字。

② “順”，日記抄本、黔刻本皆作“迅”。

③ “角”，日記抄本、黔刻本皆作“脚”。

④ “宙”，《黔行日記》抄本作“寅”，應爲“宙”。

舟中望岳州城放歌

岳州天險今始經，鼓棹縱覽山川形。全湖灝瀁蟄龍伏，群峰聳峙翔鸞停。一城實據要害地，摩空欲渡無修翎。草間戰血洗不盡，至今水氣猶含腥。土人動色相告語，傷心往事難爲聽。蠢兹小醜起西粵，有若白日攢流螢。海水一掬澆使滅，立見瘴霧消冥冥。養癰種毒逾十載，曲意粉飾欺朝廷。督師力懦制不得，軍書旁①午馳郵亭。妖風②一炬下衡永，驚波千里連湘酃。群依旄鉞作保障，倏報戎馬臨郊坰。紛紛委甲競奔竄，失勢文武同伶仃。黄巾據此得勝算，如鷹脱鞲屋建瓴。太③河南北江左右，同遭躙轢無畦町。孰膺畺④寄孰閫寄，古來失律依常刑。聖慈未肯濫誅戮，擇其尤者權拘囹。寬典妄希沛雨露，嚴威誰復驚雷霆。軍興倏已届三載，瘡痍滿地哀生靈。董龍鷄狗安足責，錯令手勒燕然銘。可憐當軸負人望，胸中乃復淆渭涇。感時羈宧⑤切悁⑥忿，劍花拂拂磨霜硎。亦知世事日艱棘，江湖一葉仍飄萍。高秋景物助蕭颯，丹楓白葦催揚舲。一麾荒徼自兹去，决事日坐青莎廳。書生面目竊自愧，力小任重如撞莛。昨年使我典此郡，全楚何以資藩屏。主戰力須制奔潰，主守計必堅關

① “旁”，黔刻本作“傍”。

② “風”，日記抄本、黔刻本皆作“烽”。

③ “太”，日記抄本、黔刻本皆作“大”。

④ “畺”，黔刻本作“疆”。

⑤ “宧”，日記抄本、黔刻本皆作“官”。

⑥ “悁”，黔刻本作“捐”。

扃。倉皇措置果奚恃，到此自問心靡寧。悲來仰天發長嘯，波心吹卷風泠泠。不聞朱弦奏瑶瑟，且呼美醖傾銀瓶。竹枝凄咽起哀怨，蘭渚仿佛生微馨。沈沈雁足滯鄉信，鱍鱍魚脊翻潭星。客心幽憂不自解，况復節侯驚凋零。荒鷄喔喔促起舞，篷窗剩對孤燈青。五更浪打風雨急，榜人偶語眠初醒。長途險夷那能計，明發扁舟涉洞庭。

渡洞庭湖四十韵

兹湖八百里，圓徑誰能參。客子遄征戒，舟人利涉貪。首塗辭岳郡，歧路認湘潭。舵鼓流能直，帆張力正酣。四圍都湛碧，一色但拖藍。勢欲傾銀漢，光難印紫嵐。地從波外盡，人①向鏡中函。略辨辰居北，長凝②日指南。太虚無畔岸，元氣此包含。鳥没長空迥，龍歸澍雨覃。風濤排叠叠，雲陣布曇曇。混沌浮泡現，洪濛太③谷谽。火維孕丁女，水宅配壬男。不放端倪露，常虞宇宙湴。汨羅通駭浪，衡岳失穹嵁。夢澤如吞芥，君山似卧黿。陰晴隨變幻，昏旦怵愚憨。黛染峰迷九，書傳樹叩三。雙丸交沐浴，萬象付渾涵。舊俗陳牲醴，叢祠薦橘柑。荆巫傳吉語，山鬼匿塵龕。樂奏靈俱集，飛來亂竟戡。神鴉紛聚散，白馬（洲名）走驂騑。鎖杙驚初斷，丸泥敢競探。鼓聲聽隱隱（湖中禁鼓聲，過擂鼓臺方不禁），旗脚動澹澹。吊古翻書册，傷

① “人”，日記抄本、黔刻本皆作“天”。
② “凝”，日記抄本、黔刻本皆作“疑”。
③ “太”，黔刻本作“大”。

時撫劍鐔。命窮輕灝漾，氣壯駕寙窊。快比弦抨弩，何愁米費甑（諺云：升米過湖，斗米過湖，甑米過湖，言風色有利不利也）。鷗閑如見傲，蠡測總知慚。老衲千花塔，歸漁一草庵。澧蘭懷渺渺，岸柳拂毵毵。鎮定窺神志，安舒恣笑談。涉川從古訓，作楫問誰堪。得志乘風便，捫懷飲水甘。浮沈心自儆，憂樂任宜擔。忠信真堪恃，艱危已略諳。渚鴻嗟困滯，檣燕感呢喃[①]。險境須臾逝，奇觀夢寐耽。長途莽迢遞，短鬢[②]剩髟髿。蠻俗行將近，重陽菊自簪。

雨泊大林巷

渺渺沅湘擁素波，秋陰不散此經過。輕舟已出江湖險，遠道還愁風雨多。苦竹叢深聞鳥語，荒蘆烟暝起漁歌。武陵咫尺仙[③]源隔，問訊[④]桑麻計若何。

舟夜大風

顛風阻客舠，五日不少住。夜來狂更劇，誰觸蛟龍怒。千夫交詾嚇[⑤]，萬馬競奔赴。昏燈無定光，掀簸動危懼。衹愁扁舟輕，隨波竟漂去。侵晨急披衣，諦視未移處。繫纜傍長堤，認

---

① “喃”，日記抄本、黔刻本皆作“諵”。

② “鬢”，日記抄本、黔刻本皆作“髮”。

③ “仙”，黔刻本作“山”。

④ “訊”，日記抄本作“訉”。

⑤ “嚇”，黔刻本作“哧”。

取堤邊樹。

九月初六夜月①

初月窺人早，纖纖認兩頭。關河仍遠道，風露已深秋。隔浦誰家笛，荒江獨夜舟。雲鬟愁霧濕，望遠罷登樓。

沅江道中

風物沅江好，人家占水鄉。划船足蝦蜆，繞屋種篔簹。山翠浮朝爽，湖陰散夕涼。篷窗嗟倦旅，卜築願難償。

舟中重陽②

旅鬢驚寒早，扁舟厭路長。思親逢令節，爲客近蠻荒。江水冷逾碧，籬花秋未黄。一樽誰遣送，凄寂過重陽。

初上灘作③

晴川引客舟，殷雷忽驚墮。迅若風雨至，濤頭亂掀簸。灘響短④漸近，危石摇硪硪。大者何輪囷，其細亦猥瑣。猙獰蹲羊

① 思舊本録此首。

② 思舊本録此首。

③ 思舊本録此首。

④ “短”，黔刻本作“知”。

虎，麽眇拾蚌蠃。但聞硌硌聲，磨牙嚙吾舸。板簿疑紙崩，篙短賴鐵裹。我時怵心魂，中流但危坐。舟師巧迴閃，操縱恃一柁。謀進先引退，趨右轉適左。逆浪陡奔突，衝波旋渻沱。須臾失驚瀧，扁舟就帖妥。戇拙易招忌，所遇潛遘禍。鬼神暗呵護，默令寸心荷。危懼曩則然，慰藉今亦頗。舟師聞客語，旁睨笑口哆。此去二千里，灘灘數稠夥。一灘高一丈，百丈[①]力牽拕。凹凸紛萬狀，跬步成坎坷。初桃甫登歷，仍慮躓而跛。客今大歡喜，前路去則那？爲我謝舟師，世變難豫揣。即境獲安便，且復息勞癉。習坎復[②]不測，利涉兹已果。忠信措吾軀，出入無弗可。夕陽卸征帆，遥峰青一朵。暝色横蒼蒼，村市認燈[③]火。夷險皆偶然，一樽先勞我。

桃　源

無恙秦時月，臨流影自斜。淳風播弦管（時方演劇），樂土足桑麻。洞壑仍前代，兒孫剩幾家。迷津吾欲問，何處有桃花？

夢　中[④]

憶昨牽裾暗愴神，緣何[⑤]骨肉得相親。分明啼笑都無據，欻

---

① “丈”，思舊本作“尺”。

② “復”，思舊本、黔刻本皆作“後”。

③ “燈”，日記抄本、思舊本、黔刻本皆作“星”。

④ 思舊本録此首。

⑤ “緣何”，思舊本、黔刻本作“何緣”。

忽團欒那當真。天末長征餘涕泪，夢中小聚亦風塵。覺來依舊哀湍響，凄絶烏篷聽雨身。

秋陰述懷

黯黯窮陰合，荒荒落照迷。濤舂危石轉，雲壓遠峰低。邊徼多風雨，中原尚鼓鼙。高堂念游子，誰爲一函賫。

馬伏波將軍廟

驚濤屹立客船過，遺烈猶傳馬伏波。峒穴烏蠻今日少，亂灘白石古來多。五溪演漾清流惡，百丈荒寒夕照拖。利濟有靈應笑①我，片帆相送到牂牁。

清浪灘②

黔楚多危灘，清浪斯爲最。灘長四十里，奇險吁可怪。巨石亘水立，蓄怒當要隘。砉然忽中裂，奔濤響澎湃。鯨背恣掀翻，虎牙森齴齘。蟠踞在百蠻，遂爲行旅害。雄驚故無匹，何殊夜郎大。溯流忽上衝，捷若破天械。我舟殊不笨，行李一肩載。非無僕從俱，約略十人外。亦有筐箱携，稱量千斤内。較

① “笑”，日記抄本、黔刻本作“祐”。

② 思舊本録此首。

彼估客裝，相去遠不逮。乃至上灘時，艱苦等一概。短篙與長縴[①]，百計蹴飛瀨。仰天篙倒刺，伏地纜斜帶。扳高旋就低，引進輒復退。自朝及日昃，長年告[②]疲憊。問客有底急，倉皇事行邁。一麾莅蠻荒，劇郡足遷拜。端居肅衣冠，出門擁旌蓋。貴賤有何殊，以我視若輩。居然别苦樂，役使不加愛。朝廷設官意，非第崇侈汰[③]。幹濟有亟需，貪墨必深戒。風俗判淳澆，禮樂問興壞。事事資整治，何者堪自對。内念倍欿然，感此意不快。郵籤報出險，夕陽散林靄。榜人得休暇，晚飯飽粗糲。灘頭穩寄碇，和月卧篷背。而我寢未安，即事發深慨。愧彼蚩蚩流，身勞心則泰。

碣　灘[④]

怪石窮荒劃，奔流上碣灘。火耕沿舊俗，金穴守專官（灘出金，久已封禁，設官守之）。嵐氣晴兼雨，濤聲午亦寒。半龕輪老衲，分占水雲限[⑤]（寺僧來募米，因及之）。

---

① “縴”，思舊本、日記抄本、黔刻本皆作“纜”。

② “告”，思舊本作“苦”。

③ “汰”思舊本、日記抄本、黔刻本皆作“忕”。

④ 思舊本録此首。

⑤ “限”，思舊本、黔刻本、日記抄本作“寬”。

十五夜月

懊惱沅陵月，高松①照水寒。一辭家落寞，三見影團欒。白髮封書盼，紅閨掩泪看。郵程虚代計，長是苦風湍。

劉寛夫太守席上賦贈二首②

小别動三載，相逢語帶蠻。留賓厨傳富，爲政簿書間。金石攙文案，旌麾擁亂山。西南同作郡，何術濟時艱。

退谷栖遲地，番番步③屧過。背人黄菊淡，積雨碧苔多。邱壑我能記，琴樽今若何。因君懷往迹，離思滿關河。

雨發辰州

麻陽小船三尺篷，灘行日日多驚漴。昨宵愁聽急峽雨，破曉怒捲洪濤風。連山黯黮醉兀兀，濕霧滃浡吹濛濛。畫家潑墨誰得似，始信米顛師化工。

---

① “松”，黔刻本、日記抄本作“秋”。

② 思舊本録此首。

③ “步”，黔刻本作“走”。

寛夫太守枉顧舟中，
復以肴醑見餉，別後賦謝二首

邂逅簪初盍，招邀轄已投。天涯思契闊，地主誼綢繆。列席屢叨醉，行厨還代謀。殷勤樽俎饋，沾匄及同舟。

三尺烏篷底，高軒忽枉過。襟期表貞素，禮數屏煩苛。濟世商長策，懷人托寤歌。官箴兼別恨，只恐鬢同皤。

瀘溪道中

蠻雲吹墮片帆低，荒磧燒畬聚熟黎。北向不逢鴻雁至，南征惟聽鷓鴣啼。灘頭急浪奔千弩，笛裏悲風咽五溪。落日鄉關勞伫盼①，亂山稠叠夢都迷。

即　　目②

九月南天氣候差，秫田吐穗穀抽芽。秋光約略相同處，開遍山山蕎麥花。

---

① “盼”，日記抄本、黔刻本皆作“望”。

② 思舊本録此首。

入　夢

飯罷爺欲去，不言心自知。痴情牽入夢，苦語記臨此①。小學從兄受，長貧賴母慈。烽烟嗟滿目，遣迓恐無期。

聞　雁②

萬里蠻荒舊侶稀，飛鳴何事尚依依。來從塞北無書到，宿傍沅南有夢歸。極目不堪霜露冷，關心豈在稻粱肥。天寒路遠求何亟，勸爾江湖早息機。

舟行紀險

灘急牽舟上，中流竹纜崩。回檣如鷁退，駭浪作蛟騰。憂患頻年歷，安危一葉憑。自傷遺體奉，步③險有誰矜。

洪　江

向夕沅南路，輕舟狎怒瀧。雨昏山翠色，拍奏浪花腔（浪花歌名）。近市多歸犢，前墟有吠尨。纜戙④何處繫，燈火認洪江。

---

① “此”，黔刻本、日記抄本皆作“歧”。

② 思舊本録此首。

③ “步”，《黔行日記》抄本作“走”。

④ “戙”，黔刻本作“戕”。

晚過黔陽①

亭榭臨江岸，黄昏送客橈。舟欹轉蓬脚，纜急挂山腰。石狀蠻荒醜，灘聲鬼國驕。五溪嗟早過，回首望龍標。

寄懷李甥夢符兼訂卜鄰之約

少年負笈師門趨，晨夕筆硯相依依②。書燈照壁同咿嘔，爾時意氣誇吾徒。相期貞抱永不渝，渭陽誼實朋友俱。此境仿佛堪追摹，寒暑推遷晷運徂。别來鬑鬑俱有鬚，豈意出處成分途。宦游我時爲饑③軀，金門索米羞侏儒。汗脚日被靴塵污，田園不歸久荒蕪。家居怪子音問疏，逢人托訊今何如。道子潛身事耕畬，困倉廣有三年儲。養親教子偕康娱，得暇種樹還讀書。偶來城市因輸租，一堂至樂真有餘。我時聞之頻嗟吁，恨不從子還里閭。自笑有如窮相驢，舉足往往遭牽挐④。今年有詔分銅符，一麾遠莅西南隅。烽烟相望連江湖，八口無計隨征車。貧官那復能改圖，歸耕無土居無廬。可憐進退皆趦趄，命駕與子同躊躇。到門先喜塵慮袪，是時新雨鳴溝渠。濃陰繞屋多枌榆，籬花綴錦階蘚鋪。速舅自剪園中蔬，村醪不遠尚可沽。凉宵話舊增欷歔，伯通廡下肯借居。一椽猶思寄妻孥，蘆簾紙閣代掃

① 思舊本録此首。

② “依”，黔刻本、日記抄本作“於”。

③ “饑”，日記抄本作“飢”。

④ “挐”，日記抄本、黔刻本皆作“拏”。

除。此間寧與桃源殊，嗟予萬里勞危軀。骨肉拋擲心迹孤，山行岩崿舟行紆。荒陬習處惟蠻奴，人生墮地錢刀需。碌碌不得成歡愉，念此使我形神枯。荷衣幾時遂厥初，言歸徑尋桑麻①墟。耦耕許我作溺沮，相携隴畔親犁鋤。茅檐曝背賡唐虞，買宅百萬亦區區。買鄰千萬價不虛，异時此願能償無。

咏山泉

飛泉百尺玉紳拖，本是清流在澗阿。今日迴翔出山去，但期潤物不②興波。

兵船

萬里煩徵調，中原正苦兵。軍糧加價折，官馬載舟行。誰具攻心策，能無敵愾情。呼盧兼縱酒，拼③擲一身輕。

十月朔日舟中作

孤舟下元節，辛木隔風烟。楚塞行將盡，黔山望忽連。千村多種橘，十月尚聞蟬。却憶山塘路，游踪恰一年（去年今日，在蘇州虎阜觀厲壇設祭）。

---

① “麻”，日記抄本、黔刻本作“棗”。

② “不”，日記抄本、黔刻本作“莫”。

③ “拼”，黔刻本、日記抄本作“拌”。

龍溪口初入黔境①

古驛龍溪口，初程入鬼方。山川誰設險，黔楚此分疆。落日舟航集，悲風鼓角凉。投荒知分定，那許説②思鄉。

青溪縣留贈吴雅亭明府③

俗陋官難化，城荒户半逃。亂灘懸溜急，危堞逐山高。苗佃耕稯亟，獞娃井臼操④。由來稱瘠土，撫字倍心勞。

棉花溪夜雨⑤

舟曳三旬雨，江鳴十月雷。驚濤奔逾急⑥，苦霧撥難開。避漏頻移枕，篝燈數舉杯。更愁山徑滑，明發陟崔嵬（明日抵鎮遠將作山行）。

---

① 《黔南叢書》别集《劉貴陽遺稿》卷二《滌濫軒詩鈔》（又名《黔游艸》）從此首始收入。

② “那許説”，《滌濫軒詩鈔（黔游草）》刻本作“敢説客”。

③ 思舊本録此首。“明府”《滌濫軒詩鈔》後有“化哆”二字。“青”，思舊本作“清”，《黔行日記》刻本亦作“清”，後勘誤，當爲“青”。

④ “操”，《黔行日記》抄本作“搽”。

⑤ “夜雨”，《黔行日記》抄本、刻本作“雨夜”。

⑥ “逾急”，《黔行日記》抄本、刻本都作“愈疾”。《滌濫軒詩鈔（黔游草）》刻本作“愈急”。

晚　晴

嵐氣迷昏旦，元黔晚忽開。歸雲含斷雨，激浪走晴雷。短景人争惜，初冬律暗回（明日①立冬）。推篷一梳月，如見故人來。

黔中山行雜詩十一首②

南征至椒溪，舍舟始登陸。輿夫争③趫捷，健步蹴岩谷。石磴積漸高，陂陀儼相屬。回峰莽匼匝，青氣四邊束。天光透微罅，午曦晴④一燭。層巒走頹波，脚底争起伏。飛泉百尺拖，冷冷⑤韵琴筑。天籟出自然，偶與聞根觸。耳喧⑥心愈寂，翛然脱塵俗。

楚山多秀拔，黔山獨頑獷。山山跨雲脊，插空競攢挺。有如策奔騠，逸足恣驕騁。巍峨標一峰，鬱曲盤⑦衆嶺。作意表奇

---

① “日”《黔行日記》黔刻本作“月”，應爲“日”。

② 《黔行日記》以《黔中山行雜詩十一首》爲結尾。下爲《滁濫軒詩鈔》，《黔南叢書》刻本。思舊本録十一首。

③ “争”，思舊本、日記抄本、黔刻本皆作“矜”。

④ “晴”，思舊本、日記抄本、黔刻本皆作“時”。

⑤ “冷冷”，思舊本、日記抄本、黔刻本皆作“泠泠”。

⑥ “喧”，日記刻本作“暄”。

⑦ “盤”，思舊本、日記抄本、黔刻本皆作“蟠”。

犄①，雄踞百巒②境。何人鑿始通，得毋③五丁猛。清溪横石梁，絶壁攀鐵綆。仰覿入窈冥，俯視動遒警。長風響蕭蕭，叱馭發深省。到此那得休，低徊寸心冷。

嶢嶢文德關，乃在鎮遠西。關門束天險，千仞懸危梯。孤根拔地起，峭壁摩天齊。亭障虛無人，敗堵傾黄泥。飛鳥不敢度，白雲時來栖。客子款關過，側足窮攀躋。不知所歷高，但覺星斗低。侁侁狐兔竄，哀哀猿狖啼。風林墮危葉，景色都含凄。回首望城邑，下界蒼烟迷。

行經相見坡，紆回碎石積。山徑鬱千盤，跬步迷咫尺。暫凹旋復凸，將離却還即。覿面語可聞，交臂路偏隔。戢戢貫魚隊，團團磨牛迹。層層旋尾螺，肅肅退飛鷁。仰學猱升木，俯疑鶴啄食。脽尻訝趨竦，腰脚愁跛躄。山靈弄狡獪，作劇困行役。餘步幸稍留，人生會相直。

朝來路滑澾，雨脚紛如麻。冒雨入山去，亂石横嵯岈。天陰晝冥晦，枯樹啼饑④鴉。途窮思却步，對面危峰遮。峰腰驚陡折，一徑通夭⑤斜。山果晚結實，纍纍若丹砂。拒霜弄幽妍，涉冬猶作花。聞鷄辨午至，炊烟出田家。村店强加餐，飯粟攙泥

① “犄”，思舊本、日記抄本、黔刻本皆作“特”。

② “巒”，思舊本、日記抄本、黔刻本皆作“蠻”。

③ “毋”，《滌濫軒詩鈔》本作“無”。

④ “饑”，《滌濫軒詩鈔》黔刻本與思舊本作“飢”。

⑤ “夭”，思舊本作“天”。

沙。山中泉許汲，小坐評新茶。

陰崖閟苔洞，石闕何嶣嶢。傍[①]有百尺松，太古色不凋。樵豎迹偶至，微聞太[②]海潮。炬火不敢探，靈笈藏幽寥。赤文世罕讀，扃鐍司山魈。呼吸通帝座，一舉能冲霄。想見風雨夕，鬼神時來朝。振袂欲飛去，天風驀吹飄。自非仙之人，笙鶴誰能[③]邀。丹砂不可得，何處尋洪喬。願把白木鑱，一劚黄精苗。

己逾燈草哨，遂渡重安江。艕舸不敢犯，怒雷走驚瀧。亂水競分流，縱横叠石矼。懸崖屹相向，直上凌崆峣。指點觀音岩，靈迹著此邦。輿夫亦云勞，壯趾能力扛。長繩曳輿趨，何异牽輕艭。置身向木杪，宛掉都盧橦。追攀逾十里，粉堠排隻雙。出險得平路，目眩心猶慒。

黔中多苗獠，頑悍素成性。密箐走若飛，荒寨居無定。銀鐶長貫耳，花布略遮脛。刀耕雜男女，山畬闢梯磴。稍稍通語言，啁噍勞辨聽。來往墟場間，計直必求稱。桀驁終未化，剽掠以爲命。壠畔釋耒鋤，結黨肆强横。金蠶宵種蠱，火猱晝剪徑。以兹控制難，重賴賢守令。平情察物理，寬猛時互證。擇術宜何從，行看布新政。

---

① “傍”，思舊本、日記抄本、黔刻本皆作“旁”。

② “太”，思舊本、日記抄本、黔刻本皆作“大”。

③ “能”，思舊本作“招”。

遥峰聳嶙峋，苦被積霧掩。寒森莽迴蕩，突起露崖隒。縹渺疑嵌空，蹣跚嗟走險。維時冷雨過，瘦骨漬①苔點。枯松偃龍鱗，怪石皴鬼臉。殘霞忽滿天，紫翠雜烘染。遥指萬木巔，青帘瞥回颭。沿坡路曲折，人家隔溪嶮。野店叩②荆扉，一燈紅穗閃。

信宿至具③蘭，群峰迭迎送。周迴繞篌輿，游目不得縱。罡風忽吹裂，砉然開石縫。簣緣一綫穿，足踏蒼苔空。昂首天宇窄，醯鷄笑處瓮。彈丸號赤緊，蠻觿資遠控。頗聞鄰壤交，潢池兵盗弄。行李方戒途，倉皇易驚衆。平生嗜幽討，艷説牟珠洞。郵傳太匆匆，林巒繞清夢。

朝發羅甸城，亭午飯谷脚。計程僅一舍，望望貴陽郭。隻身墮蠻荒，飽經風土惡。發軔及流火，解驂逢隕籜。舟車迭勞敝，中更幾晦朔。我本謫仙人，西清擅著作。一麾來萬里，奔走嘆握齱。回首鵷鸞儔，蓬瀛渺何若。微名寧足耽，俯仰竟奚托。何當乞閑身，歸踐耕桑約。

---

① “漬”，思舊本作“積”。

② “叩”，《黔行日記》抄本、思舊本作“敂”。

③ “具”，思舊本、日記抄本、黔刻本皆作“且”。

甲寅

白水河觀瀑①

廬山康王谷，浙西②雁宕峰。南荒何處堪鼎足，貴陽省治迤南三百餘里安莊驛之東。天公作戲不甚加愛惜，銀河一掬③灑落蠻徼中。我來尚在十里五里外，已覺殷雷動地聲隆隆。清泉千派競奔注，細溜百折交横縱。穿林絡石足變態，山迴路斷拖長虹④。排空夭矯拏玉龍，跳珠濺沫何玲瓏。百步以外皆濛濛，到此目眩耳欲聾，憑高下視心冲冲。歕雲有聲逼倒瀉，迴飆作勢驚横衝。烟綃霧縠銀屏風，玉塵冰屑珠簾櫳⑤。紛綸奇譎擬議不可到，澄觀但覺秋潭空。潭中神犀雙角豐，騰晶蹴碧詫靈⑥踪。倘移此境近都會，谷簾龍湫誰雌雄。荒陬貴官墨客稀⑦過從，窮年狎妮孋嫽獞。幸得阮林二老名篇表而出，一賦吟想遠勝孫興公，譬之奇士懷才老空谷，品題不到終蒿蓬。

---

① 思舊本録此首。崇评：通首朗健豪邁。承评：雄秀極似遺山。

② “西”，《滌濫軒詩鈔》作“東”。

③ “匊”，《滌濫軒詩鈔》作“掬”。

④ 崇评：懸流之狀如畫。

⑤ 崇评：水花迸激如霧如烟。空字韵直能繪出。

⑥ “靈”，思舊本作“雲”。

⑦ “稀”，《滌濫軒詩鈔》、思舊本作“希”。

丁巳

題沈秋帆太守家慶圖二首

第一團圞[①]樂，全家入畫中。和風嘘[②]草木，愛日到兒童。任昉仙爲吏，馮勤孝作忠。慈顔知有喜，新奏活民功。

憶昨安輿奉[③]，稱觴各壽親。裁酬返哺願，旋作望雲人。封鮓同垂訓，憑熊敢惜身。披圖饒喜懼，歸夢幾時真。

聞　　雁

征雁一何苦，飛鳴無定居。角聲千堞壯，燈影半窗虚。兄弟分離久，乾坤戰伐餘。燕南秋信早，不寄數行書。

論國朝詞絶句十六首[④]

江湖載酒幾經過，琴趣清鏗調最和。饒有閑情删不得。莫將綺障詆維摩。

---

① “圞”，《滌濫軒詩鈔》作“欒”。

② “嘘”，《滌濫軒詩鈔》作“嗟”。

③ 崇评：真摯，忘爲酬應之作。

④ 紀評：命題新色。承（齡）評：爲倚聲家添一公案，必存之作。思舊本録此十六首，叢鈔本録自《思舊集》。《滌濫軒詩鈔》黔刻本無此。

詩筆漁洋澈骨清，酒邊時復按新聲。桐花一闋真庸猥，不解當時浪得名。

編成側帽泥風懷，小令芊眠特地佳。個是南唐真嫡派，天教玉樹土中埋（納蘭容若所著《側帽》《飲水》二集，小令特工，深得李後主遺意，設天假之年，所造當益深邃）。

醉吟狂舞興粗豪，珂雪（曹實庵）迦陵（陳其年）調并高。可惜才多轉爲累，泥沙萬斛逐奔濤。

新詞賭唱到旗亭，二沈（融谷、南渟①）才名滿路聽。淡處翻濃疏處秀，故應黑蝶勝茶星。

秋水（嚴蓀友詞名）詞工數藕②漁，歌樓題遍又僧廬。可人小令猶清絶，二李（秋錦、耕客）同時恐不如。

樊榭專工學夢窗，流傳浙派滿邗江。誰知後有常州目，張（皋文）董（晋卿）新翻水調腔。

玲瓏簾子水亭開，換碧移紅費剪裁。去上雙聲工討論，吴家父子信清才（吴尺鳧焯著有《玲瓏簾詞》，子玉墀有《小玲瓏簾詞》，

---

① “融谷、南渟”，思舊本作“南渟、融谷”。

② “藕”，思舊本作“满”。

皆極嚴，去上二聲之辨，不失忖①度，說本萬紅友）。

藏園詞筆清且遒，銅弦（蔣心餘詞名）響撥風雨愁。但有激昂無靡曼，淵源故自出辛劉。

穀人取法兼朱（竹垞）厲（樊榭），集内多存仿製題。短笛長簫工比拟，只嫌未盡脱町畦。

美成樂府播夷門，文采風流屬裔孫。夢月情懷凄絶甚，鈿床冰簟儘銷魂（大梁周稚圭中丞著《金梁夢月詞》，極婉麗）。

爲文快筆當爲詩，曾記前人誚退之。寄語凫鄉②老宗伯，那將文筆代填詞（陶凫鄉③少宗伯詞多以文筆行之）。

介存刻意擬清真，詞辨聰明號解人。斤斤自分南北界，姜張抹殺太無因（周介存濟著《詞辨》十卷，一以美成爲宗，于白石、玉田皆有微辭）。

掐譜尋聲號作家，頻伽（郭麐）風調世争誇。一編嗣響桐花閣，腸斷珠江吴石華（嶺南吴石華蘭修著《桐花閣詞》，識者謂可媲美頻伽）。

---

① “忖”，思舊本作“刌”。
② “鄉”，思舊本作“薌”。
③ “鄉”，思舊本作“薌”。

湖山刻劃管弦迎，藉甚吴門戈順卿。不及金邊同唱和，琤琤燕筑奏雙聲（戈順卿載著有《詞林正韵》，金改之泰、邊袖石浴禮相與唱酬成集名《燕筑雙聲》）。

鬼唱秋墳落照寒，香心不死戀詞壇。雙眉自鬬容愁地，語妙何殊李易安（第三句女仙①潘玉琴語）。

重九日②招子久觀察及諸同人宴集省吾軒，觀察有詩，依韵奉和

薄宦涉萬里，孤躅③誰與親。豈無觴咏懷，奈乏平生因。感君意不淺，投分媲雷陳。緬維傾蓋初，忽忽如隔晨④。燒燈話官閣，并轡行郊闉。昔時經術吏，今作介冑臣。烽烟間遠道，消息苦未真。忽傳盾鼻書，有若連城珍。何意風雨節，鋒車返征輪。新詩富囊橐，逸響金石振。斗酒謀舊藏，一洗戎馬塵。群彦復響集，涂轍無异津。笑口且同開，及兹落帽晨⑤。戰場花似舊，忍爲獨醒人（觀察述近作有“二頃未謀彭澤秋，三年空對戰場花”之句）。⑥

---

① “仙”，思舊本作“鬼”。

② 《滌濫軒詩鈔》无“日”字。

③ “躅”，《滌濫軒詩鈔》作“踪”。

④ “晨”，《滌濫軒詩鈔》作“辰”。

⑤ “晨”，《滌濫軒詩鈔》作“辰”。

⑥ 《滌濫軒詩鈔》黔刻本有按：重九宴集，幕中同人爲莫子偲、邱培之、胡若川諸君，見尊生觀察原唱詩注，是日郘亭亦有和韵。

附

和劉仙石太守重九日招飲

承齡（子久）

春秋紛代序，惟君情尚親。未妨襟抱疏，各契文字因。桃人語土梗，飄蕩難具陳。何意會斗酒，矧乃共蕭晨。霜威隕悴葉，雨氣積重闉。悲哉對摇落，失職傷楚臣。燕寢展華宴，諧謔豁我真。槃槃幕中彦，朗朗席上珍（謂幕中莫子偲、邱培之、胡若川諸君）。鬱鬱三倉字，軒軒大雅輪。心似得所好，意浹氣益振。回思投分初，倏忽戎馬塵。爐火豈久踞，税駕未知津。江海坐蹉跎，日月復依辰。相逢不同醉，寒花將笑人。

附

和劉仙石太守重九日招飲

獨山莫友芝（子尹）

客心于好節，邈若不相親。主人能好事，乃有翠樽因。詼謿張桓孟，歌咏潋張陳。豈無感摇落，且以永夕晨。群山入蒼茫，愁雨連郊闉。桀性亦已斷，頑肎猶未臣。昏昏滙沅路，若乏消息真。宿壘傍秋華，黯慘誰能珍。觀察整巡社，雷霆起蹄輪。太守贊機畫，理劇氣益振。幕府盡逸才，摇毫蕩烟塵。賤子坐匏繫，問道豈無津。應看凱旋舉，及此霜威辰。漫惜明年會，當歌懷古人。

除夕大雷雨既霽有作

拂榈彩勝獰飆颸，粈盆黯淡寒無光。封姨逞威阿香怒，烋烋礮礮穿虚郎。三陽初兆二陽壯，是誰潛發天地房。丈八盆翻驚玉女，十萬騎合衝昆陽。當筵有客方失箸，隔牖呼僕頻移床。此時官鼓聲俱静，噤坐空堂酒初醒。但從修竹問平安，且伴寒梅訴孤冷。夜闌星斗明歷歷，萬里陰霾掃無迹。半生磊塊消不得，到此胸中若冰釋。忽聞滿城爆竹喧，始覺今宵是除夕。

戊午

送莫子湘孝廉公車北上三首[①]

壯游輕萬里，風雨促征車。秋色連山外，離心落木初。憂時餘涕泪，報國有詩書。世事需才亟，無爲戀故廬。

家風守科目，周甲又明年（先德杰夫先生，嘉慶己未翰林）。舊價文章擅，高名都邑傳。琴材收爨下，劍氣燭星邊。但看霜中菊，開遲各[②]有天。

詩格后山似，經師北海尊。傾襟滌塵俗，接膝數朝昏。種

---

① 思舊本録此。“湘”當爲“偲”。

② “各”，思舊本、《滌濫軒詩鈔》黔刻本作“亦”。

秫吾將老，紬①書誰與論。南鴻有歸翼，芳訊莫辭頻。

奉和鮑穆堂學使留別元②韵四首

學柄分操欘半柯，久將鞶脱③薄陰何。陽明舊席追還④易，盛覽遺鄉屬望多。嘆息宮墻率榛莽，稽懸龠羽避干戈。斗杓倏共星回北，撫事因君一浩歌。

岩畺⑤須要偉人持，禮樂兵農各异司。虎節三年隨例换，鵝夷全局采風知。攬翻談指那堪問，坐致興頭匪所思。天意會應收木兔（舊傳黔苗⑥乙卯必變），烏江愁誦李公碑。

離亭嘶騎謝鑾烟，封傳翩翩去灑然。細雨梅花連蜀道，春風柳色渡江天。暫從社樹停旌旆，却對岡阡感歲年（學使乞假歸省墓）。帝念西南待清問，安邊書早策楊⑦田。

直北關山萬里餘，潘輿屢夢繞園居。曰爲改歲愁風雪，豈不懷歸畏簡書。謝趙提封何日靖，龔黄能事向來虚。避賢早晚

---

① “紬”，《滌濫軒詩鈔》黔刻本作“細”，思舊本亦作“紬”。

② “元”，《滌濫軒詩鈔》黔刻本作“原”。

③ “脱”，《滌濫軒詩鈔》黔刻本作“帨”。

④ “追還”，《滌濫軒詩鈔》黔刻本作“返邊”。

⑤ “畺”，《滌濫軒詩鈔》黔刻本作“疆”。

⑥ 《滌濫軒詩鈔》中有“值”字。

⑦ “楊”，《滌濫軒詩鈔》黔刻本作“陽”。

陳情去，多少王良載後車。①

黔陽書感十首②

舊治程番改，崎嶇闢此邦。亂山都少木，細水亦名江。幾日③鴞音革，難招虎隊降（貴陽屬土司本名虎隊，今訛爲虎墜）。邊隅論治術④，誰可號無雙。

風物粗能舉，經年滯百蠻。雨聲多在夜，雲氣不離山。裘葛崇朝易，饔飧比户艱。由來稱瘠壤，况在亂離間。

俗悍官難治⑤，兵驕將益庸。祇聞隳體統，何計靖提封。嗚咽驚霜角，平安望夕烽。莫矜弓力健，飛隼⑥在高墉。

近城花犵狫⑦，深洞⑧紫姜苗。縛帕多齊額，圍裙止及腰。

---

① 承評：此首沈著，酬應之作，不可多得。

② 思舊本録此。紀評：十詩洞悉人情風土，不徒以摭拾志乘爲工，唯其平日親民，故能言之歷歷。

③ “日”，思舊本作“見”。

④ “術”，思舊本作“行”。

⑤ “治”，《滌濫軒詩鈔》黔刻本作“制”。

⑥ “隼”，《滌濫軒詩鈔》作“準”。

⑦ 承評：樸處正不易及。

⑧ “洞”，《滌濫軒詩鈔》黔刻本作“峒”，思舊本亦作“洞”。

裹鹽分蒻葉，咂酒插藤條。尚恐場期誤①，朝來冷未消（冷音另，土語以霧雨②後，路滑成冰爲冷）③。

山田鑿梯磴④，得水固稱難。微雨夜來過，新秧午又乾。犁鋤終歲輟，租賧萬家殫。更苦逃兵至，耕牛當夕餐。

土寨因山築，餘生一綫懸。前軍方索米，傍舍早無烟。骨播游魂餒，尸横戰血鮮。疆場與溝壑，諸⑤劫總關天。

土産分良楛，丹砂雜⑥水銀。謀生開⑦利孔，歇業散游民。路梗商稀售，時艱俗益貧。播州蠶事熟，絲税或能均。

連塍種罌粟，貽害竟何窮。萬事此俱廢，一燈相向紅。劫持歸盜藪，稼穡奪田功。邇日傳開禁，征輸處處同⑧。

將母心難遂，憂時鬢欲皤。塞鴻秋信少，驛騎戰塵多⑨。厭

---

① “誤”，《滌濫軒詩鈔》黔刻本作“悞”。

② 《滌濫軒詩鈔》黔刻本無“雨”字，“冷”皆作“泠”。

③ 《涤滥轩詩钞》黔刻本有：自然流美。崇慶（编者注：趙崇慶，下同）。

④ 紀評：自然流美。

⑤ “諸”，《滌濫軒詩鈔》黔刻本作“浩”。

⑥ “雜”，《滌濫軒詩鈔》黔刻本作“與”。

⑦ “開”，《滌濫軒詩鈔》黔刻本作“穿”。

⑧ 《滌濫軒詩鈔》黔刻本：不必痛陳其害，已足洞心沁髓。崇慶。

⑨ 承評：頷聯大雅。

見吹燈技，凄聞跳月歌。昔年香案吏，聊用伴師[①]婆（鬼師名）。

貧是書生分，誰令萬里來。封侯原有命，銘柱信無才。官廩縻[②]珠米，賓筵覆玉杯。蹉跎慚素食，日上望鄉臺。[③]

庚申

益津行送陳景溪刺史（鏊）[④]罷官歸里

君家益津北，我家滹水東。百里若比鄰，沿迴一葦通。故鄉相望不識面，接迹天南作羈宦。兩萍大海豈易逢，崎嶇六載同憂患。猿鶴夢夢徒變幻，燕雀處堂何久戀。歸心長似水趨東，投老纔能遂初願。願弃官，歸益津。益津之水何淪淪，九十九淀來往慣。沙頭鷗鷺平生親，君才固是人中豪。卅年撫字心多勞。心多勞，應藏刀。寬鞋瘦策筋力足，葦港菱州處處熟。市人不識陳使君，牽船上岸舟爲屋。黔江枯涸風雪催，益津春漲如潑醅。仰天長嘯歸去來，功名富貴不與生俱至，低眉頫首拳跼齷齪胡爲哉。我歌益津行，聞者駭且怒。惟向君前一傾吐，

① “師”，思舊本作“奚”，《滌濫軒詩鈔》黔刻本亦作“奚”。

② “縻”，《滌濫軒詩鈔》黔刻本作“糜”。

③ 《滌濫軒詩鈔》黔刻本：（1）襟抱可想，所謂詩中有我，得此結束，章法亦完密（注：叢鈔本作“結”）。承齡。（2）十詩洞悉人情風土，不徒以摭拾志乘爲工，唯其平日親民，故能言之歷歷。崇慶拜識。

④ 《滌濫軒詩鈔》，黔刻本無“鏊”字，思舊本有“鏊”字。叢鈔本與思舊本同，應録自思舊本。《滌濫軒詩鈔》黔刻本與叢鈔本、思舊本不同，録而附之。

歌聲未終君已去。我行得歸，尋君益津頭，共譜一闋漁樵問答好琴趣。

附

益津行送陳景溪刺史罷官歸里①

君家益津北，我家漳水東。百里若比鄰，沿洄一葦通。故鄉相望不識面，接迹天南作羈宧。兩萍大海散忽聚，竭來六載同憂患。蜉蝣閱世亦多變，燕雀處堂何久戀。歸心長似水趨東，投老纔能遂初願。送君歸，歸益津，益津之水何瀹淪。九十九淀來往熟，沙頭鷗鷺平生親。君才固是人中豪，卅年撫字心多勞。自甘署考書下下，烹鮮已試應藏刀。丈夫意氣世無伍，韋布公卿安足數。無錢但須典鷫鸘，有筆真能賦鸚鵡。芒鞋瘦策箸力舒。勝游處處携清娱，閑身一葉便去住。市人不識争揶揄。衆犗安能餌巨魚，腐鼠詎可驚鵷鶵。黔山黯澹黔水枯，日月逝矣，風雪俱鬱鬱。處此非良圖。送君歸，空復情，出門四顧烟塵生。陌頭之柳不須折，樽中之酒不須傾。欲掃古今坎坷抑塞之幽怨，聽我高歌益津行。益津行，歸去來，仰天大笑頭不回。試看登場傀儡，一綫作牽引，隨人俯仰亦可哀。功名富貴不與我生而俱至，低眉頫首拳跼齷齪胡爲哉。我歌益津行，聞者駭且怒，惟向君前一傾吐，歌聲未終君已去，得歸我亦促歸裝，

---

① 《滌濫軒詩鈔》黔刻本：鬱勃動宕，汪洋恣肆，東坡肚皮爲之一空。崇慶識。

買棹尋君益津渡。

奉和沈菁士同年郊行睹流民書感原韵[①]

瘴雲低壓晝昏[②]昏，土銼無烟慘列屯。殺[③]氣遥連天北極，妖氛漸逼郭東門。創[④]痍相屬同魚煦[⑤]，賨賧（賨賧，《唊玉篇》：蠻夷以財贖罪也）何甘付虎吞。莫怪西塘圖欲進，流亡目擊遍村村。

官軍初復鎮遠，曾樞元[⑥]奉檄領郡，作詩送之三首

便把從戎當莅官，征帆幾驛又征鞍。地經戰伐凋殘極，劫過流亡撫字難。聞説軍屯今漸闢，若論賨[⑦]（賨，悰。《後漢南蠻傳》：歲令大人輸布一匹，小口二丈謂之賨布。又巴有賨人剽勇，閬中人范目説高祖募取賨人定三秦。又税也）[⑧]賦合從寬。亂山尚有豺狼窟，何計能教井里安。

---

① 思舊本録此首。詩題无“奉”字，无“書感原韵”。

② “昏”，思舊本作“常”。

③ “殺”，思舊本作“怨”。

④ “創”，思舊作“瘡”。

⑤ “煦”，思舊本中作“呴”。

⑥ 《滁濫軒詩鈔》黔刻本有“同年”二字。

⑦ “賨”，《滁濫軒詩鈔》黔刻本作“賨”。

⑧ 《滁濫軒詩鈔》黔刻本有此注。

城隍廨舍總成虚①，劇郡名空荷拜除。萬壘飛灰餘灌莽，千村絶迹少樵漁。春燈枉作刀鐶夢，夜雨頻揮盾鼻書。疲卒灾黎等枯骨，那將劍戟换耰鋤。

瀰水東流照影孤，鑾花寫入贈行圖。裹②創峒户迎旗拜，赤脚姎徒躡鼓趨。异俗羈縻存體統，荒城草創具規模。故人親睹籌邊績，更擬援毫紀渡瀘（樞元，蜀人）。

送賈述③之太守重任仁懷三首

懷陽問俗昔曾經，此日重看五馬停。荔子熟通江外驛，棠陰濃接道邊亭。政當損益難膠柱，迹歷艱辛已勒銘。父老歡迎相向語，鬢絲還似昔時④青。

京華揮手悵離群，并轡⑤翻從萬里軍。鷺堠烽多衝雨見，蠟丸書密背燈焚。翩翩幕府推袁久，攘攘邊城借寇殷。聞説創痍今轉甚，草間却立盼神君。

樽前咫尺即天涯，鈎棧連雲别路賒。閲簿尚留親起草，下車先問手栽花。舊巢痕在重栖燕，初樹陰多漸庇鴉。他日歸程

---

① “虚”，《滌濫軒詩鈔》黔刻本作“墟”。

② “裹”，《滌濫軒詩鈔》黔刻本作“裹”。

③ “述”，《滌濫軒詩鈔》黔刻本作“迪”。

④ “時”，《滌濫軒詩鈔》作“年”。

⑤ “轡”，《滌濫軒詩鈔》黔刻本作“轡”，應爲“轡”。

聽輿誦，可容分榻醉官銜。

團民避兵者築堡南岳山，予來督役，愴然有述①

城中望南山，敻絶不可梯。登山望城市，處瓮若醯②鷄。三年住山根，未暇窮攀躋。烽火照近郊，謚急群謀稽。築堡因此山，鑿石開荒蹊。戒旦起徒役，快騁削玉蹄。班班瓴（離呈切，音陵，《前漢書·高帝紀》譬如居高屋之上建瓴水也）墼（古歷切，激。説文曰：土墼，未燒塼坯③）具，户户畚鍤携。鳩工别勤窳，揣勢隨高低。五峰包其中，儼與衡岳齊。鄉社此團結，將以收遺黎。黔地得水艱，汲綆趨澗溪。兹山涌山④泉，盆盎手競提。非惟贍僧庖，兼能滋野畦。峰頭蒔白蓮，根帶玉井泥。惜哉未及花，瀺灂空覍鷖。日晡山風來，烟樹紛然迷。俯見東峰雲，溶溶掠峰西。雨脚忽下垂，驚起鳩鴿栖。稍稍斜景漏，横空截晴霓。不圖旦晚間，氣候移暄凄。幽賞興良愜，我心有餘淒。不見大道邊，嫈嫇挾嫛婗。并日得一餐，飢劬向人啼。已拌⑤骸骨弃，敢羞面目黧。疾聲告山靈，語戇幸勿詆。蠻畿苦兵革，久未封鯨鯢。窮閻稼穡艱，盗糧各有賫。喪亡禍亦⑥烈，豈謂天方懠。

---

① 思舊本録此。《滌濫軒詩鈔》黔刻本：（1）謀篇造句選韵，色色精到。山靈有知其肯默而息邪。崇慶。（2）意極沈痛却以閑雅出之，未盡尤爲文外之致，深得風人之旨。尊生弟承齡謹識。

② “若醯”，思舊本、《滌濫軒詩鈔》黔刻本作“如醯”。

③ 思舊本無注。

④ “山”，《滌濫軒詩鈔》黔刻本與思舊本皆作“雙”。

⑤ “拌”，思舊本作“拚”。

⑥ “亦”，思舊本作“已”。

維神儻坐視，其蘇復誰徯。願言垂慈眄，勿令溝壑擠。方春農事殷，亟歸挽牛犁。故廬出煨燼，荒阡認表題。指揮狐鼠竄，報賽豚牂刲。神亦安血食，毋爲驚鼓鼙。

半載以來，軍書日急，僕以墨絰從戎，隻身萬里，晨笳宵漏，殆難爲懷，屬值晚春連旬風雪，百端交集，顧影悲辛，爰成長句四章①，藉抒憂怨

瘴雲如墨壓孤城，鄉思邊愁一夕并。匝地烽烟驚里閈，連天風雪逼清明。宦途初②涉能知味，蠻僕相依尚有情。默數行藏無一是，可因識字誤平生。

陳情前語總成虚，痛劇無因慰倚閭。捧檄恰當多難後，導輿空記壯游初。鄉園瑣屑三更夢，骨肉飄零一紙書。滿眼春愁無計遣，雲山何處是吾廬。

坐聽鷄聲百感增，夜窗俯仰竟何憑。書傳羽檄丸封蠟，血染麻衣泪墮冰。雄氣漸消埋短劍，寒花何喜燦孤燈。祇應踪迹三鰥密，結伴真同退院僧（謂沈菁士、曾樞元兩同年）。

絶域淹留近八年，風塵仍未脱羈牽。路難盡遣妻孥去，地

① 思舊本作“二章”，録其一、其四。

② “初”，思舊本作“粗”。

瘠徒蒙盜賊[1]憐。匹馬有時勞按壘，閑身不許賦歸田。向平婚嫁誰能計，負土猶難遂表阡。

有以橘棗相餉者，感賦二首

丹橘經霜摘，長安記最珍。郵程封蒂固，客座飣盤新。遠宦來邊域，分甘謝故人。昔年懷袖意，對此一沾巾。

棗實鑾方匙，傾筐也自紅。遺來誇俊味，剝處憶鄉風。醉惜村醪漬，乾宜活火烘（吾鄉有醉棗、熏棗諸品）。弟兄推讓久，此樂漸成空。

簡思南徐華楚太守四首[2]

許國猶留百戰身，銅符手握靖邊塵。漢家太守多名將，蠻峒豪酋亦細民。決策肯矜陳立勇，在官休耻范丹貧。竹王祠畔行春路，可有新詩寄故人。

寬猛傳聞妙設施，殘疆事事賴維持。跨河稅額鹽茶減，突陣威名草木知。千騎軍容收楛弩，四山兵氣肅牙旗。衹余[3]一事勞經畫，轉粟塘頭告力疲。

---

① “盜賊”，思舊本作“賊盜”。

② 思舊本録此，“四首”作“二首”，録其一、其二；與《滌濫軒詩鈔》黔刻本“楚”皆作“埜”。

③ “衹余”，思舊本作“只餘”。

憶送鋒車暮又朝，征塵東望馬蹄遥。書來喜説流亡復，劫盡須令戰伐銷。迹問楊田人罕識，地連楚蜀俗尤驕。執經倘許從蒙段，食椹應多隼[①]泮鴞。

孤踪憐我滯殊方，丙舍經營願未償。久客漸能諳土俗，去官猶自逐戎行。累人家室裝先遣，入夢田園路正長。一樣飄零天萬里，羡君捧檄爲高堂。

高青書[②]先生官粤東，與先君號稱友善，予承乏貴陽，令子心泉、秀東出示先生宦迹圖，并索題句，卷中有先君贈行詩四首，距今且四十年，蓋兩翁下世久矣，展睇再三，感嘆靡已，敬賦此章[③]

髫齡歲月如奔電，先世交游等飛霰。半生辛苦婚嫁圖，四海凋傷耆舊傳。先生風績播嶺嶠，姓名自昔邀宸眷。共推治行邁前賢，豈止文章冠時彦。冤獄平反委不疑，譎諫談[④]嘲服[⑤]曼倩。探丸市猾齊破膽，測水島夷群革面（俱用先君詩意）。公望行看陟臺閣，吏事何當屈郡縣。曾同先子托輩行，韓孟雲龍人競

① “隼”，《滌濫軒詩鈔》黔刻本作“集”。

② 思舊本録此首，此處有“廷瑶”二字。

③ 承評：後幅蒼凉蕭瑟，有一往不收之妙，音節劇佳。

④ “談”，《滌濫軒詩鈔》黔刻本、思舊本作“詼”。

⑤ “服”，《滌濫軒詩鈔》黔刻本作“敵”。

羡（先君詩有“曾許雲龍上下隨”之句）。從來難進每易退，雨渡[①]珠江空飲餞。想見臨歧握手時，惜別情懷深繾綣。長言永[②]嘆意不釋，遺墨猶然照巾卷。賤子生當竹馬年，彷佛鬚[③]眉眼中見。彈指經今四十秋，却向栖霞作羈宦。兩翁先後就黄壤，感時懷舊興三嘆。機雲繼起號聯璧[④]，世好重尋數游宴。揭來示我圖幾幅，往迹番番摹寫遍。江山無恙世事殊，畫裏蒼顏[⑤]猶未變。當年意匠費經營，圖成舉座[⑥]咸嗟善。君家兄弟在何處，得毋[⑦]側睨方童丱。季鷹早聞哭彦先，浚冲猶及知中散。功名夢蟻齊得喪，身世忘[⑧]羊閲憂患。開甑惟生范冉[⑨]塵，傳家共守胡威絹。清白遺風期勿墜，相逢不用傷貧賤。題成滿紙泪珠瑩[⑩]，還君此圖重凄戀。

登東山絶頂佛閣三首

凌虚磴道鬱千盤，松栝陰陰護戒壇。深箐濕雲晴亦雨，懸岩飛瀑夏生寒。樓臺日麗林端涌，城堡星羅井底看。閲盡興亡

① 《滌濫軒詩鈔》黔刻本，“雨渡”作“兩度”，思舊本爲“兩渡”。
② “永”，《滌濫軒詩鈔》黔刻本、思舊本作“咏”。
③ “鬚”，思舊本作“鬢”。
④ “璧”，《滌濫軒詩鈔》黔刻本作“壁”，應誤。
⑤ “顔”，《滌濫軒詩鈔》黔刻本與思舊本作“髯”。
⑥ “座”，思舊本作“坐”。
⑦ “毋”，《滌濫軒詩鈔》黔刻本作“無”。
⑧ “忘”，《滌濫軒詩鈔》黔刻本、思舊本作“亡”。
⑨ “冉”，《滌濫軒詩鈔》黔刻本作“丹”。
⑩ “瑩”，思舊本作“熒”。

惟老佛，石龕坐冷一蒲團。

形勝西南紀壯游，[①] 八番風物望中收。流亡圖畫誰封傳，戎馬關山獨倚樓。野燒無端驚遠堠，荒榛不分占平疇。狂來欲把浮雲掃，直叩天閶訴積愁。

卜築猶難與世違，暫來已覺宦情微。喜聞鐘磬趨琳宇，能避風塵羨[②]布衣（寺有吴生，僦居讀書）。鄉信浮沉鴻雁杳，蠻花開落鷓鴣飛。亂山何事争稠沓，不放羈人覓路歸。

清明後數日風雪嚴寒，枯坐得詩三首[③]

萬物舉嚮榮，方春傷凜冽。天公憎媚景，殺以埋頭雪（俗以草木初萌而過雪謂之埋頭雪）。陽和力不勝，黯黯重陰結。先開桃李花，一一遭夭折。老梅苦自禁，枝幹堅似鐵。瘦竹雖自壓，依然不改棄。皇天豈有私，所重在高節。恩暉不可恃，吾生甘守拙。

花開慎勿欣，花落亦勿惱。以色媚春風，妍華難自保。春風本無心，來去亦如掃。譬彼看花人，昨少今已老。儻使胎息深，生意詎草草。瞥眼墮空虚，得氣翻悔早。隆冬候太暖，春

---

① 崇評：灑落自喜，亦復沈痛。

② “羨”，《滌濫軒詩鈔》作“是”。

③ 崇評：三詩似太說盡，留餘味乃佳爾。

寒變枯槁。化機有倚伏，此理亦易曉。

我無平戎策[①]，亦乏人剡舟。裌衣著更藏，重曳蒙茸裘。坐念鐵甲衣[②]，挾纊思難周。窮檐苦兵戈，屬望在有秋。秧針初冒水，凍折穎不抽。恒寒咎有在，人事宜交修。紛紛詩毗子，閲世同蜉蝣。安排黨家酒，眺雪方登樓。

次鐵筠閎極之作[③]

幾年催發夜郎兵，刁斗喧喧不斷鳴。船算輸邊終罕補，道謀築室竟何成。枕戈[④]誰與要陶侃，厝火徒聞痛賈生。羈宦蠻中同泛梗，烽烟况觸望鄉情（時聞江南寇警來，詩及之）。

去貴阳城南四十里地，名竹蔭坡、桐木岭，兩山斗絶，一徑中通，上有平壤，可闢田廬，因令團民築二堡于其上，以資守禦，時往督役，偶成二首

雙峰屹立夐難攀，列寨東西儼據關。樹杪泉飛連夜雨，馬

---

① 思舊本録此首。“戎”作“淮”。

② “衣”，思舊本作“卒”。

③ 思舊本録此首。《滌濫軒詩鈔》題为：次韵鐵筠閎極之作。感慨遥深，允推氣足神完之作。尊生識。

④ “戈”，《滌濫軒詩鈔》黔刻本作“歌”。

頭雲起别州山。團規不紊旌旗肅，農務[①]方殷鼓角間。辛苦殘黎謀保聚，可憐力盡復財慳。

忽開平壤向層嶺，阡陌縱橫壁壘堅。鋌獸固應防走險，驚鴻久已怯鳴弦。木瓜司耗千屯粟，金筑城迷萬竈烟。倦鳥自歸征騎去，一時上下夕陽邊。

長田即目

莽莽長田道，空村落日斜。幾年孳猰貐，一夕化蟲沙。死去誰收骨，生還莫問家。野棠燒不盡，閑放兩三花。

青　崖[②]

懸崖瘦削倚天青，入望崇墉若建瓴。北向一軍資拱衛，東來[③]千嶂作藩屏（青崖在省城南七十里，舊千户地，有石城半據崖上[④]，屢經修葺，完固可恃）。虎牙觸石棱棱吐，馬足穿雲步步停。曾記高坡鏖戰日，趙家旗鼓振風霆（前年賊犯高坡，團總趙國澍督衆力戰，大破之。自是青崖趙家團之名大噪）。

---

① “務”，《滁濫軒詩鈔》黔刻本作“事”。

② 思舊本録此首。

③ “來”，思舊本作“連”。

④ 思舊本無“有”字，“上”作“頂”，《滁濫斬詩鈔》本無“城”字。

定　　番[①]

亂山缺處擴平原，問俗曾[②]經到八番。邊郡盡收耕稼利（黔中跬步皆山，惟定番地勢寬平，其土宜禾，省門萬户饔飧悉仰給于是），蠻人惟識土司尊（州屬二十一土司，凡苗民輸將徵調諸役悉聽命焉）。南天瑣[③]鑰憑孤障（羅斛各亭障與粤西毗連，防守最關緊要），東道烽烟警列屯（州境東接龍貴[④]，時時告警，團民更番征戍，不遑休息者累年矣）。戰血袛今流不盡，雙溪繞郭半清渾（乙卯冬，賊抵城下，東門外千餘家悉遭焚掠，後爲官軍擊退，殺傷相當，溪水盡赤）。

長　　寨[⑤]

昔聞長寨原苗寨，版籍初收幾戰征[⑥]。异族已看歸聖化，閑官遂使領專城（長寨本苗寨，向隸廣順州，負固不服，屢勤征討。雍正初，鄂文端公始剿平之，請立營汛，建設廳城，移貴陽府同知分駐其地）。征輸尚借鄰邦力（廳屬兵米歸鎮寧州代徵。蓋地由鎮寧分撥，因仍不改，非善制也），聽斷難窺黠吏情（廳有黠吏，予知貴陽時，察其狀，嚴檄逮問，前任某司馬懼爲所挾，陰縱之去，遂至漏網）。曾是虎狼營

---

① 思舊本録此首。

② “曾”，《滌濫軒詩鈔》黔刻本，思舊本皆作“身”。

③ “瑣”，《滌濫軒詩鈔》黔刻本，思舊本皆作“鎖”。

④ “貴”，《滌濫軒詩鈔》黔刻本、思舊本皆作“里”。

⑤ 思舊本録此首。

⑥ “征”，思舊本作“争”。

窟地，至今山水總蚩獰。

廣　順[1]

懸羊洞口碧湍流，天馬山前宿雨收。三面危岑[2]都[3]倚郭，百家小聚强名州。使君新政先驅蠹，鄉社遺風尚帶牛。絲路綿綿接雙堡，模[4]糊猶結陣雲愁（雙堡在州西四十里。乙卯歲，予[5]與但小雲太史會剿狆夷[6]，連營其處）。

咏　瓶　花[7]

山城花木蕃，依依媚佳節。開落任春風，何心效容悦。無端邀一顧，那能辭采擷。膽瓶爛縵[8]插，紅紫紛羅列。香泉資供養，猛雨免摧折。時有小尾蜂，簾隙作窺竊。縱使本性違，猶幸賞心結。花如感知遇，明艷自矜絶[9]。惜哉十日留，新故倏已

---

① 思舊本録此首。

② “岑”，《滌濫軒詩鈔》黔刻本作“崖”。

③ “都”，《滌濫軒詩鈔》黔刻本作“聊”。

④ “模”，《滌濫軒詩鈔》黔刻本作“糢”。

⑤ 《滌濫軒詩鈔》黔刻本中無“歲”“予”二字，思舊本無“予”字。

⑥ “夷”，《滌濫斬詩鈔》黔刻本作“苗”。

⑦ 《滌濫軒詩鈔》黔刻本：世尊于（叢鈔本作“此首于”）大高座，運廣長舌覺悟衆生，厥旨甚哀。崇慶。承评：修洁。

⑧ “縵”，《滌濫軒詩鈔》黔刻本作“漫”。

⑨ “矜絶”，《滌濫軒詩鈔》黔刻本作“驚絶”。

閲。飄茵與落溷，過眼等一瞥。并入止觀中，幻相爲誰度[①]。

但小雲前輩退居廣順，因事造訪，招游復園，賦呈四章[②]

南湖占斷水雲寬，猿鶴追隨夢久安。懸榻不曾留客坐，叩門特許借山看。百年喬木懷遺澤，一室香芸[③]結古歡。出處不生分别見，獨慚塵土滿衣冠。

非關痼疾在烟霞，咫尺山林迹未賒。夜雨乍添平砌水，春寒猶勒閏年花[④]。亭臺消受[⑤]須賢主，文獻徵求出世家。安得買鄰偕往返，借書給釀足生涯。

閑雲久未出爲霖，物論焉能識素心。誓墓有文羞鼓角，歸田著録重璆琳。推枰肯戀將輸局，挂壁猶留未和琴。同是鮮民差勝我，松楸手植已成陰。

回首西清迹已陳，初衣得遂幾經春。鵷鸞舊侣争先路，騏驥諸郎接後塵。人指溪山爲福地，天留風月待閑身。分明裙屐追歡處，蒿目蒼生對愴神。

---

① “度”，《滌濫軒詩鈔》黔刻本作“設”。

② 思舊本録此。崇评：宋體中高唱。

③ “香芸”，思舊本作“幽蘭”。

④ 思舊本這一聯爲“潤活不愁三日雨，客來儘看一年花”。

⑤ “受”，思舊本作“夏”。

松岡道中①

青山劃斷見孤城，行過前岡路漸平。語燕鳴鳩欣美蔭，乳鵝雛鴨泛春聲。新秧刺②水針同密，弱柳纅烟縷乍輕。寥落西南數州縣，眼明稍喜有人耕。

和趙鐵�太守修文途次感事之作，用沈菁士同年韵三首③

小邑罹烽火，凋傷目擊曾。城狐秋拜月，山鬼夜吹燈。賦已隨丁減，兵還按壘增。倉儲餘燼在，筦笇（蘇貫切，音算，義同算，《史記·吴王傳》：上方與晁錯調兵笇軍食。又竹器④）使君能。

近郭人烟絶，⑤ 乘闉馬矢高。僧寮⑥雜官吏，儒服長酋豪。暗雨飛燐火，腥風動野蒿。前軍猶轉戰，輸挽敢辭勞。

自分填溝壑，⑦ 驚傳賜復恩。殘灰迷井竈，薄粥活兒孫。往

---

① 思舊本録此首。

② “刺”，思舊本作“出”。

③ 思舊本録此三首。

④ 思舊本無此注。

⑤ 承评：四十字可抵一篇《蕪城賦》。

⑥ “寮”，《滌濫軒詩鈔》黔刻本作“僚”。

⑦ 崇评：其言藹如。

日竿同揭，餘生骨僅存。潢池原赤子，反側不須論。

貴陽軍府閲邸報志感

干戈滿吴越，消息震京圻。坐嘆兵機失，長憂國計非。親賢空授鉞，殿陛獨宵衣。蠻徼諸酋長，誰能强受鞿。

歐陽履初孝廉除夕用東坡初别子由韵寄懷令弟福兹，予以久不得芝泉消息，依韵奉和[1]

黔山聳奇峭，黔水涵虚清。靈輝孕雙璧，照眼誇晶明。自我識元方，鄙吝不復生。官齋下賓榻，伐木欣同賡。季元競秀姿，駿足瞻初程。舉世角名場，有若棋覆枰。豈知合抱木，培養從句萌。鬱鬱杞梓材，昔聞産蠻荆。梁棟資鉅任，養賢隆鼎烹。素抱一以[2]裕，高名動公卿。塤篪試迭奏，耻爲不平鳴。因君念予季，早年偕[3]友聲。朝衣時互著，文史嘗交評。天街蹋歲鼓，并轡趨嚴城。一麾落荒徼，冰雪方峥嶸。西堂夢初接，苦被爆竹驚。况聞桑梓鄉，戎馬紛戰争。世事那可料，顛倒隨盲聾[4]。羡君對床約，坡穎原齊名。延津劍終合，寶此百鍊精。

---

① 思舊本録此首。

② “以”，《滌濫軒詩鈔》黔刻本與思舊本作“已”。

③ “偕”，思舊本作“鱛”。

④ “盲聾”，《滌濫軒詩鈔》黔刻本作“聾盲”。

題嚴紂生孝廉詩草二首[①]

如椽健筆挺嶙峋，猶是天涯不繫身。所遇難憑須自信，有才如此豈長貧。十年游倦心俱瘁，萬里飢驅氣益伸。見説春明花正好，儒冠休更嘆沈淪。

酒徒詩侶逐萍飄，牢落青衫别思遥[②]。感遇莫争雲出岫（教習期滿，以知縣用，[③] 力勸君弗就），儲材好待樹干霄[④]。開編生死交情見，彈指升沈幻影消。從此牙琴應輟響，泪痕東注浙江潮（君與金翰臯編修同年莫逆，卷中酬唱最多，時方聞金訃音）。

三　義　廟

赤伏符難再，黄初歷已新。三分存廟社，一體祀君臣。王業偏安惜，英流結契真。鄴臺遺迹在，伏臘寂無人。

貴陽逢王曉泉話舊

握手驚看兩鬢蒼[⑤]，十年離緒話偏長。全家踪迹萍蓬似，怕

---

① 思舊本題有“三首録二”，叢鈔本當録自思舊本。

② “遥”，思舊本作“迢”。

③ 思舊本有“予”字。

④ “材”，思舊本作“才”。

⑤ “蒼”，《滌濫軒詩鈔》黔刻本作“霜”。

更從君問故鄉。

辛酉

武侯祠二首

鄧州曾拜隆中地，宛上適尋漢相祠。兩邑争傳三顧迹，千秋長憶耦耕時。若論德望真人杰，便説文章亦我師。謁罷龍岡驅馬去，前程慵問峴山碑。

躬耕本自有千秋，三顧恩深矢死酬。素志無慚方管樂，高文豈屑語曹劉。吟成梁父音難和，對罷隆中筆早籌。遺恨荆襄殘局换，草廬未嚮版圖收。

早　　行

早露白于霜，殘星大如月。寒蛩送歸旅，夾道笙歌發。雙輪穿樹過，紅燈出復没。倚枕夢蒼凉，雲海光明滅。西風忽吹醒，滿身换仙骨。小詩追逋景，字字皆清發。

欒城令尹行爲王玖坡明府壽

欒城令尹身姓王，下車三月稱循良。減除雜役蠲浮糧，吏胥無事不下鄉。自從令尹來，家家富困倉。自從令尹來，村村字牛羊。昔何疾苦今平康（一解）。

令尹之明明如日星，令尹之威威如雷霆，令尹之仁如春煦，令尹之廉如水清，公出不許陽鱎登，屏絶私謁稀逢迎（二解）。

朝取一盜魁置諸囚牢，夕取一盜魁刑諸市曹。境内之盜多潛逃，月明深巷犬不嗥，夜户不閉枕自高（三解）。

令尹之家乃在湘楚，令尹之年五十有五。形貌清臞須眉古，覽揆之期近重午。衢巷熙熙歌且舞，有約麻鞋趨公府。鞠曆稱觴申祝嘏（葉）。令尹聞之禁弗許，蚩蚩相率入琳宇，共醵私錢繫社鼓（四解）。

初日照華堂，方排上壽巵，有諭當出衙，賀客空致辭，肩輿不御駿馬騎，後擁皂蓋前青旗，郊間馳轡人盡疑，爲問令尹何所之，却造城東劉光伯，經術治術從周諮（五解）。

中秋卧病

輪蹄廿載僅銷磨，看遍關山月色多。盼到故園秋色好，今宵偏又病中過。①

① 《滌濫軒詩鈔》黔刻本附承齡、趙崇慶評語，録附下。

評語：《白水河》《南岳山築堡》諸作，意徑直造古人，餘亦俯仰身世，隨境寓情，慷慨激昂，才力足以副之，不爲虚響，可爲知人論世之資。庚申十月，尊生弟承齡讀并識數語以志傾倒。庚申秋，同事築垣防局，軍書旁午，必夜分乃歸，歸輒讀大著數章，骨清于仙，心朗若月，致洒落而神藴藉，氣豪宕而辭清遒，較之出守以前作，其深穩又過之，三復加墨，還質大雅，佛頭上作罪過，幸一笑置之。趙崇慶讀再識。

補遺

賦得凡百敬爾位[①]（得賢字五言八韻）

正位崇居敬，皇躬率作先。一人端表範，百爾肅班聯。甲令從分掌，寅恭協比肩。建官堯代制，熙志禹謨篇。安止敦乎艮，書思惕以乾。危同防履虎，榮不愧冠蟬。翼贊垂賞日，心殷釋褐年。勉酬飢渴意，聖主廣求賢。

謹按先祖貴陽公著述大都未經寫定，惟存詩二卷較完整。以編年考之，庚子以後、壬子以前殆付闕如，集中之壬子五首、和歐陽履初孝廉除夕一首、題嚴紆生孝廉詩草二首，録自《思舊集》。貴陽逢王曉泉話舊以次六首，録自《黔陽歸程日記》。由此以觀其散佚也可知已。且各稿本概未署名。壬子秋，紀丈香驄客都門淡[②]次，謂張文襄公選《思舊集》時，僅就少年之山外山房齋名名之，非以概其餘。公所至，政通民和，遺愛至今弗衰。晚年歸自黔中，卜居任邱，軒署滌濫。蓋慨黔政不綱，民弗堪命，爲亂之所由起，藉寄憤感。君如編訂遺文，可署滌濫，庶志先志，信哉斯言。兹編公集詩，仍文襄公之舊，詞文各種則署“滌濫軒”。良有感于紀丈之言，且以示吾子孫，毋忘公志也。

丙寅夏至孫修鑑謹志

① 録自劉書年會試硃卷。

② “淡”爲“談”。

卷四　滌濫軒詞殘稿[1]　一卷

［清］劉書年　撰　劉修鑑　輯

---

① 録自劉修鑑輯《清芬叢鈔》本。《思舊集》《滌濫軒詩鈔》（《黔南叢書》本）和《黔行日記》中有詞，匯爲一卷。

賀　新　郎（鵲橋惜别）

小別經年矣，嘆從前，良緣斷阻，盈盈一水，怪煞廣寒三五夜，動説團圓有幾，眼波瀰瀰，况復一年纔一會，問姮娥，誰更能消此，今夜雨，當零涕。　　鵲橋填就須臾耳，没些時，紅墻一隔，又成千里，便道塵寰多孽劫，薄命慣逢游子。還有個，幸拼情死，偏是神仙無死法，萬千年，生受離愁裏，人世感，漫提起。

萬　年　歡（題麻姑獻壽圖）

萬頃波濤，任往來無礙，浮槎輕觸，霧鬟風鬟，掩映珊珊丰骨。幾日未離蓬島，又一度，滄桑過目，不須問，擲米前程，蟠桃今歲新熟。　　省識神仙眷屬，配輕裾廣袖，内家裝束，憶別方平何處，去尋靈窟。春酒一瓶同載，不類人間芬馥，借長爪，親發瑶函道書，留我披讀。

望　海　潮（維揚泛舟）

摇波風暖，偎林烟嫩，孤情引過虹橋。如許荒蕪，幾番驚絮，匆匆兜入吟瓢。山叠亂青遥，向斜陽影裏，换盡南朝。一掬秋懷，輕衫載酒客停橈。　　低徊無奈今朝。儘虚傳跨鶴，何處吹簫。殘月二分，頹花十里，凄凉紅豆全抛。鴛甃暗香銷，恐分司重到，一樣無聊。拌取零金剩粉，分付暮江潮。

壺　中　天[1]（維揚感興）

三生杜牧，早揚州夢覺，倦停風楫一掬秋懷消不得，隔岸亂山青叠，小海歌終，大江淘盡，豪氣都磨折。暝鴉飛動，緑楊還映城堞。　　休論織錦輕帆，泥金小户，一例繁華歇，問訊玉鈎斜畔路，無恙二分明月，草際黏愁，烟中流恨，螢火交明滅，酒醒寒驟，玉簫聲聽凄咽。

臺　城　路[2]（渡江懷古）

一條天塹中分處，興亡料經多少，鼉噴[3]濤崩，豚吹浪捲，萬里長風如掃，中流鼓棹，甚吴頭楚尾[4]，儘供憑吊，岸幘高歌，酒酣不怕蟄龍惱。　　遺踪向人問，道佛狸祠畔路，都長荒草。北固高樓，南徐重鎮，古今一般殘照。江山不老，惹過客天涯，暗傷懷抱，東去滔滔，六朝催换了。

---

① 思舊本録此首。

② 思舊本録此首。

③ “噴”，思舊本作“憤”。

④ “吴頭楚尾”，思舊本作“楚尾吴頭”。

湘　　月[①]（舟中望惠山）

嵐光如滴，染輕帆溼[②]翠。滿陂烟雨，秋入江南皆畫本，况到水雲深處。竹裹紅墻，松巔白塔，招我尋詩去。一鷗前導，銜波飛過沙渚。　　便欲借榻山中，竹爐瓦鼎，隨意携茶具，第二泉邊塵夢洗。領略茗禪風趣，落葉邀凉，疏鐘報曉[③]，未肯留人住，郵籤催换。夕陽還曳烟艣。

望　海　潮[④]（姑蘇道中）

遺邱虎踞，荒臺鹿走，當年霸業全消。花柳餘妍，山川昨夢，繁華留向今朝。歌舞等閑抛，憑[⑤]扁舟共載，烟水迢迢，剩粉殘脂，漂流不盡暮江潮。　　厭聞吴市聲囂，怕英雄猶在，溷迹吹簫。瞑色添愁，秋聲寫怨，故宫梧葉先凋。雙槳緑波摇，任酙泉坐石，莫便招邀。只待烏啼月落，移泊近楓橋。

---

① 思舊本録此首。

② “溼”，思舊本作“濕”。

③ “曉”，思舊本作“晚”。

④ 思舊本録此首。

⑤ “憑”，思舊本作“恁”。

徵　招①

癸丑七月至蘭儀口，時以河防嚴急，舟航斷絶，末②由問渡，感憤拈此。

去年問渡經袁浦，河流那般清淺，舟子不須招，徒涉直③成慣。今來重放眼，恁使我，臨流而返，擊楫無因，投膠何濟，望洋興嘆。　　跋浪駭鯨鯢，奔騰過，天險幾曾雄擅，但作劇年年，秏折宣房楗，防秋無勝算，空費盡，水衡千萬（時賊已由汜水北渡，而豐工復決）。倩誰個隻手龍拏，把狂瀾力挽。

長亭怨慢（月夜聽鄰舟弄琵琶④）

猛攙入，秋城寒漏，淒絶哀弦，不禁挑⑤逗，訴盡飄零，一聲聲想翠眉皺，客愁唤起，篷背誰先回首⑥，清淚枉安排，渾未許，移船⑦相就。　　僝僽，念泠泠俊語，可是十三妙手，曲終人遠，只波面月痕依舊，恁蕭條楓葉蘆花，便抵得潯陽江口，

---

① 録自《黔行日記》。

② “末”，《黔行日記》抄本作“未”。

③ “直”，《黔行日記》黔刻本作“真”。

④ 録自《黔行日記》，《滌濫軒詩鈔》黔刻本有“戊午泊辰州作”。

⑤ “不禁挑”，《全清詞鈔》作“檀槽初”。

⑥ “篷背誰先回首”，《全清詞鈔》作“问篷背，谁回首”。

⑦ “船”，《滌濫軒詩鈔》黔刻本作“舟”，《黔行日記》抄本作“舩”。

應悵望來宵，何處迴燈添酒。

水　龍　吟（舟中秋暝寫懷）

客中易惱秋陰故，遮一片征帆影。晚楓如醉，殘蘆如訴，搖波不定，底事年年，阻風中酒，尚遲歸興。算暮潮嗚咽，東流千里，不抵似愁心迴。　　風信幾番催緊，可能拌者番凄清冷。鷗邊夢短，雁邊書滯，孤懷自警，如此江山，幾曾見慣。篷窗倦憑，又數聲清角，和烟吹墮，作空江暝。

疏　　影

庚申十月，予將由黔北歸，薄寒相逼，試雪未成。舊植緗梅四五株，數日前盡含蓓蕾，一夕疏花齊放，若知予之欲去，而故以相慰者，心竊异之。時以匆匆首途，且祥琴未調，初無暇托于音也。小别經年，花信又近，偶然憶及，追①賦此闋。

歸程漸緊，記促裝天氣，小雪將近，芳意猶含，一縷冰飔。試把暗香催引，綺窗别緒增凄戀，似相約，薄寒同忍，怕來宵，一笛風亭②，飛夢欲尋無準。　　七載天涯漂泊，素心零落遍，踪迹誰問，消息③，癯仙，送客多情，探借南枝春信，而今索

---

① “追”，《滌濫軒詩鈔》黔刻本作“返”。

② “亭”，《滌濫斬詩鈔》黔刻本作“高”。

③ “息”，《滌濫軒詩鈔》黔刻本作“得”。

笑，和誰共？應笑①我，平生疏俊，爲遠人，寄謝②頻煩，辛苦銜杯無分。

金　縷　曲③

邵亭先生留余齋中經年，時時以學行文章相切劘，兹以計偕北上，有迫而行，非其志也。後期莫必，不能無情，爲賦此解，不作祝贊之辭，但爲招隱之語，庶別于世僞酬應云耳。

霜氣侵城堞。剩無多、旗亭衰柳，争禁攀折。不爲青衫傷遲暮，對此已成凄絶。那更聽、陽關催迭。滁尾沅頭烽火照，算嚴程戰鼓何時歇。拎席帽，犯風雪。長安火急車輪熱。
試探取，懷中判字，三年漫滅。草檄修書渾閑事，只有幹時謀拙。問何似、重尋舊業。老我天涯歸夢苦，恁逢君又作天涯别。但萬里，共明月。

謹按張文襄公撰先祖墓碑，稱公喜爲詩，尤工長短句，類南宋能者所爲。詩賦雜著數十百首，經説數十條爲一卷，藏于家。許文恪公馳書曾文正公則謂：公所爲詩、古文、詞、長短句之屬甚夥，絜静妍雅，已有足傳。其爲兩公推重如此，修鑑幼侍蜀中，習聞公著述蜚聲藝林，顧未之見。己亥冬，自蜀東

---

① “笑”，《滁濫斬詩鈔》黔刻本作“念”。

② “謝”，《滁濫軒詩鈔》黔刻本作“語”。

③ 據南京圖書館藏莫友芝手稿《邵亭詩文稿》録。叢鈔本未收。

下，晤古遺姊氏于武昌，亟以相詢，乃出而授之曰：爲子保存多年，既知愛重，即以相付，幸善珍藏，日後能梓而行世，則更善矣！敬謹受讀，計詩三册，駢散文一册，筆記四册，黔亂紀實一册，四書集字一册，江左王謝世系考一册，聖廟從祀録二册而已。據兩公所述，當日詞應不少，乃所授無之，蓋其散失也久矣。兹詞十一闋，其四録于思舊集，餘乃累年蒐輯而得者，雖非完璧，敢不珍如拱球，敬編集中，謹仿文勤公名經説之名以名之，俾後之覽者亦將有感斯詞散佚之足惜也，抑更有感者。乙巳浪迹江右，沈公子培（曾植，時守南昌），詢悉公之著述未經校編，慨惜久之，欲爲整齊董理之，因以呈政。其夏奉本生母諱，星奔沙市。沈公旋亦升任安徽提學，不相聞問者十稔。迨國體變後，沈公避地黄浦。乃屬黄樓表兄（彬）爲致殷勤，比經檢寄，則駢散文一册，筆記二册，竟未能隨之珠還矣。至今嘗用耿耿。近旅通州，乃于潘氏滂喜齋叢書中將經説殘稿録補集中，私心竊用少慰，然究無補曩所遺失，有孤女兄付托之恨，并附以志余咎，冀不負吾姊之重托。

戊寅夏正冬至日　孫修鑑謹記

卷五　秋吟百首[1]

［清］劉書年　撰

---

①　劉修鑑《清芬叢鈔》本無之，坊間多傳有之。邑人朱惠民得自民間轉鈔本，整理廣之。今以崔士元《雪廬詩草》中殘句證之，確系劉書年道光年間作品，故録而收之。

新　　秋

誰把秋情遠送將，桐階落葉已飄颺。嫩晴猶帶三分暑，薄暮新添一味凉。疏雨釀成天詄蕩，峭風吹作氣蒼茫。憑欄領略蕭森意，尚有殘荷弄晚香。

秋　　色

滴翠研朱迹已陳，西來秋色曉尤新。不將花柳豐姿澆，好任江天面目真。半頃蒼葭成淡抹，一林紅葉配濃皴。化工點綴清華意，更著漁樵畫裏人。

秋　　聲

雲斂晴空月滿山，疑風疑雨打柴關。無邊颯爽來天末，大半颼飀在樹間。四壁蛩吟都逼斷，三更鶴夢忽驚還。憐他一紙歐陽賦，爲爾停燈手自删。

秋　　曉

清秋曉色總空濛，宿雨全收四望中。古寺僧雛凉汲水，澄江漁父醒推篷。烟消竹塢風微峭，露冷蓮塘日薄烘。好是柴扉初啓後，西山爽氣入簾櫳。

秋　夜

才上寒燈氣倍森，坐聽清漏滴沈沈。月明忽弄誰家笛，風定猶聞隔巷砧。竹外螢火時一見，草間蟲語總難尋。庭階搔首瞻河漢，半臂凉生思不禁。

秋　霽

料峭風高卷碧雲，晴空秋氣更氤氲。繞欄敗葉知霜重，入瓮殘花就日熏。嵐影分明山露爽，波光瀲灎水生紋。曝書亭子須收拾，擬看今宵月幾分。

秋　陰

非雨非晴暗淡天，釀成秋意可人憐。一籬黄菊寒無色，十里蒼葭淡有烟。遠渚波凉鷗意懶，小樓風急雁行偏。誰家短笛成三弄，穿破浮雲望月圓。

秋　月

豈是瑤池白玉盤，中宵擎出碧雲端。蕉窗有燭光應奪，桂樹無烟影自寒。似向三時争皎潔，定知千里共團圞。關山戍卒高樓婦，一樣無眠舉首看。

秋　雲

誰把奇雲忽剗平，碧天廖廓碧雲輕。飄零斷雨渾無著，搖曳寒風總不驚。拜月堂中嗔久駐，穿針樓上偶低縈。炎凉閲盡憑舒卷，出岫無心與世争。

秋　風

林端漸欲作商聲，凉信遥傳暑氣清。拂牖似驅殘吏去，開簾錯當故人迎。羅幃夢覺眠初醒，團扇緣空恨已成。正值秋情禁不得，撩人檐馬向瑽琤。

秋　雨

幾陣繁聲破寂寥，隨風灑灑入凉宵。半窗剪燭情難慰，一曲淋鈴韵未調。急點亂抛愁蟋蟀，芳心不展泣芭蕉。虚堂更擬支茶竈，檢得泥中敗葉燒。

秋　露

幾叠芭蕉似有光，月中清露墮微茫。疏蟬咽斷新餐給，老鶴驚回短夢凉。半夜漸濃疑作雨。來宵再冷定成霜。侵晨認取團圞迹，無數珍珠綴藕裳。

秋　霜

覺得重衾冷未降，一天霜色照寒窗。板橋人迹晴微辨，山寺鐘聲曉尚撞。烟撲蒼葭迷楚岸，風飄紅葉壅吴江。移情最是烏啼夜，漁火零星過石矼。

秋　河

誰把雲斤鑿碧天，勞他牛女盼年年。千秋别恨流無盡，兩岸澄波望欲穿。直向古今留缺陷，莫興風浪阻神仙。支機安有西山石，烏鵲難同精衛填。

秋　烟

曳寒飛素總泠泠，渲染秋光入杳冥。沙鳥驚開千點白，山螺劃斷一痕青。漁燈投宿涼微暈，樵舍傳炊晚未停。村落人家渾不辨，深林桔柚暗前汀。

秋　山

濃翠全消舊日姿，看山須趁九秋時。靚妝似向風前整，瘦骨還從雨後支。葉落漸窺真面目，雲開遥認古鬟眉。愛他爽朗宜人處，數則風流尚可追。

秋　水

平鋪只擬墨痕拖，幾曲清流覆敗荷。彭蠡烟澄凉浸骨，洞庭月落淡生波。菰蒲亂颭漁燈出，荇藻初沉雁影過。蕭瑟江南斜日落，西風罷唱采菱歌。

秋　闈

風外黄花已綻黄，月中桂子更飄香。文章雅愛清遒體，時命群争得失場。一片冰壺高揭朗，萬龕燈火夜吟凉。嫦娥也有憐才癖，青眼看他時樣妝。

秋　塞

八月風高白草腓，防邊軍士肅邊威。馬嘶大旆聲偏警，雁怯塞笳影不飛。鐵甲有光凉月逼，寶刀無色曉霜微。健兒十萬齊回首，只望寒衣不望歸。

秋　驛

征輪歷盡幾黄昏，秋到郵亭似有痕。紅漏紫華墻半缺，黄凋柳色樹全髡。力疲羸馬槽空嚙，夢斷荒鷄被未温。料將深閨感霜信，計程今夜定消魂。

秋　閨

已無消息到妝臺，猶對寒燈兀自猜。月冷怕教虛幌照，香温不許綉簾開。抛將錦瑟愁弦澀，移却雲屏待夢來。比似黄花更消瘦，秋衫放窄二分裁。

秋　寺

秋到空門意未長，蕭疏一代露紅墻。數聲清磬隨流水，幾點寒山逗夕陽。塔頂鳥巢黄葉補，樓頭僧榻白雲藏。無言只有香龕佛，閲盡榮枯總淡忘。

秋　社

釀罷梨花久罷傾，枌榆葉落淡烟横。鑾筲巫鼓腔重和，黑秬紅蓮實盡成。今歲蚜蚄真絶迹，誰家碌碡尚喧聲。晚歸巷口扶殘醉，雙燕呢喃别緒縈。

秋　渡

渡口終年一葦杭，清秋烟水接蒼茫。中流波影摇孤艇，兩岸人聲鬧夕陽。壓擔樵歸黄葉重，打包僧唤白雲凉。招招不必煩舟子，有友印歸在石梁。

秋　船

萬頃烟波一葉舟，秋光逐水總如流。青山不斷來天外，紅葉紛紛打渡頭。兩棹江湖魂夢冷，孤帆風雨別離愁。凉宵不耐菰蒲響，自起推窗看斗牛。

秋　窗

界斷玲瓏卍字花，昨宵凉信未全遮。丁寧細語彈紅紙，幽約寒燈暈碧紗。風引菊香穿隙過，月移梧影入櫺斜。一層薄薄中間隔，冷暖情懷便覺差。

秋　籬

插棘編蘆小徑通，柴門恰與護當中。四圍掩映全篩月，百孔玲瓏不障風。鹿眼洞穿瓜蔓架，蛩聲深鎖菊花叢。鄰家薄暝燈初上，透出墻東一點紅。

秋　衫

計日羅衣漸不支，寄來白袷稱腰肢。一襟新浣當風灑，兩袖都藏弄月詩。耐冷頗禁微雨後，可身最是夕陽時。老僧熨貼裁縫好，付與征人泪點滋。

秋　扇

熱腸翻覆未移時，才展冰紈冷不支。袖裏有誰憐舊寵，篋中從此結相思。似同明月分圓缺，敢向涼飆怨別離？早識花間悵捐弃，烏闌悔寫合歡辭。

秋　屏

六扇雕成花樣纖，琉璃洞徹晚涼添。迎門恰喜禁風軟，繞坐還愁障月嚴。已覺瀟湘縈翠壁，無勞玳瑁押晶簾。宵深臨卧須移却，怕隔相思好夢甜。

秋　簟

涼生竹簟漏初沉，展向匡床漸不禁。八尺含風驚夜夢，雙紋漾水怯秋心。羅衾密裹寒仍透，膩粉新揩暑罷侵。更擬來宵斜卷起，綢絲一任護深深。

秋　衾

多年伴我意殷殷，織就蘆花尚有紋。竹榻暖煨千片雪，松窗涼裹一窩雲。誤入好夢寒猶戀，遲我温香懶不薰。鎮日敲詩久翻覆，蒙頭僵卧到斜曛。

秋　蓑

一領蓑衣伴四時，秋光漸覺上身遲。江頭着雨凉偏響，隴畔含烟濕欲滋。漁父收筒晴不脱，榜人施纜冷還披。莫愁細碎寒難蔽，風雪孤舟仗爾隨。

秋　帆

江楓欲落浦雲濃，十幅征帆水際冲。蓼淑飽張風力滿，蘆灘濕挂雨痕松。迢迢逐浪催黄葉，面面隨流度碧峰。爲問歸程無恙否，莼鱸鄉思在吴淞。

秋　簾

描成十字巧相招，滿市秋光亂簸摇。樓外一竿冲雨濕，溪頭半幅逐風飄。掃除愁思須停屐，勾引吟魂直過橋。仍向杏花深處問，林梢拈點葉蕭蕭。

秋　鏡

一奩鎮日手摩抄，底事驚秋鬢忽皤。知有秋光隨月滿，疑將冷眼閲人多。蒼凉面目今逾老，颯爽風①姿永不磨。好借風霜

① “風”，崔士元《雪廬詩草》(道光二十四年刻本) 作“丰”。

頻洗煉，鬚眉休自嘆蹉跎。

秋　枰

一決輸贏手便交，漸成零落尚難拋。炎凉局面①皆深歷，黑白胸中總不淆。枯樹葉飄聲偶誤，寒燈花落子頻敲。笑他置斧空林裏，冷眼閑看莫能嘲。

秋　燈

才見寒燈上短檠，飛蛾先已撲簾旌。光摇羅幌愁風逼，凉暈紗櫳淡月明。蘆荻江邊投宿夜，芭蕉窗裏讀書聲。樓頭别有紅漸透，夜深猶聞試剪輕。

秋　心

秋色秋聲自外傳，班班只覺此心牽。無端哀樂隨時易，大半襟懷與物遷。勾引風雲愁入料，流連山水恨爲緣。何因幻想都破②滅，不放閑情感暮年。

---

① “面”，崔士元《雪廬詩草》（道光二十四年刻本）作“内”。

② “破”，崔士元《雪廬詩草》（道光二十四年刻本）作“磨”。

秋　夢

雲雨荒涼總未真，乞來一枕足怡神。鹿迷敗葉懷陳迹，蝶戀餘香識化身。南郡高槐堪度夏，西堂芳草亦生春。熱場忽漫全收拾，翻學黃梁悟後人。

秋　鬢

短髮星星易惹愁，新霜早得夜來秋。藥雖能染竟何補，花每欲簪先自羞。萬縷細添絲作祟，一團亂攪竟成仇。美人從古悲遲暮，輸與文君賦白頭。

秋　泪

傷秋凄楚倍傷春，一度凝眸一愴神。吊月有情拋玉箸，聽鴻無聊拭羅巾。江幹班竹啼妃子，壺内紅冰泣美人。我也西風嘆廖落，春衫驗取舊痕湮。

秋　别

津亭慘壓凍雲低，未唱陽關意已迷。衰柳不堪霜後折，離襟莫惜酒邊題。四山陳迹留鴻爪，一路悲風送馬蹄。惟有月輪無恙在，照人今夜各東西。

秋　吟

嘲風弄月快提携，吟興當秋轉自凄。幽室拈豪肩乍聳，寒林叉手意猶迷。青山排闥堪共料，黄葉敲門爲送題。詩思還從天慘淡，遥岑一抹夕陽低。

秋　讀

三更陳張已消除，爲喜秋凉好讀書。堆案陳編皆冷眼，打窗黄葉覺心虚。清聲似欲留燈下，濃味何須覓歲餘。凉月漸高聊掩卷，滿亭花影弄扶疏。

秋　漁

鎮日長竿傍水涯，秋光管領屬漁家。烟迷舵尾鷗戲浪，潮落籬根蟹聚沙。數點寒燈遮葦葉，一篷明月宿蘆花。尺鱗换得三升酒，不用前村入夜賖。

漁　樵

幾曲寒山細路縈，此中樵客趁秋情。擔頭半壓清霜重，樹底猶披濕霧行。葉落不須施斧力，局殘仍自戀棋聲。前村日暮炊烟起，犯冷歸遲一卷横。

秋　農

聽遍村村碌碡聲，關心最喜報秋成。豆花亂向荒原疊，穀價新從小市增。卒歲瓜壺須料理，隔年播獲預經營。三時水旱都無慮，還向重陽課雨晴。

秋　紡

繅車處處響飄蕭，凉月還聞女伴招。轉轂心腸同九折，亂紛情緒引千條。寒燈或許鄰家共，弱緑應從後日挑。毆軋不辭風露冷，頻呵纖水度中宵。

秋　賈

流年賣盡不歸家，贏得長途兩鬢華。千里風波由我涉，五湖烟景倩誰賒。霜清淮北多輸米，水落浮梁好販茶。但遇關津莫留滯，有人江口怨琵琶。

秋　妝

樓上竹簾透晚凉，玉人對鏡試新妝。遠山活現蛾眉色，冷艷微熏蟬鬢香。未許濃華近脂粉，偏宜縞素制衣裳。月明莫向閑亭立，妒煞階前白海棠。

秋　汲

井華秋曉倍澄涵，誰冒清霜一擔擔？半里故盧長怕濘，雙瓶何事遠分甘？寒烟乍卷炊痕動，涼雨初過茗味諳。還向吾廬引脩綆，遺經妙義任窮探。

秋　燒

暮村暝色漸模糊，遠燒分明夕照鋪。萬影亂搖山欲秃，一痕不斷草全枯。佛燈掩映迷蕭寺，樵擔微茫迷野途。底用助他零落恨，春來雨過便重蘇。

秋　笳

毳幕征夫苦憶家，那堪落日聽秋笳。似從塞北催霜信，都向城南望月華。騎馬無情嘶白草，羈人有泪隨黄沙。何須更待劉琨奏，十萬男兒夜不嘩。

秋　鐘

八百聲沉氣候移，五更霜落響參差。燈殘鹿苑空壇寂，月冷魚山夜夢遲。幾處枯禪初寂後，誰家好夢乍醒時。江船猶有無眠客，魚火光中攪遠思。

秋　笛

誰家横玉響長空，喚起秋情向客中。天净能吟千里月，夜凉人倚一樓風。唇邊凄弄飛哀怨，指下清圓按别衷。底事聲聲吹折柳，銀床只是墜疏桐。

秋　筝

誰把秦筝按後庭，秋情彈出太空丁。懷中明月寒猶白，陌上柔桑晚不青。長甲輕移銀的皪，幺弦漫撚玉玲瓏。空房歸去心休怯，擁被狸奴正卧聽。

秋　砧

幾家明月幾家砧，搗碎香閨寸寸心。似助寒蛩驚遠夢，時聞征雁答繁音。人遥萬里程難計，聲斷三更力不禁。爲憶風霜關塞苦，可憐紅袖起先侵。

秋　柝

滿城凉月慘模糊，擊柝當秋響倍殊。五夜霜威森遠堠，萬家燈火照交衢。垣邊暴客心猶警，枕上羈人夢已孤。曙色漸分聲欲歇，沉沉曉漏滴銅壺。

秋　稻

江鄉景物晚來殊，稻熟秋田香更腴。垂首似憐風露冷，掀髯唯見水雲鋪。粒成或許嬌鷹啄，穗重偏宜瘦蟹扶。堪笑東屯頭白叟，加餐爲爾費馳驅。

秋　蔬

但餘十畝晚蔬肥，笋蕨瓜壺事盡非。園中只作栽花看，世上無如知味稀。冷趣鹽虀堪共和，淡香風蝶尚争飛。瘦郎莫厭生涯薄，菜色蒸民慣忍飢。

秋　豆

踔躞花正吐秋英，村南村北幾叠横。黄蝶瘦眠霜一架，紅蠶冷卧月三更。田家風味瓜壺共，籬落光陰蟋蟀争。莫羡咄咄能辦粥，筥筐猶足給朝烹。

秋　棉

花落西疇歲已寒，傾筐婦子笑顔歡。纏綿可以儂心密，衣被應知世界寬。幾叠雲鋪晴陌冷，一兜雪壓布裙單。征衣燈下裝須厚，滿地冰霜行路難。

秋　茗

采向江南穀雨前，鋼頭藏久味猶鮮。烹來雪艷雲腴品，嘗到霜青月白天。濃心菊香增氣爽，涼兼松響噴花圓。如何瓦鼎方號蚓，早有寒蛩和砌邊。

秋　醅

一架葡萄正熟時，新醅初撥味先知。避風潛打床頭瓮，邀月頻傾掌中巵。小醉更教添颯爽，薄寒便與代支持。白衣底用來相慰，自把殘杯酹菊籬。

秋　荷

紅衣邋遢耐秋凉，依檻猶聞一瓣香。君子故應誇晚節，美人從此退殘裝①。笙歌畫舫都寥寂，風月紅橋乏主張。留得波心伴枯葉，瀟瀟冷雨響橫塘。

秋　桂

西風落子盡成團，珍重人間乞種難。八樹根從塵外托，一枝秋向月中看。玉犀碎簇香堪挹，金粟勻排影自寒。博得素娥

① “裝”，崔士元《雪廬詩草》（道光二十四年刻本）作“妝”。

親折贈，滿身花露立雲端。

秋　蘭

采采何堪發遠吟，數叢含露正秋深。江皋自解相思佩，空谷誰援變調琴。明月三湘騷客怨，光風九畹美人心。靈修莫悵佳期晚，十步幽香尚襲襟。

秋　菊

憶辭陶令竟何之，冷落秋光仗主持。三徑香寒霜重後，一籬影傲月明時。能甘晚節都因淡，久蘊芳心不厭遲。多事牙牌與粉榜，花名偏有俗人知。

秋　棠

一掬相思泪暗流，灑來幻作海棠秋。冰霜自寫幽貞性，風霜争誇裊娜愁。縞袂多情如飲泣，素娥無語尚含羞。斷腸定有西樓艷，倚檻喃喃怨不休。

秋　葵

鴨脚移來近畫欄，經秋猶自吐香梡。待霜冷艷如相媚，向日深心永不寒。風味尚留豳地俗，梳娥雪戴道家冠。但愁中宵凉飆起，萬柄歸裝賣恐難。

秋　柳

長條無復影毵毵，盡日飄零映碧潭。鴉點已隨涼雨亂，蟬聲猶向夕陽酣。笛吹灞岸誰爭借，人到金城總不堪。惆悵素來攀折處，自今唯有暮烟含。

秋　桐

纍纍花正報清明，幾日銀床欲有聲。階畔亂搖雲影碎，窗前常伴月華明。剪圭敗葉寒光脱，知閏芳心老漸驚。未許良材輕入爨，臨風休作不平鳴。

秋　槐

舉子匆匆忙過纔，黄花幾樹尚濃開。蕭疏時節鴉群亂，漂泊功名蟻夢回。入市薰風難久戀，排衙冷雨漫相催。空宮葉落知多少，曾救詩人摩詰來。

秋　帆

半林冷艷蘸輕衫，點綴新霜竟不凡。楚岸春深人著屐，吴江秋冷客支帆。樹痕欲斷殘霞抹，山影全無夕照銜。晚歲文章編絢爛，有誰賞識到層岩。

秋　竹

萬竿終古自森森，不遇秋風總陸沉。直氣凌寒方見節，高材傲世本無心。依然皓月垂青影，翻借涼飆弄好音。回憶三更留客處，那容溽暑再相侵。

秋　橘

離離佳實似星稠，香味難教變枳侔。幾樹烟寒雲夢晚，一洲霜落洞庭秋。野園歲暮半輸税，江岸林寒室比侯。任使山中久高卧，尚堪奴婢蓄千頭。

秋　橙

犀紋鵠殼綴寒柯，好景終年記最多。按酒恰憐香乍透，搗齏深喜味初和。黄摺星實猶重裹，緑帶霜痕不忍搓。付與纖纖輕擘破，吴鹽試點拌紅螺。

秋　瓜

插籬抱瓮費綢繆，喜見瓜田報早秋。古井霜濃浮水面，筠籃翠壓賣街頭。甘松風味議童子，蕭瑟光陰感故侯。道是蕉華稱至孝，窮冬能在夢中求。

秋 棗

一樹離離只隔墻，長竿計日打秋凉。半籃清脆含朝露，滿箔紅皺曬夕陽。稚子争誇入襟袖，田家已足代糇糧。豳風物産尤能數，豈必如瓜海外嘗。

秋 菱

含實含花美可兼，秋來采采不盈襜。清歌尚隔湖三里，流水新開鏡一奩。拂棹亂絲空縷縷，凌波羅襪已纖纖。夜深怕有泥中刺，仔細傷他玉笋尖。

秋 草

記得春初認碧痕，香車南浦送王孫。蕭條晚節仍爲客，冷落深叢又斷魂。野火燒成空遍地，新霜打過未催根。萋萋摇漾寒烟裏，時有牛羊牧遠村。

秋 蕉

又減疏窗數尺陰，緑天景物漸蕭森。恨無修竹凌寒節，猶抱貞松不死沚。破扇弃餘風片卷，殘箋擘破雨痕侵。那堪鹿夢頻驚覺，掃遍空階響未沉。

秋　葭

秋轉江天望渺茫，蒹葭十里晚蒼蒼。征篷低壓千堆雪，旅雁哀鳴兩岸霜。界斷清波分澤國，藏來小徑認漁莊。夜深迷却舟行路，難覓伊人水一方。

秋　蓼

染罷霜林葉葉丹，却來裝點蓼花灘。成枝成穗迎凉早，和雨和風設色難。江口飄零斜日曬，渡頭細碎晚霞攢。水鄉費盡胭脂料，只作烟霞小景看。

秋　苔

曾記春風綠上階，斑斑無復舊生涯。閑攢小徑寒烟積，亂疊空庭凍雨埋。一髮斜牽陰護石，數堆淺暈冷侵砟。嚴冬更耐冰膠固，早識同岑嗅味諧。

秋　萍

長年水面任漂流，浪迹無端又值秋。吹亂凉飆難再合，打翻疏雨毫還浮。不堪遠綠三篙滯，曾見空音一道收。太息無涯萍梗客，江湖歲晚送行舟。

秋 鷹

雄心鎮日鎖銀條，快意清秋一舉豪。從此烟霄應倍闊，須知風骨本來高。雲排碧落舒筋力，電掣紅塵灑血毛。待掃穴中狐兔靖，鐘山歸去肆游翱。

秋 雁

一聲叫徹楚雲低，迨遞關山偶印泥。霜露極天飛不斷，江湖滿地認痕迷。白蘋秋水鄉心切，紅葉斜陽旅伴携。兩岸蘆花有繒繳，途長夜永慎覊栖。

秋 燕

故國誰家有畫樓，年年對我訴離愁。難忘花柳三春夢，似怯風霜八月秋。入户懶抛雙玉剪，睇人尤戀舊銀鈎。飛飛莫悼征途苦，梁上香窠爲爾留。

秋 鷺

縮頸梳翎態宛然，秋來風格更翩翩。獨拳一足立寒雨，時帶數群銜晚烟。月明愛眠蘆絮裏，夕陽静對蓼花前。野塘魚游偶銜得，長鳴一聲飛上天。

秋　鴉

一聲裂帛忽驚飛，墨點蕭疏傍晚歸。半背恰憐孤影瘦，林梢争訴衆雛饑。丈人屋上得霜重，沽客墻邊落熙微。底事亂隨黄葉舞，月明三匝意無依。

秋　猿

客行鎮日怯黄昏，况聽秋猿嘯暮村。巫峽三聲齊墮泪，江陵一去更銷魂。白雲啼破風遺響，紅樹眠醒月有痕。山果熟時堪一飽，不須哀怨向人論。

秋　蟹

葭浦深處一燈凉，公子來時天欲霜。皮裏誰知藏嫩白，口中空自擅雌黄。莫貪早稻江頭熟，曾伴秋橙杯底香。左手終年虚待汝，可容吏部肆清狂。

秋　鱸

腥風一夕滿江臯，知有銀鱸賣小舠。夢到吴淞鄉思冷，携過赤壁酒情豪。烟横舵尾烹鮮熟，霜落破頭索價高。巨口細鱗君記取，三秋風味勝車鰲。

秋　蝶

玉腰瘦損怯朝寒，幾度飛飛似却難。小扇未攜人懶捕，疏花欲墜夢應殘。不堪夜雨栖荒草，猶思乘風上畫欄。羡煞羅浮號仙種，四時金粉總成團。

秋　蟬

凄凉薄翼可憐生，説露談風總傷情。羽化定能歸正果，清修何必怕無成。哀憐蟋蟀音堪和，冷避螳螂夢尚驚。莫向枝頭悲摇落，天寒日暮更何争。

秋　蛩

床下秋深爾獨知，中宵卿卿繫相思。五更葉落聲沉處，一點燈昏夢醒時。凉月孤明莎草徑，清霜冷侵豆心籬。最憐織婦愁難寐，檢點機邊有亂絲。

秋　螢

星星亂點曙衣樓，幾日飄零又早秋。竹外不隨風影滅，池邊還逐露華流。紗籠制就思輕捉，團扇抛殘懶再兜。莫照景華宫畔路，頹垣破屋不勝愁。

秋　晚

騷客從來易感愁，秋光到此更難留。一林紅葉都無迹，滿地黄花亦自愁。凍霧已成山氣結，流澌漸覺水痕收。可憐擁鼻長吟者，詩思何堪再苦搜。

卷六　攖寧齋詩草[①]

［清］劉肇均　撰

① 劉肇均《攖寧齋詩草》一卷，主要有三個版本：（1）劉修鑑《清芬叢鈔》鈔本，藏于國家圖書館。是爲叢鈔本，下同；（2）《思舊集》（張文襄公之洞輯），刻本，藏于國家圖書館。是爲思舊本，下同；（3）《張文襄手書攖寧齋詩草》，張之洞手鈔本，民國四年乙卯静海高潛影印本。是爲張鈔本，下同。

跋萃公傳略

公諱肇均，字伯洵，咸豐辛酉科拔貢生。平生不喜制藝，邃于古學。游京師，與南皮張文襄公、任邱邊雲航先生崙慈，有畿南三才子之目。蓋文襄以文，邊以書，公則以詩鳴也。詩多不自收拾，兹所存者僅《攖寧齋詩草》一卷，得之文襄。許可園姊夫嘗稱道公詩才豪邁，直追漢魏。文襄撰先祖墓碑，稱公儁才知名，志節魁磊，讀《廣雅集》之卯金子行，可以想像其爲人矣。同治年間，舅氏鄂生唐公自蜀入覲，與文襄文酒過從，從容詢以當今能讀書者得有幾人，曰：河間劉某，惜已云亡，今尚未有其人也。其推重如此。乃年未壯而卒，士林深惜之。女文嘉工詩，善琴，能嗣其學，適南皮張權。丙辰春，客京師，鞠人相國設局，纂《畿輔先哲傳》，謹述梗概，送局備采焉。

侄修鑑謹志

跋

余以癸卯之夏通籍，居京師，時閣師南皮張文襄公述職入覲。晋謁之餘，論及吾鄉詩人，公曰："獻縣劉伯洵所爲詩致可觀，惜蚤世，未竟其才。向使天假以年則真作者矣。"予聞而深以不得其詩爲憾。越十稔，遇其從子式三明府于津門，出此册相視，蓋文襄所手録也。喜甚，因乞歸而景印之。俾讀是詩者并得見文襄之書，亦畿輔徵文之珍物也。憶文襄捐館之時，余謂同人曰："士林弘獎之風，從此絶矣。"今撫此編，不禁爲之太息而不置也。

乙卯秋日　静海高潛

題詞

檢先人遺著感賦

女文嘉

百年心事付雲烟，檢點遺篇涕泗漣。玉在櫝中惟自秘，星孤曙後更誰憐。中郎有女難名世，伯道無兒欲問天。遼海西風應慟哭，空山午夜聽啼鵑。

游城南程氏園用柳子厚南磵詩韵

城居若樊籠，尋幽當及時。宿雨净原隰，衆緑叠鱗差。林蜩夾路鳴，聽此行忘疲。芳樹翳高榭，水花覆晴漪。凉風北户入，斜日西檐垂。凄暄倏已更，静躁各异宜。莫謂朝市近，閉户罔聞知。誰肯遺榮名，來與泉石期。

雜詩三首[①]

黄鶴時飛來，清唳滿江湖。迴翔青雲端，下視愁榛蕪。雖

---

① 思舊本及張鈔本无"三首"二字。

非鵷鳳儔，頗與凡鳥殊。朝發南海濱，暮宿天山隅。人世足艱險，羅畢盈前途。燕雀笑遐舉，萬里羞與俱。天外遇安期，把臂相歡呼。古人重感恩，一飯千金逾。平生負知己，倚劍一長吁。

振衣登高岡，蒼茫覽八極。關河風雨多，萬里烟塵黑。去年戰河南，今年戰河北。白骨成山邱，良田長荊棘。彼蒼豈好殺，平陂有消息。澄清志不就，臨風泪沾臆。

江洲采白頻①，裊裊西風生。歲月忽云暮，天地作秋聲。哀雁銜碧雲，落日寒山清。美人隔湘水，無由鑒精誠。欲遺尺素書，未緘泪已盈。昔爲膠漆堅，今爲梗與萍。弃置復何言，願君保令名。

重九日懷楊擿園郎中（名藻文）

去年重九日，送君風雨行。今歲登高處，增予②離别情。九河秋水渺，三輔暮雲平。何日重聯騎，看花出禁城。

村　居

萬樹雜花爲婢妾，數叢春笋長兒孫。卧看赤縣傳烽火，得

① 張鈔本與思舊本俱作“蘋”。

② 張鈔本與思舊本俱作“余”。

似龐公隱鹿門。

入潼關作二首①

飲馬黄河曲，長歌西入秦。登高一回首，不見故園春。徒候東來客，稀聞北代人。惜哉王景略，不作渡江臣。

烽火遍天下，關中尚可居。試看龍虎氣，猶是帝王都。汴洛聞征伐，河湟急轉輸。當關諸將吏，慎勿笑哥舒。

登安順府城西門樓

霜風吹到西南徼②，千里蒼黄敗葉多。卧病不堪聞鐵馬，悲秋況復嘆銅駝。夜郎陰雨常侵幌，江左風烟尚枕戈。欲剗青山三百叠，登樓豪氣未消磨。

瀘　江　樂

昔人每説瀘江恶，我來但見瀘江樂。梅子黄時雨初落，新秧滿塍蠶滿箔。江流碧玉繞城斜，江頭花竹散千家。富兒煮鹽皎白雪，少婦織錦明春霞。郫筒酒熟賤可賒，當壚美女顔如花。如此江山不肯住，扁舟又向三巴路。兩岸猿聲不可聞，回首瀘

① 張鈔本與思舊本俱无“二首”兩字。

② “徼”，張鈔本作“儌”。

江愁日暮。

過大散關懷古

大散關險山崿崿，殺金坪寬堪擊搏。我來空憶吴將軍，故壘荆棘風蕭索。當時秦鳳并不守，虜騎十萬窺蜀口。張浚陋儒徒大言，曲端宿將亦奔走。富平一敗宣撫逃，西川豈爲趙氏有。一璘一玠好身手，以力搏力首爭首。韓常血迸將軍箭，一夜籠東向東走。振凱新頒蜀錦袍，犒師痛飲郫筒酒。東南韓岳相犄[1]角，吴氏功名同不朽。軍將叠陣最有名，能以南兵敵北兵。即今江南江北群盗方縱横，安得將軍弟與兄！

古　意

薄幸蕭郎輕别離，别時不敢問歸期。郎今若向臨邛去，莫爲新知弃故知。

君　馬　黄

君馬黄，我馬驪。君馬黄金羈，我馬錦障泥，同槽共食兩不疑。君馬出門去，我馬長鳴向天悲。禽獸相愛尚如此，何況丈夫意氣稱知己。吾當策馬逝君側，萬歲千秋奉顔色。

---

① “犄”，張鈔本與思舊本俱作“掎”。

有所思

有所思，乃在淮之陽。長淮流水何湯湯，美人遺我羅衣裳。愛惜不肯著，藏在金縷①箱。聞君中道心然疑，開箱檢衣雙泪垂。不忍摧燒之，尚冀君心可轉移。嗚呼，君心若可轉，有如淮水東流更西返。

悼亡

十年三喪偶，我苦甚茹荼。念子泉下游，魂魄當不孤。嗟我實不祥，命短子何辜。自子入我門，婉婉②爲親娱。小姑藹相歡，有叔和且愉。我愧伯鸞賢，子豈德曜殊。外姑既早世，幼小多艱虞。結褵纔及歲，舍我竟長徂。儀容邈難接，永此隔黄壚。呱呱褓中雛，累爾堂上姑。無母翻見憐，視之逾掌珠。荏苒歷歲時，空房掩銅鋪。昨日偶一往，遺迹已模糊。凝塵積虚幌，蛛網結紗厨。當子属纊時，既絶復暫蘇。含藥不能吞，狼藉滿羅襦。羅襦今尚存，弃置在床隅。對此不忍見，欲去還踟躕。遺言在吾耳，生死矢不渝。人事竟蹉跎，使我乖本圖。念此重悲傷，死者能知無。但恐死有知，子悲還甚吾。勸子勿復悲，百年亦須臾。夭壽雖不齊，終當與子俱。不哭但神傷，苟令泪已枯。誰能鼓盆歌，莊生信多誣。

---

① “金縷”，張鈔本與思舊本俱作“縷金”。

② “婉婉”，張鈔本與思舊本俱作“婉娩”。

長 歌 行

楊柳春依依，桃李齊灼灼。一朝霜露零，芳菲感今昨。歲月逝不留，朱顏坐銷鑠。英雄志未伸，往往委溝壑。吕望死渭濱，王業將焉托。葛亮壽可延，庶幾興禮樂。壯心到暮年，長歌泪雙落。

短 歌 行

擊筑彈琴，短歌微吟。盛年不再，憂思難任。（一解）
貪夫徇財，烈士徇名。既摇爾精，復勞爾形。（二解）
望彼北邙，蕭蕭白楊。孰臧與獲，熟侯與王。（三解）
黄金滿籯，焉能長保。熊經鳥伸，焉能不老。（四解）
人亦有言，大器晚成。苟非明德，日暮倒行。（五解）
尼父絶糧，屈原沈湘。生非其時，積善受殃。（六解）
務光逃名，伯夷餓死。悖義苟榮，污賤可鄙。（七解）
功在生民，道濟天下。德命俱亨，我思伊吕。（八解）

猛 虎 行

騎虎不可以當馬，乘蛟不可以當舟。非不暫安閑，中道有深憂。志士不作詭遇臣，老女不嫁苟合人。豈無合歡被，夫弃還獨睡！

燕歌行

燕山八月白草腓，朔風捲幕秋霜微。桑乾渡頭塞雁飛，問君遠游胡不歸？干戈阻絶音塵稀，江南少婦愁梦思。爲君憔悴君不知，秋宵絡緯啼空閨。仰視梁間雙燕栖，盈盈紅泪沾羅衣。願爲行雲逝君懷，山川悠邈將安之。但得白髮來相依，賤妾不憂顔色衰。

鞠歌行

懸①黎捐，碔砆升，西子不御嫫母登。緊神物，炳至靈，失水反爲螻蟻乘。漉汁灑，驥仰鳴，伯樂遭之悲不勝。王猛相，苻秦興，誰爲此者婆樓能？嗟醜正，多青蠅，燕巢不悟還相傾。

新城安樂宫

新城安樂宫，馳道上京通。甲帳三千所，朱樓十二重。月下翔金鵲，雲間矯玉龍。阿房詎言侈，結綺未爲雄。羯鼓翻新曲，羊車戀舊踪。舞衫飄雪白，歌臉映花紅。衛女更衣侍，韓嫣挾彈從。塵中愁似海，天上樂無窮。偉哉漢文帝，獨惜露臺工。

---

① “懸”，張鈔本與思舊本俱作“縣”。

三　婦　艷

大婦歌金縷，中婦舞柘枝。小婦最嬌寵，儀態萬方奇。丈人且酣樂，家計妾能知。

戰　城　南

戰城南，走城北，脚無力，行不得，欲飛上天無兩翼。健兒十萬射雕手，纍纍形如喪家狗。戰血下注桑乾河，敗馬夜出居庸口。上林烏鴉蔽天黑，飛向沙場覓肉食。行道之人涕沾臆。吾聞有道之時，守在四夷，四夷不賓，誰爲大臣？何况城下之盟古所耻，宋國華元不爲此。

寄　孝　達

愛君因意氣，豈在①昵交親。志略能匡世，文章不救貧。遥知鞍馬上，應念藥爐人。欲寄無多語，時危慎笑顰。

拔貢會考赴保定，經高陽故城，晚眺

馬首衝寒滱水枯，荒城極目但平蕪。天空鳥影時明滅，沙曲河流乍有無。自愧科名出詞賦，尚聞戎馬塞江湖。書生亦有

① “在”，張鈔本與思舊本俱作“獨”。

縱横術，不見當年舊酒徒。

過趙北口

鯉魚淀口柳毵毵，十二①橋頭九駐驂。弦索女郎成老大，傾城如此客何堪。

遣悲四首

王師千里下江州，大有樓船扼上流。群盗十年猶僭帝，將軍百戰未封侯。青絲白馬收侯景，紫氣②黄旗黯石頭。翹首東南休戰伐，五湖余亦弄扁舟。

和戎舊事那堪悲，誰縱群鰲缺地維。猶憶延秋攀羽衛，長從歧下望鸞旗。金繒滿載歸番舶，禮樂千年變島夷。鱗介冠裳終滌蕩，中華猶是聖人③遺。

關中挽粟開王業，許下屯田啓霸圖。自昔北朝多戰勝，幾曾江左挽軍儲。普天版籍今仍舊，減額衣糧計已疏。誰解足民兼講武，誅求飛檄一籌無。

① “二”，思舊本作“三”。

② “氣”，思舊本作“蓋”。

③ “人”，張鈔本、思舊本作“王”。

翠華曾駐玉泉東，萬壽山前馳道通。侍宴伶工縹玉笛，射生宮女紫檀弓。仙山輦路行天半，龍舸旌旗照水中。一自蒼梧雲去後，宮花慘澹爲誰紅？

憶南皮舊游寄張季

我昔從君南皮游，少年意氣輕王侯。談兵共學萬人敵，愛客每典千金裘。君家兄弟北土彦，吐納群流展文宴。滿堂金薤光陸離，博雅①能文誰不羡。浩浩雄才君第一，筆掃千篇逐奔電。建安以後二千年，盛事寂寞今重見。端居忽不樂，共上城南臺。曹袁皆腐草，英雄誰復來。臺前碧草春萋萋，與君試馬平沙堤。落花滿地没馬蹄，此樂還與射雉齊。歸來滿堂盛賓客，就中佳士侯與石（南皮侯敬溪廣文名②本臨。灤州石公冰秀才名③堅）。侯生鼓瑟吹玉笛，新月娟娟暮天碧。胡笳哀怨落梅殘，共言有酒歡今夕（琴曲有胡笳十八拍，侯善爲此操）。横掃烏絲絹（石善書），倒吸金叵羅，石郎爛醉雙頰酡。是時，君爲我起舞，我爲君高歌。風雲屠釣有際會，幾見神物終蹉跎？酣嬉淋漓樂未極，草草離群各南北。我既挾策入帝京，君亦從戎去鄉國。雲龍不得相追隨，鴻羽徒勞望消息。今年相遇虎坊橋，使我病已千愁銷。却念交親半淪落，君家門巷亦蕭條。石郎不飛作贅婿，侯生白頭困下僚。幾回離合便老大，相視都覺朱顔凋。人生窮達復何

① “雅”，張鈔本與思舊本俱作“古”。

② 叢鈔本脱“名”字。

③ 叢鈔本脱“名”字。

有，苟禄不如老畎畝。他日買田南皮南，與君結鄰長相守。

病中送馬篠谷考功歸里

昭代考功多雅士，如君矯矯更殊群。鷄聲曉蹋蘆溝月，馬首寒生華岳雲。亂後郵程書罕達，病中執友袂難分。爲言歸路須珍重，戰伐軍聲處處聞。

卷七　古遺詩鈔[1]

［清］劉文嘉　撰

① 《古遺詩鈔》爲劉修鑑編選輯，《清芬叢鈔》卷九。劉修鑑将劉文嘉与张權夫婦詩作抄爲一帙，分别藏于國家圖書館和天津圖書館。國家圖書館题爲《可園徵君夫婦遺稿》（简稱國圖本），天津圖書館爲《張可園徵君夫婦遺稿》（简稱津圖本）。

序

古遺女兄，性穎慧，年十三即解吟咏，迨屬天授，至老不倦，四十年來積詩約千餘首。少作多描寫風月，寄情草木；中歲更事既多，其境愈進，則不徒狀風月草木已也。洎①乎國變以後，憂思感憤，一寓于詩。其旨深，其言微，讀之頓增身世之感而不傷于時，蓋又深契②乎騷雅矣，洵可貴也。己酉夏，旅次燕都，女兄亦以事至自杭。其詩仍未厘訂，乃謂之曰："此半生心血，何尚任其凌亂不整耶?"曰："我所作，距詩尚遠，不過藉以消遣歲月耳，烏足存也。弟既愛之，其爲我編③之，夫我則不暇。"鑑敬受教。④ 按年之先後而編次之，起癸酉訖己酉秋，厘爲八卷，共存若干首，即以晚年别號顔之曰：古遺詩鈔。旬有八日而⑤竣。余⑥家自伯洵世父上湖，祖父曾祖皆能詩，惟余⑦兄弟衣食奔走，未遑學問，竊引以爲憾，深喜女兄之能嗣其遺響也。夫女兄不獨長于詩，其德行尤足爲世楷範。嗟嗟⑧，辛

---

① "洎"，津圖本作"泊"。
② "契"，國圖本作"合"。
③ "編"，國圖本作"訂"。
④ 國圖本"按"前有"謹"字。
⑤ 國圖本"竣"前有"工"字。
⑥ "余"，國圖本作"予"。
⑦ "余"，國圖本作"予"。
⑧ "嗟"，國圖本作"呼"。

亥而後，中原鼎沸，宗社爲墟，可[1]姊夫[2]憫國祚之陵替，志首陽之清操，當世[3]屢徵，高卧不起。丙辰春，復卑辭厚幣聘女兄誨其家人，亦婉却之，能[4]姊夫之所志，其識量之高遠，[5]操行之淡泊，有非尋常儕輩所能跂及者也。

己酉閏七月九日[6]，從弟修鑑謹序

題　詞

文華一代付高人，醉竹香蘭自有真。江管生花貽後覺，獻陵毓秀證前因。迴環莊诵欽遺稿，什襲收藏勝异珍。李杜未應誇擅美，大家續史是前身。

永清劉用錕

題古遺女史述懷詩後

當塗事業軼周文，鳳附齊成擁戴勳。天下人材趨富貴，侍中貂珥雜荼雲。館娃禮向曹家習，朝錯經從伏女聞。一自霜毫書却聘，宫花相對减清芬。

---

① “可”後國圖本有“園”字，津圖本前有“聖”。

② 國圖本有注：南皮张權。

③ “世”，國圖本作“路”。

④ 國圖本有“志”字。

⑤ 國圖本有“其”字。

⑥ “己酉閏七月九日”，國圖本爲“民國己酉閏七月七”。

少君曾挽鹿車行，右鰈焉能化左鮃。郎意既甘終畎畝，妾心何忍受弓旌。可園偕老完臣節，嘉木千年樹女貞。回首故宮門外路，銅駝荆棘幾枯榮。

述懷詩成于袁項城當國時代，彼既羅致可園不得，遂以女官餌古遺教授宫中，并願月致重金，古遺不爲動。故詩中有“但謫疊山却聘書，不管長信昭陽事”，蓋紀實也。

乙酉秋校選劉氏詩，因題于後。

獻縣史鳳儒，時年六十三

蜀道雜咏七首

漫説無家客，能輕萬里游。露華滋别泪，風柳繫離愁。馬首雖西向，鄉心自北留。亂山殘照裏，前路正悠悠。

旅枕驚寒梦乍醒，卧聞馬鐸認檐鈴。伴人剩有閨中月，猶爲依依照驛庭。

月轉孤城欲四更，一車礰碌繞山行。何人夜唱伊凉曲，客子偏傷故國情。

一聲哀雁客心驚，觸耳徒增逆旅情。此際銷魂人不見，灞陵橋上月三更。

虚谷銀雲凍不流，嚴風吹雪上重裘。錦城屈指猶天末，纔見崎嶇莫便愁。

鳥道盤紆幾滯留，今宵風雪宿商州。滴殘鄉泪千山裏，不待溪聲爲送愁。

無人折楊柳，獨客益堪悲。日近巴陵道，心心怯子規。

早發新都

初日無光略辨途，半溪烟柳白模糊。升沉有定無勞問，空過君平賣卜廬。

聞子規有感

簾外春雨微，花底杜鵑飛。莫對無家客，聲聲衹勸歸。

九　日

多病懶登臺，黄花莫再開。客愁如落葉，掃盡又飛來。

祀竈戲占

火鑠烟熏苦不支，一盤餳又送行時。自家苦惱無從説，肯與閑人説是非。

春　雨

東風又緑柳梢頭，漠漠輕陰罨畫樓。花外子規啼不住，一庭微雨釀春愁。

與鄂華表妹夜談感賦

黄鶯求友尚嚶鳴，琴遇知音蓋①自傾。敢與左芬同賦茗，深慚伏女獨傳經。栖遲仿佛梁間燕，身世悲凉曙後星。那更從人説幽恨，與君竟夕話平生。

檢先人遺著感賦

百年心事付雲烟，檢點遺篇涕泗漣。玉在櫝中惟自秘，星孤曙後更誰憐。中郎有女難名世，伯道無兒欲問天，遼海西風應慟哭，空山午夜聽啼鵑。

清明有感

每逢令節獨凄然，故國何人掃墓田。萬里紙錢飛不到，衹應蝴蝶舞荒阡。

---

① “蓋”，國圖本作“意”。

舅氏命題弃園十咏，與鄂華表妹同作

檻外新滋九畹蘭，葳蕤長葉拂琼欄。十年前識春風面，曾向湘皐月下看。（蕙畮）

紫雲香重緑雲深，曲榭清華耐醉吟。昨夜謝庭陪内集，春明勝景説藤陰。（藤花榭）

小齋新築象浮槎，萬卷圖書四壁花。皓月一庭凉似水，教人誤説米顛家。（書畫舫）

紫薇花發小齋東，碎錦攢成萬點紅。應似玉堂清夜值，簾紋如水月如弓。（紫雲精舍）

空庭廢圃久荒凉，今得幽人甃石塘。荷蓋臨風覆圓影，一天清露白蓮香。（石塘）

金粟飄香拂玉欄，小廊迴合月團欒。分明蟾窟高寒象，莫作陳宫壁月看。（印月廊）

百尺高梧翠接天，清陰滿院護苔錢。西風一夕瀟瀟雨，寫入青琴盡日彈。（聽秧①院）

---

① “秧”，國圖本作“秋”。

夾道篔簹曲徑通，森森濃翠拂東風。朝來會見泥中笋，一夜春雷盡化龍。（竹徑）

幾曲疏籬滿徑苔，新秋早桂數枝開。天香自是蟾宫種，誰向常儀①乞取來。（天香籬）

小巧茅亭號踞觚，東鄰芸閣北鄰厨。不須艷説康成婢，爨下雛鬟②解讀書。（踞觚亭）

游浣花溪謁杜公祠

浣花溪水碧潺潺，背郭堂深萬竹環。青簡遺文悲往事，錦城故址喜追攀。千秋信史詩篇在，一代鴻才遇合慳。今日開花拜遺象，尚疑憂國帶愁顔。

游二仙庵二首

林杪斜陽霽色開，四山環翠擁樓臺。庭陰雨過微風起，盡送花香入座來。

虚窗面面受山光，花氣繽紛競送香。偶向碧闌干下立，緑陰空翠點衣裳。

---

① “儀”，國圖本作“娥”。

② “鬟”，國圖本作“環”。

游趙順平侯洗馬池（集唐句①）

蒹葭楊柳似汀洲，風物凄凄宿雨收。人事幾回傷往事，白雲猶似漢時秋。

九　日

斜陽影裏一登樓，風物蒼蒼蔓草秋。閑把茱萸不成醉，捲簾坐對菊花愁。

病中除夕

爆竹聲中意獨驚，凄然伏枕百憂并。頻年客思縈鄉夢，終歲生涯伴藥鐺。無可語人惟涕泪，敢云誤我是聰明。幽閨寂寞寒如水，多恐東風亦世情。

守歲與鄂華妹同作

畫燭燒完②欲曙天，玉樓花底擘紅箋。物華暗送晨鐘轉，客裏風光又一年。

---

① 國圖本无“句”字。

② “完”，國圖本作“殘”。

丙子元日同鄂華妹作

紅爐銀燭照明妝，獻歲辛盤柏子香。綠酒殷勤能醉客，壺中何地是家①鄉。

弃園早春，同鄂華妹作呈舅氏

過了燒燈日漸長，物華潛轉綠微茫。滿庭積雪融猶冷，一塢梅花落尚香。魚樂春波游②水沼，燕尋故壘到金堂。東風昨夜寒如剪，裁出垂楊幾縷③黄。

登　　樓

遠山叠翠雨初收，四面湘簾上玉鈎。故國斜陽烟樹外，也如王粲賦登樓。

雨　　窗

卧聽蕭蕭雨，頻令百感生。一燈依瘦影，萬木變秋聲。鄉思憐歸雁，酸吟答夜猨，江關摇落恨，不獨庾蘭亭。

---

① “家”，國圖本作“他”。

② “游”，國圖本作“戲”。

③ “縷”，國圖本作“葉”。

送別鄂華表妹四首

別酒盈樽飲莫辭，消愁無計且論詩。那堪把袂西窗夜，又值瀟瀟苦①雨時。

萬里橋邊柳色黄，暮雲秋水太凄凉。樽前莫唱陽關曲，聽到灘聲已斷腸。

張翰扁舟不可留，河梁携手恨悠悠。怪他萬里橋頭水，不爲離人咽不留。

江上歸舟欲放舲，依依把袂夕陽汀。更愁酒醒蓬窗底，兩岸猿聲君獨聽。

游華山之麓玉泉道院

百尺長松護石扉，半鈎山月照苔衣。憑誰唤起希夷睡，爲向勞人説息機。

重過舊居有感四首

景物依稀未盡更，烏衣門巷怕重行。東風不管人惆悵，偏

---

① “苦”，國圖本作“暮”。

送秋千笑語聲。

暫向墻陰駐畫輪，緑楊還似昔年春。守花黄耳休相吠，儂是當時舊主人。

蒔花小圃舊雕欄，門外天涯欲見難。衹有過墻紅杏色，尚容車裏隔簾看。

經過那得不神傷，花徑紅欄夢未忘。何必麻姑見東海，才知人世有滄桑。

聞　雁

户外明河迴①，簾前落葉深。一聲天末雁，唤起感秋心。

奉懷温月波表妹

憶否春風伴絳紗，曾容倚玉似蒹葭。午窗共滌琉璃硯，晨鏡分簪茉莉花。兩地相思勞夢境，三年消息隔天涯。心情仿佛梁間燕，故壘常懷道韞家。

---

① “迴”，國圖本作“迴”。

讀開元天寶遺事

雨霖鈴夜泪沾巾，南内凄凉置此身。汾水秋風惟有雁，驪山明月更無人。宫中七夕盟空負，海上三山語未真。寂寞樓東曾不顧，馬嵬何事獨傷神。

題李易安酴醿春盡圖

東風多事誤娉婷，蹙損眉彎兩點青。莫怪亂紅飛不定，可知身世也飄零。

哭鄂華三妹四首

當年形影日依依，惜别常愁見面稀。豈料竟成千古恨，那能白首得同歸。

白楊蕭瑟正飛霜，地下悲秋[①]也斷腸。埋玉青山何限恨，九原誰與話凄凉。

銀河平地起風波，一現曇花赴刹那。却嘆才人真福薄，玉臺無分見青娥。

---

① “秋”，國圖本作“愁”。

浮生如夢等塵沙，黄土青山萬古冢。他日鹿車人共返，與君營墓拜梅花。

聽　雨

燈盡欲三更，愁吟睡未成。芭蕉窗下雨，著意作秋聲。

寄懷月波表妹六首

迢遞關河幾度秋，一緘手札未嘗修。伶俜雁翼無多力，衹恐難將萬斛愁。

伯勞飛燕各天涯，陳夢如烟記未差。憶否紅閨諸女伴，燈下①同搗鳳仙花。

記逢時節届朱明，剪彩攢花角技能。互向釵頭觀巧製，蝦蟆如豆虎如蠅。

誰云秋氣最凄清，每到秋來笑語生。齊把金盆陳小案，争看蟋蟀鬥輸贏。

沉沉更析②夜初長，轉憶寒宵舊對床。爲愛梅花同不睡，挑

---

① “下”，國圖本作“前”。

② “析”，國圖本作“柝”。

燈閑説蔡中郎。

樓上憑臨落日斜，江鱗消息悵天涯。鸚鵡不識人情緒，爲説新開姊妹花。

珠江竹枝詞四首

舊年不空近消閑，許得觀音願未還。檢出雨遮同木屐，會頭去拜白雲山。

峨峨高髻挽英雄，細嚼檳榔醉頰紅。姊妹相邀同乞巧，鳳仙花好供當中。

競渡龍舟一水香，靈符遍貼過端陽。荔支熟透荷花好，多少游人上半塘。

歌舞岡頭路已蕪，素馨斜外草平鋪。劉王往事隨流水，惟有東風啼鷓鴣。

登鎮海樓四首

登樓極目舊山河，千古興亡幾逝波。明月當頭筆在手，不妨痛飲且長歌。

聲聲啼鳥喚春風，碧海微茫接遠空。最愛晚晴斜照裏，桄榔濃緑木棉紅。

鯨波無際暮雲平，徙倚層樓對月明。獨憑①危欄吹鐵笛，夜寒應有老龍聽。

無邊雪浪接長空，誰問當年陸賈功。霸業銷沉歌舞散，暮笳聲裏夕陽紅。

航海二首

浮沉身世浪花中，塵思翛然似御風。數點蒼烟分島嶼，一聲長笛醒蛟龍。方壺圓嶠仙踪杳，徐市虬髯事業空。萬刧不磨惟此月，團圞②升向海雲東。

果然身世等浮鷗，直欲乘槎犯斗牛。天水難分深淺碧，風波不盡古今愁。成連一曲誰能繼，秦帝三山未可求。俯仰乾坤還獨笑，晴霞幾縷艷中流。

秋　陰

獨步閑庭院，清寒入袂羅。蟲聲喧③暗壁，雲影障明河。風

---

① “憑”，國圖本作“倚”。
② “圞”，國圖本作“欒”。
③ “喧”，國圖本作“吟”。

勁丹楓落，霜濃碧蘚多。誰家砧杵急，午夜答悲歌。

秋　夜

昨夜西風急，蕭蕭雁陣過。凉痕生碧沼，秋意入庭柯。菡萏消紅粉，垂楊老翠蛾。良宵清不寐，倚立望明河。

喜[①]官軍克復諒山四首

捷書忽報復重關，遮道壺漿樂凱還。豈待三年征鬼國，衹憑一戰定天山。威聲早已吞驕虜，恩詔旋看赦蠢蠻。矜伐勳勞非聖法，不留銅柱鎮荒闤。

乍看節鉞出南雄，旋見紅旗報帝宮。入蔡未須風雪裏，復關衹在笑談中。小邦蠻貊惟懷土，大樹將軍耻計功（馮軍門子材統師出關）。最是聖朝柔遠意，不教一徑取黄龍。

熙朝天與出材雄，鷟鷺振振盡效忠。馮异宣勞專閫外，蕭何籌策寄關中。揚威寰海無雙士，圖像雲臺第一功。昭代典儀過漢制，登筵不用叔孫通。

帝澤如天遍邇遐，勳勞雖大不矜誇。聖心直欲齊三代，虜意猶難便一家。自笑杞人憂社稷，欣聞邊土種桑麻。時清但作

---

① “喜”字後國圖本有“聞”字。

投壺飲，莫向青門學種瓜。

白梅一株，生近厠側，花時使人悵然。今歲造屋，汚穢盡清，爲花一快，而西向一枝有礙檐角，爲工匠伐去，此亦①有幸有不幸耳②，因綴一絶以志感

盡清濁穢現瓊姿，可惜寒香弃一枝。比似長沙遷賈誼，獨憐憔悴聖明時。

游仙十二首

招得群真汗漫游，厭乘白鳳與青虬。愛他弱水平如鏡，同泛蓮花一葉舟。

月地雲階啓絳扉，姮娥曾不秘珠璣。琅函捧出霓裳譜，節奏分明授玉妃。

手把芙蓉下玉京，關心最是許飛瓊。露桃花底殷勤囑，莫向人間説姓名。

敕下瑶池五鳳飛，璇宫催理七襄機。要成霞錦三千匹，賜

---

① “此亦”，國圖本作“亦此”。

② “耳”，國圖本作“也”。

與雲英作嫁衣。

持家金母耐凡囂，北斗南箕事太勞。玄圃年來嚴鎖鑰，不教曼倩竊蟠桃。

底事遲徊閉七襄，盈盈一水永相望。夫耕婦織無餘獲，十萬天錢不易償。

玉闕巍峨啓九重，誰教黄犬卧當中。張仙挾彈休輕發，變相由來是毒龍。

萬頃瓊田鬱紫霞，相將正好種胡麻。劉郎再到塵緣盡，安卧①天台不憶家。

孰肯陳詞奏玉皇，神仙底事忒②閑忙。璇宫歲歲明霞錦，裁作天魔舞袖長。

飽挹流霞學醉顛，憑他道侣笑頑仙。胡盧携得三山藥，施遍人間不賣錢。

游到蓬山月正中，驚濤無際捲長風。乘鸞恰值殷仙過，戲幻蓮花萬頃紅。

---

① “卧”，國圖本作“住”。
② “忒”，國圖本作“别”。

麻姑昨夜降瑶天，捧出天書墨未乾。道是玉皇親手詔，要看東海變桑田。

民女金姓，年廿餘，姿首明艷而所天不淑，遭其凌虐以死，約諸同人爲詩以悼之二首

絮果蘭因事事差，萋萋芳草怨天涯。夭桃一樹渾無主，信是東風薄命花。

無端鳩鳥爲求鳳，哭向窮泉怨阿娘。月黛烟鬟人似玉，不教十五嫁王昌。

謁三君祠

三君祠外啼鷓鴣，三君祠前路盤紆。婦孺瞻仰長官①拜，三君者誰②虞韓蘇。昔日天涯嘆淪落，天遣先生爲木鐸。不教廊廟展經綸，却向蠻荒興禮樂。黨禍無人鑒復車，石工姓字不忍書。漢庭指佞無屈軼，海外③尊賢有鱷魚。致君堯舜古難必，蛾眉謡詠④偏多嫉。百年榮瘁總成塵，千古⑤浮雲能蔽日。當時行迹没苔錢，此日崇臺鎖暮烟。應羡山堂阮太傅，聖朝際遇勝前賢。

---

① “長官”，《晚晴簃詩匯》作“官長”。

② “三君者誰”，《晚晴簃詩匯》作“千秋俎豆”。

③ “海外”，《晚晴簃詩匯》作“嶺海”。

④ “詠”，《晚晴簃詩匯》作“諑”，國圖本、津圖本亦作“諑”。

⑤ “千古”，《晚晴簃詩匯》作“一片”。

張貞女吟

清河有静女，綽約似桃李。世系出簪纓，生小聞詩禮。刲臂療阿母，至性人莫比。媒妁致冰言，許婚①馮氏子。昊天胡不吊，馮氏運傾否。悲風生堂上，椿萱并凋萎。馮君亦至孝，滅性日哀毁。一朝玉樓詔，修文人遂死。女聞惡耗傳，入房脱簪珥。上堂告父母，兒心古井水。縗絰入馮門，哀慟動鄰里②。路人爲酸辛，邑人爲罷市。大節凛冰霜，高風感桑梓。爲之卜牛眠，三棺免塵滓。爲之繼螟蛉，一門承祭祀。爲之葺茅屋，暫可托栖止。爲之積斗粟，暫免呼庚癸。女志既已酬，生計賴十指。荼苦甘如飴，九死志不徙③。我翁時鎮粤，兼攝撫粤使。旌揚達楓宸，天書詔閭里。我初聞之悲，繼也爲之喜。節署與貞廬，兩屋相櫛比。斯人難晤對，長吟伸景止。

過汨羅江吊屈原

念昔八九月，放舟荆楚游。四山陰雲合，兩岸哀猿愁。云是汨羅江，江水嗚咽流。言念古屈原，被放懷百憂。行吟江澤畔，感君寔④無猶。君恩似此水，既去不可留。寸心日千結，乃向此水投。嗟嗟懷沙志，豈欲傳千秋。後人勿憑吊，爲增其

---

① “婚”，津圖本作“昏”。

② “里”，津圖本作“市”。

③ “徙”，國圖本作“徒”。

④ “寔”，國圖本作“實”。

君尤。

賀佛卿十妹、梧卿十二妹新居

醉月評花興不乖，詩人清福住幽齋。應容紫燕依羅幕，肯放紅塵到玉階。珠箔銀屏新位置，牙籤緗[①]帙細安排。更宜添種忘憂草，好奉慈萱樂老懷。

賀萊卿十三妹新居二首[②]

香凝小閣俗氛無，座擁琴書興不孤。綫帖針箱頻檢點[③]，肯教妨却綉工夫。

盈架縹緗玳瑁函，頻添芸草護書龕。窗明几净無餘事，正好薰香誦二南。

登冠冕樓

凌雲樓閣貯縹緗，四壁圖書溢古香。檻外荷花千萬朵，一花一葉盡甘棠。

---

① “緗”，國圖本作“湘”。
② 國圖本无“二首”兩字。
③ “點”，國圖本作“視”。

釣　臺

冉冉紅蕖印緑波，斜風細雨濕青蓑。不知石上垂綸叟，可是神仙張志和。

謁嶺學祠

芭蕉添緑上簾櫳，一院莓苔襯落紅。嶺學諸公祠廟在，瓣香親奉拜花中。

謁濂溪先生祠

小橋流水漾晴霞，曲榭迴環一徑斜。爲是先生祠廟地，銀塘十畝種蓮花。

大雪送式三弟沙市歸省，用坡公鄭州西門別子由韵

别酒欲傾愁兀兀，客子聽鷄待明發。陟屺無辭行路難，莫①使倚閭悲寂寞。咫尺天涯言笑隔，行迹旋看雪花没，嚴冬于役愁衣薄。舟楫馬蹄銷歲月，行人嗟嘆農人樂，雨雪載途寒惻惻。

---

① “莫”，《晚晴簃詩匯》作“肯”。

從來志士耻温飽，居無求安爾毋忽①。起登高閣望歸人，人去江空景蕭瑟，莫因别去②慘離愁③，色笑④娱親供子職。

見韵婉弟婦致鈍成仲弟書，因爲長句戲贈

兩幅紅箋撲手霞，珍珠密字報秦嘉。機中錦是心頭錦，筆上花争臉際花。頗怪酒人常酩酊，從來閨秀出琅琊。劉郎再到天台日，同種胡麻好作家。

對　雪

雪窗對松竹，翛然心目清。玉宇與瓊樓，化工頃刻成。老梅初著花，霜菊餘金英。寒威入重簾，積素明閑庭。有生如此雪，宇宙暫寄形。奈何世間人，蠻觸長鬥争。哀鴻遍郊野，溝壑偷餘生。健兒數十萬，鐵甲寒于冰。孰能挽銀河，爲之洗甲兵。

鈍成仲弟新婚，集唐人句以賀之二首

寒鬢釵斜玉燕光（李賀），六朝宫樣窄衣裳（韓偓）。郎君下筆驚鸚鵡（李商隱），帝子吹簫逐鳳凰（白居易）。紫閣丹樓紛照耀

---

① “居無求安爾毋忽”，《晚晴簃詩匯》作“轉眼百年易悠忽”。

② “别去”，《晚晴簃詩匯》作“惜别”。

③ “愁”，《晚晴簃詩匯》作“顔”。

④ “色笑”，《晚晴簃詩匯》作“早去”。

（王勃），羅幃翠被鬱金香（盧照鄰）。雙杯行酒六親喜（王建），笑倚東窗白玉床（李白）。

宫樣輕衫淡淡黄（王涯），細環輕佩響丁當（唐曹）。良人爲漬木瓜粉（段成式），侍婢先焚百合香（權德輿）。蠟照半籠金翡翠（李商隱），羅裾宜著綉鴛鴦（張孝標）。水晶簾動微風起（高駢），雙宿雙飛繞畫梁（盧照鄰）。

寒夜獨酌，適得式三弟書，走筆代簡①

弟函昨夜至，詢我近何如。每藉嵇康懶，聊全柳子愚。消寒一杯酒，遣悶數行書。卒歲能無恙，題詩寄索居。

板橋垂釣②

紅橋幾曲照湖明，十頃琉璃鏡樣平。香餌不施竿在手，悠然物我兩忘情。

村居大雪③

雪擁柴門未掃除，朝來更值爨烟虚。且拈凍管親冰硯，學

---

① 《晚晴簃詩匯》選入。津圖本脱“書”字。

② 《晚晴簃詩匯》選入。

③ 《晚晴簃詩匯》選入。

寫平原乞米書。

知　命[1]

明年五十二，太歲在壬子。嘗聞星家言，吾年止于此。人生如朝露，早晞亦常理。兒女各長成，向平願粗已。先爲同牢人，入穴驅螻蟻。奉匜侍舅姑，次媳具甘旨。長男賷志殁，恨不如汪錡。小姑最同心，情話石投水。我生即鮮民，望雲陟岵屺。先隴亦非遥，歸寧無百里。重泉聚骨肉，樂事從兹始。其言若不讐，幸存亦可喜。餘生皆儻來，此身即敝屣。春草滿階除，春花艷紅紫。夏木擇榆槐，秋圃蒔菊杞。冬雪掩關坐，萬樹梅花裏。眼前有生意，一一出琴指。偕老歌負戴，歸來樂耘耔。鷄鶩足稻粱，兒孫抱經史。行樂貴及時，上壽百年耳。賢愚總一邱，知命静以俟。

早春喜雨[2]

墻頭柳色見微黄，門外清溪碧玉光。已覺東風到窮巷，一畦春雨野蔬香。

① 《晚晴簃詩匯》選入。

② 《晚晴簃詩匯》選入。

彈　琴①

良夜調素琴，弦和指復柔。一彈聲泠泠，再鼓心悠悠。緩若片雲停，急如三峽流。雍雍和鳴雁，泛泛不繫舟。松風起深谷，修篁響清秋。飄然凌雲思，恍挾飛仙游。聊以自怡悦，何必知音求。信哉歐公言，可以瘳幽憂。

初夏即事

閑與鄉②娃共治麻，茅檐晴日響繅車。忽驚籬角如堆錦，新綻幾叢君子花。

落　花③

天涯芳草緑初勻，腸斷莊周醒後身。寂寂小園空有恨，茫茫大塊竟無春。斜陽細雨過三月，淺白長紅隔一塵。紫玉成烟麗華死，三生何處問前因。

---

① 《晚晴簃詩匯》選入。

② “鄉”，《晚晴簃詩匯》作“鄰”。

③ 《晚晴簃詩匯》選入。

漫　興①

人海風波無定時，滄桑過眼幾更移。懺除結習花難著，脱盡眉毫句未奇。養得幽蘭勝嬌女，長親書卷對嚴師。青燈尚有兒時樂，竟夜長吟子美詩。

江岸步月

信步微吟度淺莎，夜深形影獨婆娑。天高雲讓團團月，江净秋生渺渺波。千古興亡蕉下夢，百年哀樂隙中過。不復②更爲湘娥吊，孔跖同歸一刹那。

孤竹堂讀魏果敏公詩（堂在盧龍縣境）

昨登孤竹堂，得觀魏公詩。肅然再拜讀，嚮往興遥③思。公詩若元氣，能入人肝脾。丹誠所團結，揮灑何淋漓。從來忠直士，最難逢主知。公生當聖代，魚水遇合奇。宜其獨對日，感激涕泗垂。悠悠三百載，髣髴④見鬚眉。空堂剩遺墨，鬼神爲護持。羡此蒼髯翁，親見留題時（堂前後三松皆千年物）。

---

① 《晚晴簃詩匯》選入。

② “復”，《晚晴簃詩匯》作“須”。

③ “遥”，《晚晴簃詩匯》作“遐”。

④ “髣髴”，《晚晴簃詩匯》作“彷彿”。

哀雙烈女三首

浩氣能令賊膽寒，可憐慈竹泪闌干。他年寫入華陽志，巾幗于今有二南①。

茫茫天道果難知，弱女争禁巨猾欺。事急從容拼一死，重泉有路可肩隨。

鐵鑄風波患已成，相期②堅白了平生。豐碑絶妙中郎字，不數苔華刻玉名。

雙烈女吟

女貞樹高風不折，上有津橋杜鵑血。居人指點路人嘆，下馬秋墳吊雙烈。生不逢辰萬事差，青泥那得污蓮花。一家姊妹同日死，仁人志士長咨嗟。阿父黄泉喜相見，慈母泪如手中綫。願化干將與莫邪，賊頭生斫光横練。空林月暗花冥冥，秋江鼓瑟招湘靈。澧蘭沅芷同芳馨，魂兮仙去雲爲軿。海枯石爛事或有，大節千秋照汗青。

---

① “南”，國圖本作“難”。

② “期”，國圖本作“欺”。

述　　懷[①]

人生露電本如寄，我生不辰百憂萃。幼遭家難曙星孤，今值時危天帝醉。牽蘿且飲在山泉，摩雲不羨排風翅。耕饁相隨未有田，負戴賡歌自行意。但誦疊山却聘書，那管長信昭陽事。

撿書得見贈詩，吟諷久之，書此却寄[②]

謝家秀句最清真，秋水芙蕖不受塵。寄我粉箋渾忘却，一番展看一番新。

湖上梅花盛開，苦吟不就，寄題索句，當有佳篇也

暗香疏影澹丰神，緑萼丹砂競早春。我老硯枯無好句，封題遥囑咏花人。

哭長女南華（厚莊）四首

重闈慈愛婿温良，自汝于歸我願償。致病多緣殤兩子，遠來赢得一聲娘。（聞女病，來自杭，次日即逝，僅倂一面）

---

① 謹按：此即却項城聘後之作。鑑注。

② 謹按：撿書湖上兩首乃女兄寓杭時寄韵婉弟婦作。鑑注。

泉下如聞哭女聲，悔因殤子遽傷生。諸嬰自有重堂愛，莫再縈懷兒女情。

空房寂寂黯生埃，蛛網凝塵掩鏡臺。魂魄有知應念我，月明環佩好歸來。

一生一死見情真，我佛曾云莫造因。何似任兒鴉角老，免教遺袿感安仁。

再哭厚莊女二首

十年爲婦幸無尤，人去春歸事事休（女于四月六日逝，立夏僅①二日）。夫婿才多名可附，尊嫜恩重若爲酬。膽瓶香斷花全謝，緗帙塵封卷未收。仲嫂長兄如聚首，相將地下説離憂。

鬼伯相催爲底忙，片言決别太倉皇。猶能强笑寬予意，惟恐衰年爲汝傷。玉燕徒占雙夢吉，哀猿竟斷九迴腸。一官②蕭寺空房掩，月照虚廊滿地霜。

題叔母唐太宜人畫册家書

念昔我祖守黔地，至今黔民誦廉吏。叔父隨侍舞勺年，能

① “僅”，國圖本作“纔”。

② “官”，國圖本作“棺”。

賦高軒有奇志。忠孝門楣遵義唐，金閨有女稱賢良。刲臂和藥療母疾，敦詩悦禮工篇章。碩儒鄭（遵義鄭珍）莫（獨山莫友芝）兩夫子，兩家絳帳傳經史。殷勤執斧致冰言，門墻桃李偕連理。鏡臺聘定始經年，昌谷嘔血竟不起。叔母笄年屏羅綺，斷髮毀容甘九死。朝朝零泪緣縏纓，環瑱永撤北宫嬰。未容寡鵠歸鴛塚，長傍靈萱植女貞。三十餘年如一日，有後承祧心事畢。晚年妙理悟南華，皎潔冰紈工點筆。丹青畫本摹滕王，蛺蝶圖成超謝逸。孤飛雌鳳甫將雛，遽控鸞驂返太虚。數紙家書明夙志，行間猶見泪凝珠。柏舟詩賦無遺稿，此扇此圖獨完好。片羽吉光幸尚存，栩栩如生集芳草。八千里外韓憑墓，雙飛影見交枝樹。遥憶松楸涕泗揮，都梁手爇紀遺徽。子孫百世藏宗祏，彤管常增家乘輝。

回鄉雜事五首

白頭兄嫂尚相莊，歡喜呼兒具酒漿。生計艱難憐弱弟，同垂老泪兩三行。

十載重游[1]舊草堂，更堪人事換滄桑。白頭阿嫂歡無限，握手先驚兩鬢霜。

貧居井臼費操持，儒雅偏多唱和詞。鐘[2]郝家風盛文彩，連

① “游”，國圖本作“歸”。

② “鐘”，國圖本、津圖本皆作“鍾”。

宵刻燭細論詩。

垂髫嬌女最温良，管髻荆釵不作妝。偷得餘閑誦閨訓，天吴紫鳳補衣裳。

村邊日夕下牛羊，孺子移燈夜課忙。執卷殷勤頻問字，吾家大勝魏公莊。

謁墓二首

豐碑剥蝕長莓苔，麥飯椒漿謁墓臺。瞻戀松楸不能去，此生更得幾回來。

嘗聞叔母傷心語，薄粥寒漿亦覺甘。蜑雨蠻烟八千里，紙灰飛不到黔南。

見子江兄遺墨

末世人情薄，吾兄道誼尊。賢推鄉祭酒，節比宋遺民。家室貧能樂，圖書老益親。屏間存手翰，相對一沾巾。

留别滇溪二嫂

十年一相見，垂老别尤難。欲去頻回首，含啼强作歡。殷殷期後會，切切勸加餐。執手柴門外，丁寧慎晚寒。

贈族媛福珏①兼以解月川侄意

冰雪聰明迥出塵，翠眉玉頰好丰神。丹山雛鳳期鳴世，姑射仙姝証化身。名重禁林唐學士，圖開筆陣衛夫人。須知生女休悲怨，如意珠能勝石麟。

歸途車中口占，寄滇溪二嫂

馬足車輪印淺沙，出門半日即天涯。思君預定明年約，携手村南看杏花。

中秋感事十首

皎潔清輝遍大千，迢迢天漢共嬋娟。瓊樓玉宇寒如許，幽獨嫦娥只自憐。

閑階獨步影隨身，悵望長空月滿輪。秋水蒹葭霜露冷，美人千里隔音塵。

良宵侍餞午橋莊，天上瓊樓近可望。此夜悲笳明月裏，前塵歷歷不能忘。

---

① “珏”，應為“鈺”。

聞説江南劇可哀，烏鳶遍野啄殘骸。月臨廢壘無人迹，新鬼煩冤哭草萊。

碧海青天月一丸，枕戈誰向戰場看。空閨時有刀環夢，野死征人骨未寒。

鶺鴒原上點秋霜，旅雁分飛逐稻粱。今夜月明千里共，懷人五處對清光。

輕舠夜泛碧琉璃，猶憶湖樓就養時。此夕西泠[1]橋畔月，也應流照白公祠。

中庭蹀躞一凄然，覆掌珠沉已數年。想得西溪霜月苦，長眠或恐未成眠。

南飛烏鵲未安栖，令節無端聽鼓鼙。感逝傷離何限意，行吟不覺玉輪低。

皎皎秋空孤月輪，茫茫大地莽烟塵。仙源松下房櫳静，欲棹漁舟徑問津。

---

① “泠”，國圖本、津圖本作“冷”。

故宫四首

宫柳苑花雨雪凋，彤庭丹陛莽蕭蕭。平明金殿無人掃，惟有寒鴉早晚朝。

寥落空宫月欲低，門横金鎖草萋萋。鳳皇只似閑烏鵲，繞遍寒林未敢栖。

荆棘叢生百子池，蠨蛸網結萬年枝。夜深一片荒凉月，照見銅仙墮泪時。

御榻凝塵金殿寒，雪深輦路罷鳴鑾。隴山剩有白鸚鵡，猶向行人問上安。

己巳元旦試筆戲占

井華飲罷意怡然，元旦清和物候妍。戲共諸孫寫春帖，吉羊文字滿紅箋。

春　寒

閑庭積素净無塵，敝垢羊裘未去身。九十韶華將過半，不知大地有陽春。

滿　庭　芳(感瑜瑨二太妃事)

徐惠陳疏，左芬獻頌，二南雅化温柔。桂宫椒殿，彤管粲銀鉤。一旦虞淵日落，蒼梧暗，龍馭難留。分金鏡，孤鸞寡鳳，湘竹泪痕稠。　　滄桑更眼底，黍離麥秀，王氣全收。化冤禽銜石，此[①]恨無休。肯似籛名，降表龍沙路，翟茀蒙羞。漫漫夜，杜鵑啼血，夢繞鳳凰樓。

補遺

咏雙列女[②]

渤海之濱，碣石之土，乃見清河二烈女，視死如歸自千古。(一解)

女父耿介，女母貞淑，作苦良貧，閨門肅穆。(二解)

詎意狂且，計誘良善，乘人急難，鴆鳥求凰。欲移霜松貞，逐彼風絮狂。(三解)

父悟憤而死，母女何所倚。鼠牙雀角，速訟不已。(四解)

父讐不與共戴天，母女同死，諸弟曷能全。二女生累母，不如下飲黄泉。(五解)

忍饑不肯道姓氏，矧可良家從倚市？玉骨歸蒿萊，正氣還

---

① “此”，國圖本作“比”。

② 録自《南皮縣志》卷十一。

天地。（六解）

大節昭然，感興桑梓，請旌志墓爲禋祀。（七解）

凡我宗支，徵文建祠神，弦歌敢獻一辭。（八解）

亂後喜見諸弟[①]

相看悲喜集，未語各潸然。聚首忽今日，驚心憶去年。人情秋後葉，老景夕陽天。世亂歸難必，生逢亦可憐。

村居雜興[②]

萬方正多難，玄黄戰未已。長安不易居，鹿車返田里。廉吏子孫貧，家風舊如是。茅檐三五椽，門前一泓水。烟樹擁柴扉，清曠頗可喜。良人素樂道，固窮孫叔子。兒童習禮讓，諸弟事經史。夜績與晨炊，同心有妯娌。菜根風露香，真味土膏美。布衣足温暖，適體勝紈綺。寒夜一樽酒，家釀甘且旨。長物有琴書，意境無塵滓。倦鳥暮投林，于焉知所止。窮鄉人迹遠，當可免傾否。晴窗釋硯冰，興來書一紙。緘札報吾兒，無勞歌陟屺。

① 此詩録自《晚晴簃詩匯》，爲諸本所無。

② 此詩録自《晚晴簃詩匯》，爲諸本所無。

讀　　書①

吾年日衰老，復值離亂世。窮居人迹稀，白晝柴門閉。從來腐儒狀，自不厭粗糲。晨起摘園蔬，晚菘頗甘脆。飽食無所爲，攤書喜晴霽。清興曾不孤，同志有吾娣。奥旨共鑽研，道義相砥礪。爲日苦不足，夜夜燈膏繼。童孫侍隅坐，似解聞孝悌。家法守一經，長爲子孫計。可奈綱紀頽，邪説衆爲蔽。六經將灰埃，把卷時隕涕。

番禺梁節庵先生貽外子崇陵雪一罌，因煎茶薦先太保文襄公②

崇陵飛雪點茶湯，親奉杯棬薦影堂。故國歌聲遍禾黍，老臣心事識冰霜。每陳手詔開遺篋，屢見頭綱賜上方。今日分嘗猶侍餕，清芬徹骨起悲凉。

文安王蓮堂先生八十壽詩兼賀重游泮水③

耆舊班行望倍尊，祇今朝士數元貞。璧池藻潤淪漣水，榜首熒煌往事論。

---

① 此詩録自《晚晴簃詩匯》，爲諸本所無。

② 此詩録自《晚晴簃詩匯》，爲諸本所無。

③ 此詩録自國圖本。

宓琴流韵滿官齋，佛事神君兩寄懷。不少甘棠清蔭在，參天嘉樹植江淮。

歸雲倦羽鶴翩翾，小閣胡威問綃賢。底事鬱林還載不，壓裝萬輛當詩篇。

語石閑將鵠隸接，說經重席口如流。徐寧炳燭耆儒事，詎止循聲傲細侯。（按：宋王應麟崇徐寧《困學紀聞》弁首有“炳燭之明，用志不紛”之句，時王亦逾八十也）

謹按：古遺女兄詩，己酉秋，余曾序而歸之。旋即就食浙中，匆促之間未暇留副，以爲暫相離也，終有合時，取之當可如意。詎意竟成永訣！兹索遺稿，聞經其孫携之南游，卒不可得。搜諸行篋，僅得曩所贈遺①唱和寄示者百餘首，雖非精華，較之率爾操觚者所可同日而語也。敬編集中②，庶不辜其一生之苦吟。

戊寅夏歷冬十二月　從弟修鑑敬志

① 津圖本無“贈遺”二字。

② 校者按：天津圖書館所藏《張可園徵君夫婦遺稿》之《古遺詩鈔》存兩頁跋語，筆迹格式内容相同，與國家圖書館所藏略不同。前頁“敬編”劃去“集中”後有添改：送存京津圖書館，藉覽流傳。“苦吟”後有“云尔”語。時間爲：癸未夏歷冬十一月。後頁完整，無塗改。内容與前頁同。

卷八　蔭餘齋詩草①

［清］劉修鑑　撰

①《清芬叢鈔》本，劉修鑑撰，國家圖書館藏，簡稱叢鈔本，下同。另有《蔭餘齋詩選》，鈔本，劉修鑑著，寧津李浚之響泉評選，天津圖書館藏，簡稱選本，下同。《蔭餘齋詩選》共四卷：卷一，四十五首；卷二，三十三首；卷三，四十八首；卷四，七十四首。《蔭餘齋詩選》前有陳小方、邢端兩序和劉修鑑、唐益公、史樹璋、王耒四人十二首題詞以及唐益公、李廣平兩人的識語。卷後有劉修鑑跋語。選本卷四七十余首詩爲叢鈔本所無，録爲卷之四。

序

吾聞歐陽子曰：人窮則工詩，非詩之能窮人。夫惟其窮，則必有所鬱結；氣愈結則其人亦必愈窮；人愈窮則其鬱結亦必愈深邃。至于凝滯膠結而不可解，而又終無以事實以發泄，其磊落無聊之積，是以往往見于詩歌咏嘆之辭，故其出也如淒風，如零雨，如雁泪，如龍吟，如寡婦之夜哭，如怒獅之震吼，而其節奏抑揚鏗鏘，不待錘鍊推敲而後工也，天籟而出矣。吾家弟式三，蚤歲登仕後，以累世忠貞，生性骨鯁，不洽于物，携妻子歷試南北數省，未獲一席安時。或竃底無烟，行李一罄，終不肯效齷齪摇尾乞憐于權貴。今其年未六十，鬚髪皓然，識者莫不訝其老，而不知其潦倒于世者久矣。滄桑遞變，白黑混淆，舉世滔滔，天下皆是，故其淒愴悱惻，慨嘆吁嗟之慨，每每以詩焉發之。予嘗讀之，蓋嘆其一往無聊抑鬱之志，足以動人，聽聞而名世者，豈非以其窮也哉。則是芸芸者能靳之于彼，而未能靳之于此也。數十年後，執此以與騰達多金者較，孰得孰失，必有能道之者。然而猶未已也，它日歸來，與清漳徜徉荒烟野草間，蕩蕩無抱忌，一罄其生平之積。而詩之境止，吾又烏知其在漢魏六朝唐宋也！

歲在癸酉夏正十月，家兄清漳序于津門館舍

序

族叔祖式三公，宦游南北三十餘年，飽閱滄桑，垂垂老矣。平生足迹所經爲詩寄興，與夫親友唱和之作，久之成帙，定名爲蔭餘齋詩草。

公于宗彝素加青盼，出以見示，曰：予幼而失學，長爲飢驅，半世遭逢無非困境，游戲三昧，素鮮師承，鬱結胸襟，率爾走筆，實不知爲何語。宗彝敬謹受誦，循其歲月，徵諸往事，大都紀實之作，比興具體不假雕琢，天然韵味，非同凡響。蓋箕裘遠襲，自有本源。溯夫吾族于明永樂二年，由晋遷居河間，至清初，派衍爲三，而以籍隸獻縣一派，文名最盛，世有傳人。公之大父仙石公，尤爲顯著。公遠承家學，好古敏求，凡先代遺著，舉笥身隨，顛沛流離，不以境地而易其志，平居感懷身世，猶以不能繩繼爲憾。

庭訓諄諄，期諸後起，公之用心如是。其邁公之爲人于此可知，是集乃寄興之言，不過見性情于萬一爾。

甲戌孟冬　族孫宗彝謹序

蔭餘齋詩草序

蔭餘詩草者，老友劉式三先生之所作也。先生祖籍幽燕，身生巴蜀。日華宫畔漢王開館之鄉，夔府城邊杜老吟秋之地。况乃淮南華胄代有名賢，沛國遺風世多豪俊，两地得江山之助，一門承風雅之餘。然而品自清揚，運偏孤露，年才弱冠便早喪夫靈椿；迹阻修途更難旋夫故里。誠屬花名蠲憤①，詎足蕩其牢愁；草號忘憂，亦難消其壘塊者矣。所幸上公厦廣，節帥情多，睹任昉之遺孤，心懷故舊，念劉繇之弱息，誼篤平生，于是漢水波長，特許叔弓館晋；武昌城右，權爲王粲依劉。載酒聯吟，樓登黄鶴，题襟攬勝，閣踏晴川；匡阜②看雲，扶桑觀海；狀山川而筆健，玩花月以情移，擷將麗句清詞，貯满奚囊行篋。迨夫學優則仕，驥展乘時，留浙水之萍踪，印鷄林之鴻爪。盧龍塞上曾標花縣之稱；避暑莊邊③久樹棠陰之爱。衆共曰：杜公吾母人咸思，贾姓名兒婆心及。物既已多，惠政仁聲，好句凌雲，尤不乏高吟低唱。乃者年臻六秩，學淹三通。走俗抗塵，踪迹依然落拓；揚風扢雅，生涯不廢吟哦。雖郎君俱才足克家，乃老子猶興復不浅；高陵深谷，飽經世上滄桑；秋雨春風，幾閲人間冷暖。每值停雲念舊，望月思鄉，寓情性于毫端，趨烟雲于紙上，寫風懷則芬芳悱惻，抒憤懑則敦厚温柔。此又心以感

① “憤”，選本作“忿”。

② “阜”，選本作“埠”。

③ “避暑莊邊”，選本作“避暑山莊”。

而彌通，詩以窮而益好者也。小方一介庸流，頻年旅食，承先生之不弃，獎善從長，宥小子之無知；論交莫逆，每藉趨公之暇，載笑載言；更欣講藝之餘，如磋如切。倡予和汝，音同石鼓桐魚，送抱推襟，韵協高山流水。集獲讀，夫一品石早證夫三生不鄙，蓬心命爲弁語用酬雅意，聊綴蕪詞。幸毋笑夏蟲語冰，井蛙談海云爾。

二十九年①庚辰首夏古涿郡陳小方拜撰

---

① 選本“二十九年”前有“民國”二字。

蔭餘齋詩草序①

式三先生，世胄清華，苦吟成癖。詩經村畔承漢代先正之遺（君籍河間），君子亭前（亭在貴陽，君少時依舅氏成山老人攻讀，長授母訓）是兒時舊游之所。少依舅家，長承母訓；青箱黄卷，繾綣渭陽之情；紅泪青燈，凄惻女貞之木。及其間關蜀楚，浪迹江淮，北逾烏桓，東浮黑水。栖遲薄宦，傳長沙吊賈之篇；憔悴京華，有杜陵夢白之句。詩以窮而益工，官自卑而名遠。神崖孤露，歷幽險而如涉天衢；幽蘭自芳，經霜而不改柯葉者也。近辑所爲詩都凡四卷，持以見視，捧讀再過，如話平生。屈原懷女嬃之姊，長顑頷其何傷？義山過茂元之居，輒低徊而欲絶。故其情真語摯，意到笔随，不斤斤于繩墨之中，而語語皆性情所發。當舉世量鹽數米之辰，乃獨抱負手尋詩之樂，斯又坦蕩天懷，詩書夙好者已。噫！斜川繩武于嘉祐，君誠揚滌濫之清芬。持己索序于習之②，我愧乏文房之妙筆（滌濫軒詩文，君祖仙石先生所著）。

民國甲申重九前五日貴陽邢端讀竟識

① 叢鈔本無，録自《蔭餘齋詩選》。

② 邢端字冕之，“習之”應爲“冕之”之误。

題　　詞

兀兀窮年心血歐，宛如時鳥鳴啾啾。興懷感事情無限①，付與兒曹作紀游。

把卷沉吟思不群，個中得失向誰云。既無健筆揚風雅，醬②覆何堪值一文。

蔭餘老人辛巳夏至長日漫題

拜誦琅琳意惘然，不堪回首憶滄田。古今多少興亡感，盡入吟風弄月篇。

識荆當在十年前，患難相從憶後先（遇難二次，先河南，後通州）。文字結緣金石挈，固窮依舊兩相憐。

---

① “限”，選本作“感”。

② “醬”，選本作“瓮”。

出匣虹光劍有聲，婆娑起舞待鷄聲。劉錕已老氣猶莊，滿腹吟懷訴不平。

漫云廬後與王前，天籟自鳴各適然。誦罷蔭餘知本性，松青那怕歲寒天。

愚弟雨村郭春芳拜題

偃蹇風塵悵數奇，卌年未要世人知。白頭贏得詩千首，眼底滄桑又一時。

劈箋選韵見游踪，人道斜川有祖風（令祖仙石先生有山外山房詩集行世）。閲亂哀時都一卷，勞歌原不爲途窮。

繩床紙帳任安排，小結幽栖韵自佳。除却吟詩無所好，雪天高卧蔭餘齋。

漫嗟孤調少知音，索和頻來意更深。慚愧嚴詩編杜集，明燈促坐幾沉吟。

甲申十月貴陽表弟唐益公拜題①

吾里多詞客，江鄉昔寄居。小官禽不厭，名士鲫何如？有集追長慶，無誰解子虚。苦吟霜鬢改，一笑廿年餘。

---

① 叢鈔本無，録自《蔭餘齋詩選》。

公幹休漳日，才名壓建安。南皮游甚樂，東野句增寒。歸袖詩千首，故園竹幾竿。清修繼黔水，佳什補朱刊（先德仙石太史遺稿經黔南朱桂辛刊于《黔南叢書》，故云）。

同里史樹璋鳳儒乙酉暮春拜題①

琴鶴家傳故不群，翩翩仙吏總能文。近從趺宕新詩本，又見風流舊使君。

飯顆山頭杜拾遺，亂逢天寶不當時。平生家國無窮泪，都在隨身一卷詩。

老去恒多漫興篇，襄陽儘有句堪傳。定知滌濫軒而後（先德仙石太守有滌濫軒詩文集行世），文驥人皆許象賢。

瑜策齊年歲月侵，憂天虚有濟時心。可憐衰謝干戈後，猶共無聊托苦吟。

乙酉首夏杭縣耕木王耒拜題②

統觀全詩，律高于古，五言勝于七言，晚年之作又勝于早歲，此固關工候，亦環境有以使之然也。拜讀既竟，深佩深佩。其間所最心折者輒以圈識之，以志傾倒。間或替易數字，可謂佛頭著糞，仍冀高明酌之耳。尚擬爲小詩或短跋題其後，心緒

① 叢鈔本無，録自《蔭餘齋詩選》。

② 叢鈔本無，録自《蔭餘齋詩選》。

不佳，猶未有成，它日再録上也。

壬午九月表弟唐益公謹識[1]

尊作遠宗中晚唐，近似明初諸賢，雖工麗不逮而淡泊勝之。壬午十月，讀訖聊誌數誌，以示敬佩。

世愚侄合肥李廣平敬識[2]

---

① 叢鈔本無，録自《蔭餘齋詩選》。

② 叢鈔本無，録自《蔭餘齋詩選》。

卷 之 一

咏　蘭[①]（辛丑，時年二十有二）

王者香誰似，騷人臭味同。江皋自明月，空谷亦春風。秀挺三湘畔，榛披九畹中。素心誰共賞，遺韵寄孤桐。

重游黄鶴樓[②]

重尋黄鶴溯前游，東逝奔濤觸客愁。十萬人家如畫裏，江城依舊枕寒流。

---

① 選本選此首。選本注爲：起辛丑訖丁亥。

② 選本選此首。題爲：重登黄鶴樓。

登南樓晚眺 (樓在武昌督署)

積雪明層巒，斜陽淡遠浦。風静楚江平，蒲帆了無阻。沉吟高樓中，衹寫别離苦。

咏　史

蛟龍終不困池中，氣壓曹瞞一世雄。西蜀偏安猶有恨，南陽佐輔竟無功。霸圖未得吞吴魏，大志殊堪繼沛豐。正統誰知尊後代，追崇至論有文公。

日本刀歌 (壬寅)

君不見昆吾切玉天下聞，大食末利徒紛紛。今日麥芒出瀛海，洪爐煉就無纖塵。環海耽耽多事秋，籌邊嵯峨有高樓。日出之邦自冠帶，孟勞贈以比吴鈎。寶刀采金從鯉穴，千精百煉銷寒鐵。韞櫝鋭氣幹雲霄，出匣寒芒閃霜雪。太阿況乃初發鉶，陸離奪目渾無缺。雕蚌密砌錯玉韜，盤虬回映金繩纈。三島區區解自雄，爾來向風深相結。霜鍔郵來從東海東，扶桑日影波光紅。我公佐治頌聲溢，梯航萬里皆朝宗。吾聞將門必有將，拔刀四顧生長風。

偕張子厚表兄登南樓遠眺[①]（名榛，南皮孝廉）

層樓携手上，縱目俯雕欞。初日生寒渚，蒼烟澹遠坰。楊垂新展緑，麥秀暗浮青。名利無心問[②]，呼君醉醁醽。

大雪感事

玉龍鱗甲遍天飛，凛烈嚴風透鐵衣。冀北健兒好身手，誰能冒雪解重圍。

虢國夫人夜游園

天寶年間政委靡，朝廷升黜由妃子。楊家姊妹竟驕奢，車馬第宅相矜誇。錦天綉地長安市，燈火鰲山陳百技。阿姨飛鞚玉花驄，宛若游龍翩如鴻。豪奴揮鞭及公主，君寵君憐孰敢侮。侍宴承歡樂未終，驚斷漁陽一聲鼓。馬嵬兵變起倉皇，皓齒明眸委黄土。披覽丹青幾歡嗟，圖中不减舊繁華。君不見，昭陽飛燕無烽火，禍水猶能覆漢家。

---

① 選本選此。題目後有注：樓在武昌督署。

② “名利無心問”，選本脱“心”字。

擬常景蜀中四君詩

宦游久不遂，四壁何蕭然。壯哉司馬氏，文藻耀山川。獻賦規諫寓，喻蜀德意宣。可惜封禪書，稿本空談天。(司馬相如)

氣得蜀山清，靈炳蜀川綉。壯志凌雲霄，文章擒錦秀。軼材刺史聞，鉅制天庭奏。意在得賢臣，不羡喬松壽。(王褒)

百錢足自養，世事不苟求。妙説衍周易，閉肆居益州。惠人以忠孝，抗志無王侯。羅冲一何愚，空爲仕進謀。(嚴君平)

揚子何矯矯，卓爾不群性。羽獵規時君，法言師孔聖。利禄不干求，世事無争競。晚節胡不彰，惜哉作苟命。(楊雄)

抒感二首

靈心慧舌雪衣娘，鎮日深深鎖畫廊。縛束只緣工巧語，輸他鶯燕快翱翔。

春濃夢不醒揚州，禰結行將賦好逑。一誤那庸堪再誤，等閑花柳莫勾留。

海　棠

漠漠春陰羃絳帷，欣欣生意競芳時。嬌無媚骨非關傲，妙具天香世莫知。清淑頻添蘇子[①]慨，丰姿不入杜陵[②]詩。紅妝雖有金鈴護，未若東皇雨露滋。

歸里三首[③]（丙辰）

彭澤賦歸去，妻孥載一車。欲荒三徑菊，且理半床書。論治慚無補，閑居樂有餘。毋滋原野蔓，晨起和雲鋤。

攬鏡悲雙鬢，華年嘆逝波。歸耕欣得所，撫字拙催科。未了向平願，難憑子産歌。寸心期不負，譽悔[④]一由他。

五岳歸來後，元龍豪氣除。虚行萬里路，恨讀十年書。運蹇風濤惡，家貧親故疏。荆扉閑倚杖，長伏故園廬。

---

① “蘇子”，選本作“坡老”。

② “杜陵”，選本作“少陵”。

③ 選本選此。

④ “悔”，選本作“毁”。

里居憶南皮女兒，
用王昌齡《同從弟南齋玩月憶崔少府》韵[①]

憶昔客武昌，一見肺腑吐。吾宗日式微，期以立門户。深慚意多違，翻悔事學古。十年江右游，境歷殊艱苦。俯俯[②]愧時賢，故將柴門杜。

勵　强　兒

阿强好男兒，頭角露岐嶷。美目清且盼，玉立豐兩頤。讓梨知弟悌，出語辭不支。宛如鳥中鳳，噦噦鳴朝曦。宛彼一寸檜，亭亭具奇姿。阿耶少不學，老大徒傷悲。期汝遠大器，慎勿弃書詩。吾家世忠厚，其澤鐘汝噫。了了要終始，莫爲識者嗤。

答馮華軒用杜工部《天末懷李白》韵[③]

迢迢雙鯉魚至，珍重奈愁何。道遠衷情切，人生感慨多。與君惜此别，何日再相過。欲寄無他語，時危慎網羅。

---

① 選本選此。

② “俯俯”，選本作“俯仰”。

③ 選本選此。

里居寄可園姊夫（南皮張權，字君立，晚號可園[①]）

吾黨斗山仰德操，凜然大節邁賢豪。典裘供客尋常事，賭墅圍棋興趣高[②]。杖履優游忘歲月，乾坤整頓付兒曹（道、忠兩甥，有譽于時）。嗟予碌碌虛期許，推解頻年惠屢叨。

丙辰除夕懷仲季兩弟，用杜工部《月夜憶弟》韻[③]

行行復行行，驚聞爆竹聲。塤篪千里奏，燈燭一堂明。有弟承先緒，端居學養生。匹夫任治亂，努力靖戈兵（時滇中反對中央帝制）。

立春用劉長卿《新年作》韻（丁巳）

倦游歸故里，逸興獨翛然。有酒須當醉，無才愧紹先。千家喧爆竹，幾處警烽烟（滇師聞襲四川叙府）。且喜小兒女，欣欣又一年。

---

① “可園”，選本後有“民初退隱，淡泊明志”。

② “賭墅圍棋興趣高”，選本作“煮酒漉巾興趣高”。

③ 選本選此。

卜　居

結茅深入白雲隈，矮矮柴扉背郭開。有客却尋君子館，行吟不上讀書臺（俱河間名勝）。妻孥團聚差堪樂，門户相持大可哀（馮、段樹黨，互相水火）。正憶故人多契闊，一枝春自隴頭來（適得馮大申江書）。

閲報用沈全期《雜詩》韵

豈冀籌安會，翻教啓甲兵。下民深水火，大典尚經營。肉食矜謀略，村居味世情。曠觀燕趙士，誰可寄干城。

寄可園五首

可園風景近如何，蘭桂盈階生意多。近水遠山供嘯傲，素心人正感悲歌。

浩然一棹歸江湖，且署烟波老釣徒。東晋不殊陶靖節，晚唐媲美司空圖。

慈母徽音爲表章，九原應覺姓名芳[①]。于今靡靡多商俗，一字褒崇萬古綱。

---

① “姓名芳”，選本作“姓名香”。

扶危猶見性情真，散盡黄金爲濟貧。公冶深憐縲絏累，相援豈在昵交親。

人情反覆豈堪論，志士由來重感恩。不敢千金輒言報，恐教漂母薄王孫。

叠馮大寄和韵

蝎同坡老命宫磨，訟噬終凶可奈何。往事那堪回首憶，開函宛彼故人過。論交反恨相逢晚，仗義追思感慨多。顧我才慚温處士，何人肯以禮爲羅。

漫　　興[①]

南瀛臺畔草萋萋，簾幕低垂乳燕飛。卧聽小樓春夜雨，扁舟新自五湖歸。

聞金詡卿以予事不洽于居停辭館却寄

道貌儼然俗慮無，相逢一笑世情殊。片言不合拂衣去，却把長竿釣鏡湖（詡卿，紹興人）。

---

① 選本選此。

感　　時

身世蕭條百感生，學書學劍兩無成。西南戰士方申討，東北蒙酋又敗盟。大局似棋争險著，邦人如夢舞升平（河間時方醵資演劇）。漫漫長夜何時旦，尚怪村鷄似惡聲。

出　　獄

不學且迂闊，盧龍愧濫竽。弊端多待抉，民困未全蘇。乃愠叢群小，何期乖本圖。生爲廉吏後，今却與世污。

上　　元

人生行樂莫愆期，況值金吾不禁時。瀛海矜誇燈市麗，昆侖猶望捷書馳（時正用兵于滇）。寒烟漠漠烏驚樹，春水差差月印池。却羨兒童游興足，庭前争唱踏歌詞。

再叠前韵寄馮大

久客風塵劍屢磨，上林枝借近如何。漫云歇蒲征歌樂，却憶津沽載酒過。同患友朋情更切，落花時節雨偏多。伫看舉翮青雲上，嗟我虞人尚設羅。

觀　高　蹺

喧喧簫鼓鐵獅前（河間街名），周禮春儺俗尚傳。士女駢肩斜照裏，紅裙妒煞杏花天。

將出謀食有懷兩弟

惆悵池塘畔，萋萋春草生。天邊疏雁影，夜半警鷄聲。丁此干戈際，時深骨肉情。栖身無半畝，何日遂躬耕。

漫　興

籌安乃召厲階生，擾攘經年尚用兵。惟見將軍增戰磊，未聞蜀楚復名城。病夫受感因虛入，漁子收功却利爭。海上那堪風雨至，寒骨喔喔警鷄聲。

蜀侯季弟出示伯丹叔父寄庶母陳之作，距叔父之即世忽焉七稔，而母乃能安貧樂道自勵。際茲時世誠屬難能，敬遵其韵，寄以慰之

冰玉蘇氛除，蛾眉久不舒。佐家甘淡泊，伴弟習詩書。志早柏舟咏，樓長燕子居。墓門木已拱，堅節有誰如。

寄金訒卿

交知何必舊，傾蓋結良緣。據理爲申雪，覆盆因見天。素心豈阿好，于義貴扶顛。拂袖飄然去，風高魯仲連。

喜鈍成、蜀倈兩弟見過二首

飢驅終歲客天涯，風雨聯床豈易期。兩鬢霜華嗟老大，一堂絮語雜歡悲。樓頭過雁聲凄咽，座上銜杯話亂離。極目中原方板蕩，男兒何事悵臨歧。

性成迂闊昧經權，直道難行勢使然。斗米殊慚陶靖節，春宵漫擬李青蓮。眼前未亂且尋樂，身後浮名那足傳。姜被同温良不易，醉來高咏棣華篇。

別　內

安貧崇儉意怡然，患難相隨十九年。薪米有無煩子計，衣裝[①]檢點賴卿賢。閑栽花木寬愁病，莫遣兒曹廢簡篇。別後長宜自珍重，春寒多在落花前。

---

① “衣裝”，選本作“衣婁”。

偕仲弟北上別季弟還里同發口號[①]

西去征輪馬首東，可曾步步逐春風。臨歧無限相依意，都在含情不語中。

同仲弟北上口號

春寒聯騎馬蹄驕，驛路青青柳色饒。浪迹江湖悲落拓，漫天風雨惜漂摇。烽烟幾處猶消長，棠棣連枝慰寂寥。萬里鵬摶男子志，據鞍休悵鬢毛焦。

途　次

夜出范陽道，村鷄報曉天。前程時問渡，遠樹半含烟。白日扶輪上，清霜落馬前。不諳生計學，何日息征鞭。

保定候車閲報感賦

大車檻檻絶塵走，電掣龍蛇獅虎吼。自古空言縮地方，于今誰是迴天手。

---

① “口號”，選本作“口占”。

偕仲弟訪女兄不值①

別來經兩旬，凄凄悵索居。驅車之十剎，摳衣升庭除。盆盎馨蘭蕙，几案列琴書。童孫馳深院，紙鳶起徐徐。侍女髮覆額，倚窗刺芙蕖。殷勤問稚子，大母今何如。趨前垂手對，送我城北隅。室邇人偏遠，情殷迹反疏。萬事類如此，静觀理不殊。娟娟新月上，携手共歸歟。

辛丑冬，女兄用坡公鄭州西門别子由韵送予歸省沙市。兹客都門編女兄詩集，忽睹此章，倏焉一紀，可勝今昔之感，且將有奉天之游，敬依其韵，賦以惜别

天涯游子多飄兀，眼前且喜花争發。束裝策馬來京華，雨雪花朝春落寞。回憶武昌歸省時，使我傷親十年没。奔走三吴與燕趙，一事無成老歲月。殯宫未安祭未豐，遥拜松楸寸心惻。初志原不在温飽，女嬃所訓何感忽。書迂素不合時宜，齊王好竽我鼓瑟。明朝又别瀋陽游，僕僕道途無所職。

雜　詩

歲歲長安道，詩書不救貧。窮途多白眼，與世溷紅塵。壯

① “女兄”，選本前有“南皮”。

志悲投筆，臨流悵問津。花朝尚風雪，愁絶故園春。

旅次都門，季弟久不至，寄以促之

征車欲發幾徘徊，期我相過十剎陽。有約看山應不負，阿連底事却遲來。

重過灤州

昔年頻駐馬，今日賦長征。潭[①]水無今古，垂楊自送迎。炎凉參世態，譽毀察人情。山海驅車去，遼陽日暮程[②]。

奉天故宮

尊嚴氣象勢嶙峋，到此徘徊獨愴神。楊柳樓臺惟有月，蓬萊宮殿[③]半凝塵。驊騮已就丹墀繫，鶯燕猶希翠輦巡。欲訪遺民問天寶，可憐南内更無人。

喜晤康孟魯表兄[④]（時設帳奉天）

江漢十年别，欣逢遼水濱。共驚容鬢改，猶喜性情真。且

---

① 選本此處有“汀”字。

② 選本詩後有注“灤州車站名偏凉汀”。

③ “宮殿”，選本作“宮闕”。

④ 選本選此。

就花間飲，誰憐劫後身。春陰滿桃李，傲骨自嶙峋。

寄古遺女兄三首①

伯鸞偕隱老烟蘿，陵谷遷移嘆黍禾。伏案時臨乞米帖，調琴閑譜采薇歌（近將伯夷《采薇歌》譜于琴中以寄意）。

可園春暖日遲遲，得鹿亡羊總不知。遥憶小窗孫課罷，自携手瓮灌花時。

衡門息影久離居，閑把詩篇遣歲餘。京國春濃雁南至，如何不寄一封書。

清明雨雪二首

桃李穠青春，雨雪飛紫陌。京國又清明，猶作未歸客。

三春無個事，最愛睡工夫。舉世渾如醉，獨醒毋乃愚。

崇效寺看牡丹

京國飽春色，我來正及時。名花穠似錦，弱柳緑成絲。古寺欣堪賞，窮途安所之。一尊且對飲，聊以慰愁思。

---

① 選本選此。

奉天還京途次口占[①]

晨發瀋陽道，風利如剪刀。陰霾時撲面，寒色滿征袍。午越錦州郭，春光泄柳條。高原融宿雪，野流漲城濠。暮宿榆關下，斜陽澹遠郊。犁牛服南畝，農人事東皋。車馳一日程，地僅千里遥。氣候何其殊，人事嘆徒勞。羡彼投[②]林鳥，其鳴音交交。

漫　興

春日遲遲上曲欞，桃花歷亂柳青青。珊瑚一枕游仙夢，縱有流鶯唤不醒。

河間道中

歲又夏將半，河間兩度行。柳蔭夾道緑，深處亂蟬鳴。夜雨膏秋稼，浮雲薄世情。遥膽[③]城堞上，一角夕陽明。

---

① 選本選此。

② “投”，選本作“還”。

③ “膽”應爲“瞻”。

漫　賦

重以妻孥累，含情拙向人。天涯頻浪迹，京國飽風塵。誰使國威替，那堪民氣伸。成都一回首，顛沛感陳陳（項城倒大清，陳宧復倒項城，葫盧依樣，默默中自有天道焉）。

購書六首（有引）

瀛居三載，與彼都①人士訪大父交游，强半不承能先業，聞之憬然。今冬，有古董孫姓者來售書帖，詢亦邑之舊家，學書未成，弃而業此。中有任邱邊袖石先生浴禮批評書帖數種，河間周六泉先生壽椿《百一草詩詞》一卷，姚元之爲之②八分聯一。兩公皆屬通家，撫兹遺③澤，倍深景止。尚有鄉賢五公山人王餘佑《乾坤大略》《萬乘車陣圖④》兵書二種，據稱世無刻本，貴築黄子壽先生彭年主講蓮池時，曾購未就。撫卷感逝，欲購藏之，以貴居奇未果。瀏覽兼旬，悵然有作。

騷雅銷沉瞬⑤卌年，流風誰尚憶鄉賢。可憐風雪瀛臺畔，百一詩詞售六泉。

---

① 選本題爲“購書四首”，録前四首。選本無“都”字。

② “之”，選本作“書”字。

③ “遺”，選本作“手”。

④ 選本無“圖”字。

⑤ “瞬”，選本作“近”。

一度批吟一惘然，清詞麗句信堪傳。李邕空笑逢知己（君句[1]有“到門誰買李邕文”句），未付青銅挂杖錢。

佳話玉堂説孝仙[2]（張旭村孝廉語，以袖石先生與祖父仙石公在館閣時有“河間二石”之譽），當時才調本便便。遺編冷落添[3]惆悵，遠溯清芬五十年。

鄉邦近代論儒宗，經濟文章仰五公。萬乘乾坤同不朽，寒宵伴讀月明中。

歲月銷沉薜與蘿，滿腔熱血托悲歌。書生縱有匡時略，不遇湯文可奈何（述山人《乾坤大略·序》意）。

陸離光怪善藏諸，之子何嫌生計疏。惟有韵人多韵事，陶怡情性是琴書。

戲題兒輩年畫三首

共慶春將至，團圞守歲寒。趨庭小兒女，慈竹祝平安。（四季平安圖）

---

① 選本原爲“句”，塗改爲“詩”。
② “仙”，選本作“先”。
③ “添”，選本作“增”。

不俱濠濮興，焉知在藻樂。雲雨未乘時，須慎狸奴虐。（貓捕缸魚）

鏘鏘濟濟笑聲和，瑞靄堂前喜氣多。絡繹椒盤春共獻，金波灧瀲福猗那。（食年飯）

丁巳除夕

爆竹聲聲逼歲除，一堂歡聚飲屠蘇。階前且喜饒生意，蘭桂欣欣翠色鋪。

春　望（戊午）

西郊晴策蹇，春意釀氤氳。樹樹含生意，村村帶夕曛。短籬翔燕雀，大地幻風雲。獨立蒼茫裏，翛然思不群。

窗外桃花

衆草尚含葩，夭桃獨妍好。根植近南窗，殊羨得春中。

出　門

塵網攖人可奈何，征輪直把鬢催皤。半肩行李琴書澀，一夜落花風雨多。誰是良村支棟宇，可憐宦海總風波。書迂那有匡時略，衹合幽栖老薜蘿。

漫　興

一年兩度客京華，貧賤干人願豈奢。三匝烏飛無着處，枝枝艷絶上林花。

九日遇舊二首

十年話舊倍相親，携手登高古析津。杯酒勸君須盡醉，傷懷同是客中人。

颯颯西風欲暮天，黄花時節各凄然。怕看兩鬢霜華重，記否武昌俱少年。

病中不寐

不寐知宵永，擁衾卧牖西。隔籬聞犬吠，斜月警鷄啼。病久春寒怯，途窮遠夢迷。花朝明日近，草色緑初齊。

答　馮　大[①]

遠道長相憶，經年且閉關。笑儂宜柳黜，何子亦潘閑。世態雲千幻，閑情水一灣。何當樽酒共，細話越中山（馮，紹興人）。

---

① 選本選此。

途次口占

汽笛嗚嗚渡水飛，銀河暗淡月光微。三更旅夢初驚醒，聊整衣裳喚伴歸。

寄南皮女兄四首

艷説西湖似畫圖，長堤十里水平鋪。杏花時節浣紗路，可有新詩聽雨無①。

當年持節駐星軺，襟上杭州酒未消。六十年中欣濟美，板輿迎養浙西潮（咸豐壬子，先祖貴陽公典試浙江刻“襟上杭州舊酒痕”章以紀恩遇。民六②，次甥道孫厚璟長浙財政，迎養于杭，花甲適周）。

萊衣今無聖湖潯，荻畫當年具苦心。歐母徽音誰得似，凛然大節更堪欽③。

回思别話語依依，月度花陰未忍歸。相送柴門倍惆悵，西泠莫使雁來稀。

---

① 選本注：道甥寓所街名。

② 選本“六”後有“年”字。

③ 選本注：與可園姊夫偕隱，力却當局之聘。

戊午除夕

明日又新春，春光到眼新。鳥聲喧小院，草色茁芳塵。花縣學趨步，窮途悵問津。故鄉于此夕，應念未歸人。

寄古遺女兄（己未）

春仲客津沽，送姊杭州行。人事多變幻，風雨感陰晴。以我拙生計，慘淡爲經營。行行未及遠，返促我歸程。促歸具行李，從此事長征。揮手柴門外，依依無限情。

感賦六首[①]

己未旅次都門，無所事事，女兄以詩屬抄，借[②]消長夏，三卷中多武昌同游之作，不覺忽忽廿載[③]，撫今追昔，不禁感慨系之。

不到菱[④]湖十七年，西樓曾記雁行聯。竭來幾度滄桑感，一讀清詞一惘然（武昌八旗會館西樓建于湖上，每值良辰佳節，輒往咏

① “賦”，選本作“作”。

② “借”，選本作“藉”。

③ “載”，選本作“年”。

④ “菱”，選本作“芰”。

觴①)。

渺渺烟波一葉舟，菊黄酒緑漢陽游。高山流水曲千古，似此知音可得不。

臨岐珍重客衣單，歸省荆沙風雪寒。無復白雲親舍望，凝思掩卷泪頻彈（集中有辛丑冬大雪送予歸沙市之作）。

天風吹我到蓬萊，玉宇瓊樓面面開。未得金丹砭俗骨，當年底事却輕回。

東西留迹宛如鴻，南北奔馳類轉蓬。只悵②年來潦倒甚，却教阮籍哭途窮。

玉蟾斜上玉欄③干，坐到更深不覺寒。二十年中幾相見，一回相見一回難。

旅次秋感

來時荷錢初出水，庭柳依依暮烟紫。旅困長安百日多，客愁易感秋風起。蕭條柳已不勝烟，離披荷亦委芳沚。英雄多少

---

① “輒往咏觴”，選本作“咏觴于斯”。

② “悵”，選本作“恨”。

③ “欄”，選本作“闌”。

淪風塵，得遇知音能有幾。昌黎山斗謫仙才，當路上書豈得已。自笑迂闊老病身，望塵敢方前賢軌。授餐賴有主人賢，一樽相對頗可喜。風雲際會縱有時，窮達縱如朝露爾。志士志豈在温飽，落落却耻遇之詭。

庚申初度感懷二首

去歲四旬度于吉林，攝影紀念，欲紀以詩，未果。一年容易，又值斯日，却來佐警義烏，悵歲月之虛馳，感江河之日下，馬齒日增，徒傷老大，撫今追昔，百感交集，情有難已，非敢言詩，聊以寄慨焉耳。

鷄林三載爪留鴻，今又萍飄到浙東。壯不如人何况老，天知有我莫嫌窮。頻時攬鏡愁催白，鎮日栽花爲放紅（警所隙地雜植花木，待其成陰着花又不知于何許矣）。隨伴琴堂簾影静，階前草緑化生功。

宦海浮沉近廿年，家無半畝却依人（五世服官十餘人，無一植産者）。一官匏繫常思拙，九畹蘭培敢望賢（予弟兄三人皆出嗣，本生大夫常嘆丁少，今有子侄九人。際兹時局，培植殊匪易也）。棠棣情深聯雁序，松楸悵未卜牛眠。四方志已虚師友，碌碌因人弧愧懸。

哭潭兒六首（丙寅，有序）

三兒積潭生而岐嶷，性孝友且聰穎，親友見者相期遠大。

客夏患喉症，兼旬甫愈。肄業。南滿醫院去三日，疾復作，診未痊可，力疾考匯文學校，上課兩星期而疾轉劇，多方診治，迄未見效，乃于祀竈前五日殤，年十有六。當時家人秘不以聞，訊之，反以漸愈告，頃始知之，悲曷能已。回思曩昔之情倍。非敢言咏，聊以寫悲云爾。

一現曇花十六年，峥嶸頭角可人憐。文成長老欣相許，檢點遺篇獨惘然。

推讓怡怡見性真，堂前彩戲質彬彬。幾番伏枕呻深夜，阿母呼時强笑顰。

兩番疾習臘丁書，一病纏綿八月餘。恨不知醫將汝誤，妙齡隕折更悲予。

若是吾兒死有知，何無一夢慰耶思。夜臺阿妹如相遇（暮春幼女殤，兒哭之慟），弱質嬌姿好護持。

飢驅松漠度嚴關，拜别堂前泪暗潸。豈料牽衣成永别，可憐日日弄刀環（三之吉林，兒皆垂涕拜别，私謂其母曰：深不欲父行，然又不可留，但盼事成早來相迓。思之慟甚）。

萍飄梗泛嘆無家，魄掩遼陽莫怨嗟（兒欲歸葬，未如所願，情尤難堪）。獨倚東風揮老泪，魂兮應傍野棠花（本生祖父墓側自發野棠一株，年來茂甚）。

寄范丈緗梅求削詩稿

（璟榮，湘陰孝廉，四川靖西同知）（庚午）

文名夙仰錦江濱，父執而今有幾人。杖履追陪松漠北，綈袍雪夜兩傷神。

不關遲暮總關心，吟稿疵瑕費酌斟。欲借如椽燕許筆，可能點石化爲金。

感賦三首

一樣倫常有重輕，狂瀾從此任縱横。衹緣睍睆鶯聲巧，竟薄劬勞烏哺情。

誰把黄金去築臺，公孫東閣可重開。羡他時尚遼東帽，風度翩翩盡异才。

垂老依人大可哀，少年意氣等塵埃。早知世上黄金重，悔不當初暮夜來。

寄沈蓮沼（浙人，時長扶餘電局）（辛未）

吾重沈蓮老，肫誠邁等倫。交于患難際，乃見性情真。匝月危城共，兼金濟我貧。江干相送意，脉脉兩傷神。

題攝影寄親知二首

歲月去堂堂，徒增老大傷。頻年嗟浪迹，無計潤枯腸。壯志消都盡，謀生苦不臧。開緘詳省識，應詫鬢毛霜。

家寄津沽北，我游山海東。離懷空望月，撫事感歌風。烽火傳關外，音書滯客中。何時一樽酒，相與話飄蓬。

題　攝　影

是耶非耶，無二有二，糊塗半身，潦倒一世。

題塤篪叠奏圖二首

時客長春，仲弟亦來自里，不相把晤，計將十稔。子鴻潛、侄汾適均侍側，骨肉相逢客中，亦良不易，攝影紀之，藉留他日之鴻泥云爾。

青燈相對史相研，回首前塵卅五年。今日龍鍾嗟共老，洪湖落拓肯求憐。

塤篪叠奏意怡怡，相聚客中樂不支。壯弗如人况老大，青雲得路尚兒期。

强兒肄業天津師範，函述同舍宋生謙光嫻吟咏，學余從習，寄呈所作，嘉其能志于斯，家學或可克紹，寄以勵之，且示門徑二首（壬申）

吾家三室一詩鳴，阿父殊慚學未成。深慮淵源從此墜，汝能嗣響慰予情。

吐詞命意尚清新，業貴心虛功貴醇。南北古今尋派别，上乘取法去言陳。

端節喜雨二首

大地春來旱，禾苗萎不抽。連朝喜沾足，頓慰老農愁。

好雨逢佳節，如膏欣及時。相彼原與隰，衆緑競含滋。

感懷三首

綏東解組，寄寓奉天。九一八事變際，即將眷屬送回天津。居未匝月，又感多事。今夏人心更屬皇皇不安。厥居正疑慮間，旋得家書，悉内子偕六兒避于法租界；婿家媳則寄居意租界叔父庶母陳所；四兒以五兒近患足疾，不良于行，伴守故廬，情雖少慰。可勝風雨飄摇之感，其能已于言耶。

避地移家住析津，寇氛警報又頻陳。妻孥未免增懸念，若個桃源可避秦。

烽傳幾度逼津沽，舉室皇皇走避胡。骨肉飄蓬三地寄，此情渾似杜居鄜。

原上鶺鴒鳴且和，相扶患難忍奔波。非關一片青氈戀，可奈阿蓮足病何。

寄程稼生（宜福，杭州人。寄籍大興）

相逢卅載幾滄桑，舊事那堪憶武昌。樽酒談心多感慨，山河舉目總悲涼。鷄林久客彈長鋏，駿骨何人市錦囊。且喜年來康健甚，著鞭休惜鬢毛霜。

和鉅元宗兄寄懷原韵①

頻年奔走感蹉跎，風雨懷人別緒多。望重青氈名自遠（兄以舌耕餬口），經傳絳帳憶相遇②。兒曹有志承先澤，詩體休教入世魔（兄近設帳沽上，强兒時往聽講③白話詩，時甚風行，余殊不謂然）。堪羡晚年吟興好，清詞雅足播弦歌④。

---

① 選本題爲：次家兄鉅元寄懷韵。

② “遇”，選本作“過”。選本有注：曾授兒輩讀。

③ 選本注無“白話詩，時甚風行，余殊不謂然”等字。

④ 選本有注：近尚白話詩，予深力戒，兒輩習之。

寄懷唐士行（名瑞銅，貴築癸卯進士，先慈内侄孫。予幼齡出嗣，先慈寓舅家。己丑，十歲，士行赴川完昏，因偕歸，侍本生先大夫。今歲同客長春，不遇而歸，別後寄以慰之。）

憶昔燕塘畔（居名燕塘坎，饒水竹花木之勝），君家十載居。慈恩烏報闕（予繦褓承嗣，未半載，先慈見背，舅氏撫育），鄉思雁來初。嘉禮偕歸計，征途話別餘。卅年清白①吏，猶嘆食無魚。

癸酉立春書懷（癸酉）

日麗風和氣象新，兩番佳節度天津。一家團聚如蝸寄，三處相思繫雁頻。攬鏡惟慚增白髮，搴帷且喜又青春。陽和縱散窮途恨，際會風雲有幾人。

附記

己亥秋，予方弱冠，遭家不造，本生先大夫見背成都，口腹累人，因之廢讀。既而衣食奔走，作吏風塵，不暇彈此調矣。

乙卯春，解組盧龍，卜居河間，閉户無俚，藉資排遣，凡有感觸，寓之于詩。既乏師承，復鮮研究，等于山鷄之舞，候蟲之吟，至于詞之工拙，律之協否，非所計也。比年險阻迭經，室家頻毀，所有什物，飄零殆盡。

---

① 選本脱“白”字。

今春馳往奉天，收拾殘餘，此册雖未隨劫灰以燼，不啻過眼雲烟。展閲囊所從游唱和，强半已登鬼録，顧影自憐，能不感慨繫之。玆以强兒自津稟述，課餘兼習聲律，嘉其能志于斯，先世清芬或不墜，略誌梗概，寄俾藏之，慎毋輕以示人，貽笑大雅也。

癸酉夏仲，蔭餘老人記

卷　之　二

春　感（戊寅）

飢驅歲歲又春新，無限離愁滯析津。且喜緑楊無俗態，特垂青眼慰羈人。

夢中作[①]

紅燭高燒夜未闌，東風裊裊怯春寒。海棠未許沉酣睡，留得嬌姿破曉看。

① 選本選此。

客臘歲暮，旅次津沽，歸思離愁相逼而來，殊難爲懷。所寓窗外海棠二株，凌寒而花，若故慰客中之潦倒者。一年容易，又值斯候，適得居停，書棖觸前情，悵流光之如駛，感人事之靡常，賦伸別緒，兼訊花信二首

歲逼青陽適館居，授餐不嘆食無魚。別來一事殊堪問，窗外棠枝萼可舒。

姊妹雙雙莅絳軒，臨風裊裊悄無言。嫣然一笑横生媚，不信天涯有斷魂。

益公表弟馳書招飲未果赴却寄三首[①]

降側輿臺悵索居，柴門静掩足音疏。雙鐶忽聽聲聲扣，天外飛來一紙書。

值散[②]歸來日已斜，瓊筵欲赴出無車。本來肉食非吾輩，衹合菜[③]根老齒牙[④]。

相招千里勸加餐，阻我良緣一晤難。遥憶華堂初肆宴，燈

① 選本選其一、其二。

② “值散”，選本作“課罷”。

③ “菜”，選本作“霜”。

④ “老齒牙”，選本作“咬鈍牙”。

紅酒緑夜漫漫。

己卯元旦試筆四首①

元旦書紅氣象新，繽紛吉語迓青春。但期人健如松柏，勁節蒼姿度六旬。

且喜今年勝去年，甘回蔗境足欣然。浮雲富貴何堪羡，但願兒曹世澤綿。

一入新春樂事賒，幾家閉户醉流霞。嗚嗚斷續風篁弄，何處兒曹笑語嘩。

攬鏡雖慚白髮新，尚堪書劍逐風塵。瀾狂未許灰雄志，擊楫中流大有人。

乙卯花朝後八日，值予六旬初度，將有保陽之游，兒輩苦留緩一日再行，勉徇其請，途次口占

六旬糊口尚奔忙，也逐征鴻覓稻粱。垂老更深兒女累，感時豈但蕨薇傷。那堪橐筆客千里，虛負懸弧志四方。揆覽花朝剛慶後，且期偕老壽而康（内子年亦六十有一）。

春光駘蕩思悠悠，歲月蹉跎六十秋。澒洞風塵群逐鹿，浮塵

---

① 選本選其一、二、四。

天地一閑鷗。優游杖履殊無悶，羅列杯盤聊遣愁。但願兒曹繩祖武，此生何必羡王侯（前章意有未盡，追次鈍成仲弟五十自壽韵以申之）。

保定道中口占兼呈家詒孫

漫事長征潞水東，頓開倦眼地天空。麥滋夜雨畦畦翠，桃笑春風樹樹紅。沿道尚餘兵燹迹，老農猶自即田功。吾宗霖雨蒼生望，日月光依氣吐虹。

相合萍踪豈偶然，飛騰鷄犬亦皆仙。萬間廣厦歡寒士，奕葉清標勵選錢。偉略欣蘇桑梓困，孑遺無復壑溝填。風瀟雨晦今何夕，劫後河山仗斡旋。

暮春重游蓮池

蓮池久不到，彈指倏三年。匝地藤花落，參天柏黛妍。亭臺殘補矣，輪奂又依然。不盡登臨感，蒼蒼靄暮烟。

過南皮張文襄公故邸[①]（有引）

光緒癸卯[②]，初游京師，謁吴橋劉溥泉先生恩溥于兹，門榜：招賢館。丁未，文襄由鄂督入閣，館斯以平章政事。馬龍車水，盛

---

① 選本題爲“過故相宅”。

② 選本“卯”字後有“春”。

極一時。民初壬春，重莅①都門，下榻邸第，門雖雀羅②，尚不失當年規模。今兹重過，林園③已有易主者。撫今追昔，可勝感傷。

昔日招賢館，曾開緑野堂。相公假休沐④，政事此平⑤章。菡萏雖依舊（樓臨十刹海⑥，花時景殊清絶），園林大可傷。依依墻畔柳，飽閲幾滄桑。

聞布穀口占

歷時甘澤望，杲杲日東生。麥秀萎原隰，聲聲尚勸耕。

旅　感

驅車出門去，逆旅困兼旬。可奈機緣滯，言辭拙向人。

贈袁三

（印勵杰，字寄來，叙悉伊祖與本生祖父丁未館閣同年，又屬仲弟婦母族姻婭）

大名夙仰廿年前，幸結蓮池翰墨緣。孔李論交相恨晚，芝

① “莅”，選本作“游”。

② 此句選本作“門雖有雀羅”。

③ “林園”，選本作“園林”。

④ “沐”，選本作“浴”，疑誤。

⑤ “平”，選本作“評”。

⑥ 此句選本作“後樓面十刹海”。

蘭臭挹俗氛蠲。

名區歷宰愛長遺，棠憩陰濃去後思。從政薇垣談往事，清風兩袖足堪師。

遣　悶

踟蹰歸無計，扁舟滯五湖。安知鴻鵠志，任作馬牛呼。性拙惟行素，時乖且學愚。可憐褦襶者，溽暑尚馳驅。

晨游蓮池①

清晨日初出，信步且尋幽。昔日弦歌地，今兹汗漫游。魚驚雙屐影，蟬送一池秋。得意忘言外，同消萬古愁。

題攝影寄强兒四首

垂老尚奔波，元龍豪氣磨②。三年離別苦，愁損鬢毛皤。

險阻間關歷，頻年苦可知。母兄幸無恙，附以慰相思③。

---

① 選本選此。

② “磨”，選本作“除”。

③ “思”，選本作“知”。

關中據形勝[①]，土厚復水深。志士多沉毅，要善結知音。

竹虛堅多節，月盈光漸昃。驕吝古所譏，撝謙益自得。

雨後散步蓮池

溽暑薰蒸一雨涼，蟬聲爽挹逗秋光。碧荷半沼花三兩，猶向游人送晚香。

蓮池即目

槐鶯互交加，濃蔭半沼斜。涼生一夜雨，新放兩三花。

夜聞蟋蟀四首

階除蟋蟀吟，風落漸淒涼[②]。辭家三月多，惻惻秋心警。

不寐知宵永，徘徊中庭步。斜月似憐人，清輝偏我顧。

大地虐波臣，故鄉苦赤旱。嗟彼蚩蚩氓，何竟罹斯患。

有弟困家園，音書梗五月。未能升斗謀，使我肝腸裂。

---

① “勝”，選本作“勢”。

② “涼”，選本作“冷”。

蓮池秋後花開轉盛

曲沼新秋後，清標晚更妍。有如高介士，端不受人憐。

九日二首

滿城風雨近重陽，剩有黄花晚節香。萬里關山悲鼓角，一天星斗亂池塘。行吟澤畔終何益，醉倒樽前亦自傷。側耳哀鴻聲遍野，那堪白露已爲霜。

滿城風雨近重陽，旅滯天涯底事忙。菊影半籬秋暗淡，鐸聲滿①院夜郎當。家園有弟書遲達，喪亂②憐兒骨未藏③。且幸年來腰脚健，登高結④伴興偏長。

觀蓮池幕僚水灾畫展

百幅丹青萃一堂，米家畫舫發奇光。深潭龍隱留鱗爪（展中墨龍一幅，夭矯逼真），大野鴻哀覓稻粱。僚采才華多濟世，風騷提倡斐成章。蓮花池畔添佳話，紙價而今貴洛陽。

---

① “滿”，選本作“一”。

② “喪亂”，選本作“抗戰”。

③ 選本有注：民二十六年秋八月，次子積潛在天津特四區警察所長任内率警抗戰，日據天津被捕，以死勤事。

④ “結”，選本作“約”。

寒夜不寐

摇落深秋後，浮生類轉蓬。有詩成枕上，無夢到閨中。燈暗寒侵被，窗虚月上櫳。料應同不寐，嚦嚦[1]聽征鴻。

蓮池獨游

蓮池納凉處，暑退少人過。曲徑花開瘦，空亭葉落多。石奇蹲虎豹（池上山石多佳品），水静印蛟鼉。時及姑行樂，餘生能幾何。

漫　興

風雨飄摇鮮定居，一肩行李半琴書。田園寥落干戈際，荆棘叢生待剪除。

奉和鈍禪老人《挽孚威將軍》韵[2]

中原極目泪痕多，慘淡經營欲止戈（民十二三年間，孚威欲以武力統一南北，志未克伸）。詎料變端生肘腋，頓教大地厄風波。

---

① “嚦嚦”，選本作“歷歷”。

② 詩題選本作“次鈍禪老人《挽孚威將軍》韵”。有注：交河孝廉蘇孟賓耀宗，晚年别號鈍禪老人。

正愁横海①清難俟，不信蒼冥意有頗②。絲竹東山虚再起，空留浩氣壯山河。

附原作③

榛莽連天戰骨多，魯陽無力更揮戈。子衿事業堪驚衆，蠻觸功名等逝波。燕市悲歌憐樂毅，趙人抵掌説廉頗。黄冠此去逍遥甚，慎矣風濤渡滦河。

鳩庵以佛園（小方别號）《寒宵夜值》韵屬和并示和章暨鈍禪之作，勉以應命録呈郢政，工拙所不計也

散值歸來無個事，良宵踏月訪詩翁。爐圍雅話霜天冷，圖展清芬藻繪工（鳩庵出示新繪咏芬書屋圖，屬爲題咏）。梗泛那堪雙眼白，花開未許十分紅。休嫌落拓□迂闊，浩氣抒虹亘太空。

旅館不寐

一枕南柯夢不成，擁衾歷歷數殘更④。静觀時局渾如劇，默

① “正愁横海”，選本作“黄河自古”。

② 此句選本作“天道寧論正興頗”。

③ 選本附原作，叢鈔本無。

④ 此句選本作“衾裯輾轉負深更”。

數行藏誤此生。嚙紙鼠飢聲窸窣，窺窗兔魄影淒清。夜深[1]古劍臨風吼，若爲英雄訴不平。

保陽初雪三首

六出雪花飛，且喜豐年兆。安排黨家酒，登樓試一眺。

相彼莽原隰，無處不瓊瑤。休怪波斯賈，千里來迢迢。

可嗟災祲後，又值朔風號。問誰憐范叔，寒夜贈綈袍。

題諸城劉鳩庵咏芬書屋圖卷十首

先朝綸涥重聲華，海岱高門有幾家。威鳳祥麟堪濟美，千秋韵事説琅琊。

積善餘慶啓後昆，基開力穡古風存。詞壇别具清幽格，賦到梅花雪亦温。

奕葉調羹重世臣，皤皤黄髮裕經綸。吁謨夜半虚前席，片語能回四海春。

望養詞林著盛名，宦途自古重文冲。春風得意羅群彦，桃

① “夜深”，選本作“怕聞”。

李陰陰滿帝京

星臨萬户漏聲遲，午夜趨朝拜玉墀。疏上每關天下計，東出霖雨繫人思。

使君膏雨總隨車，中澤哀鴻奠厥居。藹號劉公名不朽，萬家機杼上燈初。

咏芬祖述幾經春，八代詩鳴七二人。生際升平歌盛世，抗懷羨煞葛天民。

殘篇斷碣苦蒐羅，懿行嘉言冀弗磨。閉户讐勘淹歲月，手抄萬本不嫌多。

一家言合貯名山，事業千秋邁馬班。圖畫猶存湖海氣，齊州九點許同攀。

偶合萍踪等海漚，如蘭臭味自綢繆。一篇什襲欣同調，德述相期澤共流。

奉和鳩庵冬至日同游蓮池韵

名園不覺物星移，輪奂重新合有詩。白雲陽春矜格調，黄花晚節保芳姿（館長廳事盆菊尚未凋零）。冒寒共逐游水戲（池闢滑冰場），乘興聊隨負杖嬉。客久序驚日長至，深閨應又數歸期。

乙卯臘八雪夜，哀雲亭從侄四首（有引）

昨得鈍成仲弟書，述于十月之交，故鄉又罹匪患，雲亭從侄負其八旬老母逃竄村野，竟中流彈以殞。雲亭侄幼年失怙，母撫成立，頗能博其歡心，鄉里亦重其人，偶有紛爭，一言立解，誠屬後起之秀。聞其慘亡，不勝慟悼，爰賦短章以哀之。并望大雅君子憫其遇而矜其行，表而章之。藉作叔季忠孝之氣，名庶不與草木同腐，或可慰其九原也。

噩耗傳來感且驚，之推偕隱竟捐生。可憐垂老倚閭望，日日應將血泪傾。

患難相隨忍負親，由來孺慕見天真。精誠死去應難昧，料得仍依白髮人。

作善降祥不善殃，個中消息總微茫。苦心詎料天仍負，欲扣重閽問彼蒼。

歐風東漸不堪論，生長誰知襁負恩。濁世如君能有幾，愁雲長掩護持村（里居村名護持寺）。

乙卯嘉平祀竈後一日，適值家經孫五旬晋四，覽揆良辰，賦俚語二章，寄以賀之

閎氣山河振族宗，天降大任御長風。妙年已具飛騰志，垂老猶深孺慕衷。遺愛尚留江左右，奇勳早樹浙西東。倦游五岳歸來日，仍繫蒼生盼望中。

臘鼓咚咚竈祀羊，嵩生岳降慶辰良。靈椿五四人贈壽，珠履三千客晋觴。愧我駑駘邀顧盼，羡君鴻鵠快翱翔。春回大地欣將近（是月二十八日立春），海曙雲霞萬丈光。

散值口占

孤燈斗室小紅爐，暮雪人歸酒待沽。偏是嫦娥能耐冷，半窗寒月影模糊。

劉君以鋒用錕讀報登女兄古遺詩鈔，賦以寄意，爰步其韵，藉伸悃款，他日文壇猝遇，益征吾道之不孤矣

提倡風騷幸有人，長言咏嘆見情真。珠璣錯落欣同調，翰墨留題證夙因。敢詡奇文邀共賞，聊如敝帚自相珍。瓣香又結三生契，羡陟青雲早致身。

上薇垣高公二首

詩派中唐景達夫，秀衣持節樹英謨。屏藩今更開桑梓，愷澤長流七二沽。

廿載風塵憶舊游，杖履追陪百花洲。九方又遇知音感，隴底雲飛願未酬。

奉和劉君以鋒寄叠前韵

詞壇幸遇謫仙人，詩教温柔見性真。心契芝蘭慳一面，報貽瓊玖證前因。料應雅度同良玉，得荷榮褒擬上珍（從侄雲亭負母逃難，殞于流彈，予以詩哀之，承君和而表章之）。咫尺謙光勞貯盼，殊慚客裏苦吟身。

有不慊于某公者，除夕前三日爲控散赴告，冀聳聽聞，某公見之賦詩自勉，休休之量超越流俗，因遵韵賦志景止（庚辰）

世道崎嶇險象生，群鴉齊噪逐雲程。豈能春澤沾俱遍，不察秋毫眼更明。欲亂僞真憑幻想，翻因生死見交情。胸襟萬古誠開拓，火候青時焰自平。

元宵枯坐喜袁三見過

椒盤初獻又元宵，客裏良辰正寂寥。斗室兩番耆舊集，那堪風雪話前朝。

蓮池尋春

晶瀠層冰泮曲池，東風吹水叠鱗差。六幢亭畔夭桃萼，料峭春寒勒放遲。

奉和薇垣高公隨省座吴公巡視滄縣喜雨之作，即步元韵

問俗巡方幾度游，德星今又聚雄州。生平待展安懷志，好趁風雲際會秋。

民瘼關懷每繫思，隨車甘雨遍東菑。麥苗彌望如膏潤，快似亭成志喜時。

賦謝小方先生爲序拙稿①

書生結習未能忘，緣締蓮池翰墨芳。香草美人屈原②泪，秋

---

① 選本題爲：謝陳小方序詩稿。

② “屈原”，選本作“正平”。

風廣厦杜陵傷。一經藻飾贈聲價，三復蘭言倍恐皇。泥雪飛鴻留爪迹，宛陵重更借歐陽。

奉和薇垣高公隨省座吴公南巡歸途遣視磁縣即景述懷之作，即步元韵

經年惠政偏遐陬，愛樹甘棠逐處留。麥浪浮青連驛路，山嵐滴翠映軒輶。無邊膏澤胸中沛，滿眼山川筆底收。借問磁州賢刺史，可能入告又嘉謀。

蓮池送春①

一年春事了，節候更清和。脉脉藤花落，萋萋芳草多。龍團茶鼎沸，鴉鬢杏衫過。可奈王孫去，其如别思何。

酬鳩庵蓮北寄廬偶成韵

槐蔭扶疏覆綺楹，焚香静坐此心清。不嫌俗態憎迂闊，獨愛天真見性情。珠玉吟成風一世，雲烟揮就月三更。朽才謬許稱同調，白雪陽春愧副名。

① 選本選此首。

端午日寄懷家經孫

小别經年久，榴紅蒲又蒼。那堪逢令節，猶自客他鄉。鮒涸膏頻潤，龍屠技善藏。烽烟猶滿目，未許卧羲皇。

遠　香　樓

蓮池東鄰，不知何許人倚墻築樓一楹，近俯蓮池，遠挹抱犢，山光水色，共納一樓，洵韵事也。然要非塵囂中人所能解此，不禁曲中人遠之羨。鳩老戲以遠香名之，且約同人紀之以詩，勉成短章四韵，録呈鳩老并諸大吟壇一粲①。

主人殊解事，樓構俯蓮池。不用登山具，偏宜得月時。荷香清几案，柏黛撲簾帷。地闢塵囂外，幽栖讀楚詞。

附鈍禪和作

永　遇　樂②

蓮池之東，有起小樓者，能盡覽園中花木之勝，鳩庵過而羨之，名以遠香，爲詩紀事，並勾和章爲此解應之。

---

① 末句選本作：録博鳩老暨鈍禪小方一粲。

② 選本附和作。

池北蓮東，是誰偷領，湖山一曲？小閣穿雲，危欄俯水，布置無塵俗。百年名勝，亭臺一攬，不能盈掬。便三春，燕語鶯聲，都成座上琴筑。　　勞勞過客，嘆結茅無分，妒煞伊儂清。福取不傷，廉巧能近，雅善把芳鄰卜。低徊半晌，吟詩紀事，未許敲門看竹，更莫問，曉風來處，遠香清否？

將之燕京留別保定諸同人[①]

蓮北盤桓久，知交蓋屢傾。每當風雨夕，得暢咏觴情。伏處安鳩拙，離群嚶鳥鳴。不須勞夢想，煮茗稷園迎。

鳩庵再叠前韵以贈，賦以謝之

陽關白雪調難賡，豈料磚拋雙璧擎。此去征鞍殊不惡，故人情重馬蹄輕。

小方三叠留別韵以寵行，情殷可感，敬賦申謝

陽關三叠性情多，玉借他山荷切磋。回憶圍爐深夜話，歸途犬吠月舒波（君寒宵夜值詩有“歸來小巷人聲寂，寒月如弓挂碧空”句，故及之）。

---

① 選本選此首。

逸亭賦詩寵行，勉賦二截以答之

贛水同舟未識荆，萍縱偶合慰平生。悲歌慷慨照肝膽，獄折片言息鼠征（君任警署司法）。

天涯游子唱驪歌，柳色青青蘸緑波。八斛珠明殊可貴，征鞍滿貯不嫌多（君賦五律二首）。

將之燕京留别戚二弼如①

一别松州後，廿載悵别離。方欣晨夕共，藉慰雨風思。飢復驅人去，情還笑我痴。河陽花再種，奕世愛長遺（尊公宰河北廿年，卓著政聲，疊膺薦牘，觀察湖南、熱河，遺愛今尚弗衰。君又歷任名區，箕裘克紹，民歌來暮，兹游保陽，民社之寄又指顧間耳②）。

讀弼孺叠韵寄懷章，賦以答之

别君七日似三秋，風雨瀟瀟感舊游。忽報朵雲天外降，如親眉宇慰離愁。

---

① 選本詩題爲：留别戚二。

② 選本無此注。

上渤海高公

栖遲范陽，倏忽經歲，仰蒙不弃葑菲録效馳驅，未報涓埃，深負期許。玆應書候觀察之約，將有燕京道署之行，瞬别階墀，彌增感戀，謹成七律一章，藉申忱悃并誌鴻泥，伏希誨政。

久依仁宇荷吹嘘，此去京華戀有餘。萬頃波濤欽叔度，半生貧病愧相如。驪歌未聽心先醉，燕寢縈懷意莫攄。廣厦何年重庇覆，栽培仍以受恩初。

寄謝張大君懋祖餞

又被飢驅去，輕裝赴帝畿。可勝增别緒，無限惜芳菲。語重情難盡，時艱原已違。酒樓數知己，絮絮話斜暉。

癸酉以前之作，曾記以付强兒，嗣以環境日趨惡劣，所與游處大都屠沽臺輿，興趣因亦蕭索，此調不彈忽焉七稔。玆游保陽，同人多屬風雅，日事推敲，互相唱和，未免見獵心喜，藉以請益，得詩近百首，復行抄寄，俾知老子興會尚復不淺，兼慰遠道之慕念也。

庚辰夏正立秋後九日，蔭餘老人記于蓮花池北

卷　之　三

庚辰六月重過白米斜街[①]故相宅

劇憐門户各西東，緑野堂開在眼中（文襄薨未四十年，宅有售者）。相業弛張貽後覺[②]，才情倜儻壓群雄[③]。山凝遠黛樓環翠[④]，日下横塘荷映紅[⑤]（後樓臨十剎海）。鄰叟尚談天寶事，羊曇感慨思無窮。

---

① 選本無“白米斜街”四字。

② “弛張貽後覺”，選本作“未酬先帝遇”。

③ 此句選本作：人才坐使本初雄。句後有注：慈禧崩後，隆裕欲甘心項城，文襄力救，乃以脚疾放歸。

④ 此句選本作：遠山不改環樓翠。

⑤ 此句選本作：新芰猶分曉日紅。

旅次夜雨不寐奉懷佛園（小方别號）

曲江句爲誦蓮池（張君寰海爲誦游蓮池三律，即深仰止），信屬清新絶妙詞。夜值寒宵賡唱後（旋經鳩庵介紹，和其宵值韵，因相締交），此生翻恨識君遲。

三叠陽關送我行，桃潭千尺信多情。遥知今夜瀟瀟雨，高卧層樓對短檠。

静佛秘書從政平政院有年，兹聞燕京道署勘設于院，囑探所植花木樓臺形式尚否如舊，賦以代柬

此院曾平政，那堪景物非。德鄰通譯館，尹置領京畿（由通譯館分半以成立道署）。花木殊零落，樓臺却半違。遥知相報後，無限惜芳菲。

立秋日得仲弟書因懷袁三歷下

歲首送君後，偏驚葉下桐。素心千里契，落魄兩相[1]同。醉憶蓮池酌，音疏趵突通。一寒憐弱弟，高義感無窮[2]。

---

① “相”，選本作“人”。

② 此句選本作：高邁魯連風。

不值口占

吏舍終年跼，將俗應慮删。形殊勞案牘，興每阻烟鬟。却減抄書課（安硯保陽。課餘抄清芬集數頁，兹則天暇及此矣），頻偷覓句間。日斜鈴振後，魚貫亦閑閑。

憶舊游①

天生重慶鐵瀘州，古諺傳之信有由。風雨漂摇經幾度，依然雄據大江頭（川諺：天生重慶，鐵打瀘州。當同光年間，嘓匪禍川，兩地屹然，屏障川東②）。

庚辰中元節③

佳節中元客思傷，虔脩醴脯薦蒸嘗。老懷更觸西河慟，可憾吾兒不國殤④。

紙灰如蝶作團飛，默倚荆扉涕泗揮。生是健兒死亦厲，料

---

① 選本題爲：書事。

② 選本無此注。

③ 選本題爲：中元節二首。

④ 此句選本作：爲國捐軀萬古芳。選本有注：民二十六年秋，次子積潛于天津特四區警察所長任内，率警抗日，日據天津被捕，以死勤事，時年三十有一。

應助解雪山[①]圍。

新　　凉

新凉恰趁半晴陰，爽氣宜人暑不侵。槐綻花黄荷欲老，翛然抱膝學長吟。

微雲點綴月舒波，秋思不知何處多。閑話玉階寒侵襪，今宵應弗斂雙蛾。

鳩庵約偕佛園寄塵息羔燕市之同和軒，冒雨而食，别饒風味，臨别，主人囑宜各以詩，藉紀一時之興趣，賦呈諸公吟壇郢政

久别相逢情意親，高軒過正月痕新。心談杯酒肯辭醉，味列盤飧俱足珍。獸炭炙來狂大嚼，鸞刀鼓去藝無論。偏教微雨添佳趣，那惜清寒欲著身。

庚辰七月重游通州西海[②]

民國丙丁間，主政者闢通之西海爲風景區，橋通曲港亭，護疏籬雜植花木于城堞上下，以爲遊觀之美。每當夕陽西下，

① “雪山”，選本作“豫南”。句後有注：時聞會戰中原，日寇屢北。

② 選本題後有“二首”兩字。

士女如雲，鬢影衣香，盛極一時。詎刹那間，景物全非，前度劉郎能不感慨系之耶。

欲把名區闢西海，遍栽桃李笑春風。繁華畢竟隨人事，一例南塘零落中。

嬉嬉隊逐晚凉天，翠袖紅裙競鬥妍。風送香來渾不辨，衹今惟有葉田田。

喜得仲弟夫婦濟南書①

惆悵天邊雁影疏，今朝喜得一封書。田園寥落歸無計，浪迹南游四月餘。

食逐天涯計似疏，就荒三徑渺愁予。得歸自是偕歸好，耕饁倡隨樂有餘。

翁姑宜自作痴聾②，箕誶羹調一③笑中。綉倦吟餘謀一醉，天倫攸叙樂融融。

---

① 選本題目後有“三首”兩字。

② “聾”，選本作“襲”。

③ “一”，選本作“付”。

和慕恂見贈韵

(姓侯，印士奇，字遇如，薊縣人，
遜清部曹，性頗高傲，能詩工書)

室入芝蘭臭自芬，終朝相對斂煩紛。詩如藻繪追摩詰，紙落雲烟仿右軍。郎署浮沉殊寡合，豪情倜儻迥超群。瓣香幸結三生契，翻恨暮年乃識君。

慕恂嘲予休沐必歸，因言不眺通塔殆將十稔，倘再戾止，大有令威鶴化之感也，乃示曩歲省墓薊州道出通州之作，依韵奉和，藉以解嘲云爾①

霜露降清秋，淒愴（平）泪拭眸。漁陽久不至，塔影夢通州。

霜葉艷于秋，征人啓倦眸。長安雖僕僕，勝杜憶鄜州。

---

① 此首選本題爲：次慕恂道出通州韵二首。“戾”選本作“莅”，“之感也”選本無“也”字，“乃”作“出”。“依韵奉和，藉以解嘲云耳”，選本作“次韵奉酬，藉以解嘲”。

奉和慕恂相勸移居宣南元韵①

行行潞水復行行，梅鶴雙清自眷情。爲②愛民風重耕織，繁華却遜鳳皇城。

意感纏綿悟昨非，自當撫景惜餘輝。緑楊倘③得將春共，樂爾賡歌漫策肥。

附贈章④

蔭老每于休沐日輒回通州料量家事，不以旅行爲勞，足徵龍馬精神有异儕輩。第長途僕僕，究非高年所宜，賦此奉質并希教正。

卌里長途不憚行，知君梅鶴最關情。宣南亦有居堪卜，何必頻番向潞城。

帝京景物未全非，太液晴波漾夕暉。爽挹西山秋更好，菊花清瘦豆花肥。

---

① 選本題爲：酬侯四相勸移居韵二首。

② “爲”，選本作“更”。

③ “倘”，選本作“儻”。

④ 選本有附贈章。

奉和慕恂偶成韵[①]

浮雲等富貴，物我兩相忘。與世遁無悶，銜杯醉不妨[②]。處堂同燕雀，振臂愧螳螂。自古難爲用，栖栖大道旁。

初聞蟋蟀

去秋聞蟋蟀，新詩賦范陽。聲聲愁不寐，仍自滯他鄉。

陡驚聲在堂，歲聿已云暮。偏對苦吟身，絮絮將愁訴。

奉和慕恂再叠前韵率成作[③]

安步當車策杖行，倏然物我兩忘情。殊欣伏案無多事，乘興尋幽出禁城。

撫景雖然總覺非，老來最愛晚晴暉。賞心又際秋將半，有酒盈樽蟹正肥。

---

① 選本題爲：次侯四偶成韵。

② “醉不妨”，選本作“又何妨”。

③ 選本題爲：次侯四再叠前韵率成作二首。

附元作①

再以前韵率成俚句寫呈蔭老教正

詩句推敲負手行，吟成自寫寄遐情。人生適意原爲貴，何必聲華滿洛城。

宦海當年事已非，飢驅猶自趁朝暉。蒼生近亦同憔悴，莫更逢人問瘠肥。

八月八日清晨，信步至十刹海北岸②，遥眺古遺女兄寓樓

芰荷已③謝蓼花疏，殘柳蕭蕭④尚繞廬。到眼秋光猶似昨，劇憐人已不樓居。⑤

---

① 選本附元作。

② 選本題爲：八月八日清晨，信步十刹海，遥眺女兄寓樓。

③ “芰荷已”，選本作“烟波荷”。

④ “蕭蕭”，選本作“依依”。

⑤ 選本附劉修鏐、王韵婉和作。

附

仲弟鈍成修鏐和作

秋深景物已蕭疏，墻外垂楊猶蔭廬。讀罷新詩思往事，傷心樓在靡人居。

附

仲弟婦王韵婉和章

梧桐葉落影蕭疏，環佩無聲返舊廬。惟有嫦娥交耐久，多情夜爲守幽居。（“夜”旁有“猶”字）

附

侯四和章

什剎海南岸有南皮張文襄故邸，距予居里許。昨夜承蔭老以眺可園詩見示，頓觸於懷，即步元韵奉和。

樓臺掩映樹扶疏，一代名臣此結廬。三十年來朝市改，不堪重問舊鄰居。

復園[①]表弟移居北城，喜鄰成均，賦以賀之

喬遷鄰慎擇，京洛飽風塵（君寓京近三十年）。居近弦歌地，時親風雅人。書藏[②]盈萬卷（近十年藏書頗富），花事富三春。文采欣繩武[③]，栖霞得氣醇（君籍貴陽栖霞山枕貴陽郭[④]）。

偶　成

悔不乘桴海上行，平年綫壓若爲情。食争鷄鶩殊堪笑，愧煞鵬摶萬里情。

奉和慕恂三叠前韵率成之作[⑤]

老矣垂垂意不行，半生塗抹總傷情。前塵未可重回首，午夜朝天出禁城（光緒癸卯，赴引頤和園，四鼓隨趨朝者出城，燈火蜿蜒里許，繁若明星，回首前塵，歷歷如繪）。

不管人間是與非，閑來袒背曝朝暉。床頭有酒還當醉，撫

---

① “復園”，選本作“益公”。

② “藏”，選本作“倉”。

③ “武”，選本作“祖”。

④ 選本作：君籍貴陽。栖霞，負郭山名。

⑤ 選本題爲：次侯四三叠前韵率成作二首。

髀[1]渾忘日漸肥。

附元作[2]

三叠前韵率成作

到處萑苻斷路行，哀鴻遍野熟關情。六街燈火喧簫鼓，劫後居然不夜城。

梧桐葉墜歲時非，晚景人誰惜落暉。無限秋情付惆悵，一叢花影隔簾肥。

通州道上口占

與與黍稷大田多，嫩緑新黄比户羅。濁酒自斟還自勞，管他滿地起風波。

---

① “撫髀”，選本作“髀撫”。

② 選本附元作。

民六六月[1]，道、忠兩甥于十刹海會賢[2]堂爲其尊人可園姊夫彩觴上壽，大慶六旬。冠蓋如雲，笙歌達旦，盛極一時。兹游故都，又值醇孫五甥嘉禮舉行于斯，人月兩圓，親朋滿座，又是一番新氣象矣，三[3]十年間，兩逢其盛，欣蔚起之，有人撫前塵以興慨，爲綴俚詞，藉志頌禱[4]

二十年前曾此游，蓮開萬朵慶千秋。笙歌徹夜群賢集，星朗少微月似鈎（壽辰六月六日[5]）。

揭來幾度感滄桑，嘉禮欣逢又此堂。衰朽今[6]番何所頌[7]，月圓花好壽而昌（嘉禮八月十一日[8]）。

---

① 選本有“六日”二字。

② 選本脱“賢”字。

③ “三”，選本作“二”。

④ 選本有題目：賀張甥醇孫新婚二首。

⑤ 選本無此注。

⑥ “今”，選本作“者”。

⑦ “所頌”，選本作“頌禱”。

⑧ 選本無此注。

霍啓紹仙以仁心仁術售藥通市，和易近人，無市井氣，與之交易，不以人事代謝而形冷暖，因重其人，交益轉厚，闊別經年，時停雲落月之感，因占俚語以寄懷想

潞河游五載，市隱識韓康。春暖杏林麗，泉凝橘井芳。良材儲赤箭，濟世富青囊。復秉冲和性，顔丹兩鬢蒼。

中　秋[1]

去歲中秋客范陽，朋儕三五互[2]稱觴。今宵樂爾天倫叙，相伴胡床望月光。

淞江秦嶺路漫漫，欲寄家書下筆難。今夜月明應共望，遥憐風路不勝寒。

寄懷陶大[3]樹銘

論交三十載，肝膽照平生。然諾千金重，開樽[4]萬事輕。急人于患難，對我更精誠。聞抱安仁感，神傷心爲驚。

---

① 選本有“二首”二字。

② “互”，選本作“快”。

③ 選本無“大”字。

④ “樽”，選本作“尊”。

頃得佛園和重游西海詩，道及曾寓海之東涯，憶昔經過是地，見門題蕴藉，深訝斯室乃有斯人，便深向往，不料即佛園所撰，豈非翰墨因緣久已結于三年之前耶，不禁狂喜，占以奉質，當亦色然喜也

憶曾相過海之濱，嫵媚門題色色新。蕴藉才華輝陋室，三年前已證蘭因。

和慕恂中秋感懷韵

佳節曾經幾度秋，一輪明月又當頭。大荒顧盼悲無可，舉世浮沉閲亦稠。有酒不妨千日醉，盈窗偏照五更愁。勸君且莫傷遲暮，濯足扶桑萬里游（君詩有“好將遲暮惜餘光”句，故以慰之）。

庚辰秋九月六日，畿輔先哲祠舉行秋祀，恭詣與祭，感賦

燕臺參盛典，俎豆薦蒸嘗。風憶南皮度（光緒癸卯，張文襄入覲，駐節于祠，予適引見莅京，前往晋謁①，回首前塵，倏焉卌載），

① “前往謁見”，選本作“往謁”。

道[①]尊北學堂（祠有“北學堂”之[②]額）人才蔚河朔，勳德炳旂常。愧未承先緒，登躋祇悚惶（曾祖嘉應公、祖父貴陽公、祖母沈恭人、先慈唐太宜人俱祀于祠并皆有傳）。

去秋于役保定，旅次無聊，戲用“滿城風雨近重陽”句賦詩二章以遣興。夏間，移硯燕市，一年容易[③]，佳節又屆，撫流光之荏苒，感晚景以蹉跎，其能已于言耶！仍用其句以爲首尾，又賦二章藉抒旅況[④]

滿城風雨近重陽，大好光陰逝水傷。去歲登高曾約伴，今秋仍感在他鄉。白衣誰爲淵明去[⑤]，青眼難逢阮藉狂。永夜聲凄兼鼓角，擁衾不寐醉[⑥]詩腸。

凄凄白露又爲霜，卧聽蕭蕭木落黄。無分棟梁甘作爨，漫看[⑦]傀儡慣登場。一雙旅雁悲天末，萬點寒鴉集故鄉（仲弟夫婦以鄉里不安厥居，避地濟南）。衰病那禁此蕭索，滿城風雨近重陽。

---

① “道”，選本作“師”。
② 選本無“之”字。
③ 選本無“一年容易”四字。
④ 選本有題爲：九日。
⑤ “去”，選本作“送”。
⑥ “醉”，選本作“碎”。
⑦ “漫看”，選本作“乘時”。

題强兒寄呈攝影二首①

一别經三載，時深骨肉情。關河徂遠道，書劍壯長征。欲慰倚閭望，姑將攝影呈。白頭幸無恙，萬里奮鵬程。

一紙平安報，雙圖快睹先。笑容殊可掬，瘦態却堪憐。終歲勞形役，何時遂力田。歸裝能暫束，彩盼戲堂前。

通州道上偶成

森森木落不藏鴉，隴麥青青繞徑斜。一雨連宵秋有望，征鞍輪與野人家。

周道平如坻，征輶駛似風。可憐來往者，都在利名中②。

和慕恂解嘲韵③

政學優嫻素所儀，晚成莫謂少音知④。青雲直上殊堪羡，正是及鋒欲試時。

---

① 選本選此二首。

② 選本選此。

③ 選本題爲：次侯四解嘲韵。

④ “音知”，選本作“知音”。

慕恂以予兩星期未能之通，以詩相慰，依韵奉答

可奈關譏緊，悲歌行路難。妻孥擁爐坐，應共話長安。

少悔不努力，老嗟飲啄難。飛鳴已無分，聊借一枝安。

既居砧俎上，何敢計艱難。歲聿已云暮，姑偷旦夕安。

和慕恂見贈韵

年年壓綫客京華，迂闊慵翻巧樣花。縑素任他工拙較，閑情久不鬥春葩。

題寧津李品三先生《榆園[1]圖》(有引)

響泉先生以其先德品三世丈《榆園圖》見贈，并索抄先世著述，圖爲其令[2]兄梅坡觀察所繪。癸卯初，游京師識梅坡，時相過從。民初遇于沽上，共語滄桑猶多慨嘆，未幾分袂，音問罕通。比詢，已墓木栱矣。感懷今昔，何能已于言耶！因賦截句二章，録呈郢政。

---

① 選本無“園”字。題後有“二首”二字。

② “其令”，選本作“從”。

元方交締卅年前，翰墨重聯信有緣。能讀父書慚我未，乃承搜索到遺編。

大似桃源好避秦，北窗高卧葛天民。披圖令我還欣慨①，卷②裏親朋半古人。

鳩老書來以旅行不易，國曆元日，因之未歸。歸期約在春節左右，承訊是日歸未，并將佛園用蕉雪先伯《劍門驛除夕有感》韵書意兼以寄懷，附其和作寄示，深感兩公情意之纏綿，頓慰羈旅之岑寂，依韵奉和，藉以代柬

鈴轅逢今節，休沐出嚴關。鵠立塵埃裏，鷹揚冰雪間。情深團骨肉，興懶眷雲山。把杖聲聲扣，開門一笑還。

歲感青陽逼，愁增白髮新。那堪長作客，况有未歸人（長四兩兒亦客于外，長兒乃屢爽歸期）。迂闊難容世，窮通欲問神。勞君勤致訊，歸爲浣征塵。

---

① “還欣慨”，選本作“欣還慨”。

② “卷”，選本作“個”。

哀三灤州石沛東（沛東名璜，曾留學日本），學擅專長，才懷不遇，庚辰嘉平望日，竟以貧病卒，物傷其類，賦以哀之

大夢一場空，休嗟吾道窮。卅年淪宦海，萬里御長風。未遂平生志，難争造化功。淒涼燈一穗，哀感集胸中。

祀竈日書懷

竈祀黄羊臘鼓喧，一年容易又書元。消寒骨與梅同瘦，大地春回豈藉温。

歲月欣增六一翁，故將衰朽傲春風。小兒造化休相弄。長嘯一聲天地空。

除夕書懷[①]

鳶肩深聳燈如豆，獸炭頻添雪滿窗。病榻斜偎寒不寐，吟髭捻斷興難降。

振翼原鴒各一天，江湖留滯自年年。异鄉孤燭寒相伴，應羡春回在客先。

---

① 選本題爲：除夕二首。

辛巳元旦試筆

層城爆竹不聞喧，彩换桃符深閉門。漢臘卅年仍似昔，民間猶自古風存。

累人口腹逐年忙，衰朽餘生幸健康。室有芝蘭春意滿，油然不覺暗生香。

兹游保陽，佛園告以蓮池館長蘇君之云亡，殊傷同調又弱，囑吊以詩。小别半載，驟聞斯耗，感逝傷離，情曷以堪，依韵奉和

凋零耆舊感相同，無復蓮池座上風。苦憶前游倍惆悵（年前長至日，同鳩庵、佛園游蓮池，互有倡和），幾番搔首問天公。

却　　贈①

秀色殊可餐，感情濃于酒。雖云道義交，却甚鴛鴦偶。

友人贈北海公園桃花感賦

東風吹柳未成絲，媚眼欲舒寒勒遲。聞説桃開瓊島上，游

---

①　選本選此。

人歸去日斜時。

東皇管領渾無主，花草吴宫自在滋。一任游人攀折去，那堪回首憶當時。

和杜大《春日書懷》韵[①]

料峭輕寒借酒消，杖藜乘興過溪橋。差差已緑前村水，幾許春光逗柳條。

宣南送春，奉懷蓮池諸舊游并寄示鴻治兩兒

倦游偏值送春時，憔悴潘郎兩鬢絲。忽聽鐘聲來枕上，苦吟相憶集蓮池。

舊雨不來今雨稀，落紅滿地惜芳菲。征鴻一去無消息，殊盼來年伴共歸。

將赴保定感賦

衰齡混却少年場，抖擻精神衹自傷。書劍學成何處用，風雲自古幾鷹揚。

---

① 選本選此。

齒　落　嘆

一朝辭我去，凄凄若①爲情。相依六十有二載，幾經共辱與共榮。柔不茹兮剛不吐，磊磊落落見精誠。既具輔車勢，冀永不寒盟白首。貧賤交歡，忽失平生，却于受訓②間長揖而遠行，百思不得，故肝膽爲之驚，豈其以我不能固君子之窮而守聖人之清，抑或鄙我見獵而心喜，徒銜五斗之虚名。果真因兹而辭去，毋乃使我更增寸衷之怦怦。

將離保定留别諸同事

光陰荏苒七旬過，濟濟同堂共切磋。棫樸新承時雨化，芝蘭永沐惠風和。乘時展志深堪羨，爲政冲情貴不頗。指日河陽花遍種，洋洋盈耳户弦歌。

題黄亦香同學紀念册

芝蘭臭味自相親，三月郊游若飲醇。文采風流慚弗及，祝君早現宰官身。

---

① “若”，選本作“難”。

② “受訓”，選本作“旅行”。

徜齋消夏

焚香静坐一簾垂，盛府僚興同自怡。案牘無多頻縱酒，朋儕雅集快題詩。漫看鹿逐知誰手，莫待羊亡始補籬。溽暑困人何處避，亭亭荷净納凉時。

重游蓮池感賦[1]

去年香裹去燕臺，三五朋儔共舉杯。臃腫殊慚收大匠，我來又見藕花[2]開。

人事蹉跎老大悲，年年猶復悵驅飢。七旬辛苦憑誰訴，惟有清風[3]明月知。

題劉大鳩庵百家泉鎖圖

毋兮鞠我恐不壽，鎖募百家期白首。克岐克嶷無害灾，果與喬松森挺秀。字鑄吉羊壽而昌，珠璣絡之護錦囊。祖孫父子佩三世，浩劫曾經幾滄桑。滄桑變遷殊未已，此鎖幸未隨烟靡。童孫佩之自陝歸，老眼乍睹色飛喜。撫摩回憶趨庭時，翩翩風

---

① 選本有“二首”二字。

② “藕花”，選本作“白蓮”。

③ “風”，選本作“天”。

度美儀姿。祥光燦爛懸胸臆，伴誦詩書無或離。今更古稀傳孫輩，有若宗器寶百代。子子孫孫世寶之，寶之無替永帶佩。

贈哈同學華亭

華亭學長生同里閈，初不相識，比來受訓乃悉繫出華胄，上世勳猷有光史策，舉止言談迥异流輩，果止之餘倍相親愛。行將别矣，囑贈以言，藉留紀念，感雅意之殷殷，增余懷之耿耿，曷敢以鄙俚辭耶，勉成一絶以贈之。

聲華王謝世簪纓，挾策十年松漠行。仕學兼優虚再造，伫應民社寄干城。

行將返京，承蘇孟寶、劉璧臣、陳小方、丁慰孫諸君賦詩祖餞于蓮池，即席口上奉答①

屈指經年别，相逢意轉親。學窮惟尚友，老愧不如人。話舊杯頻舉，離筵酒更②醇。明朝分手去，京洛又風塵。

① 選本題爲：保游將返，承蘇鈍禪、劉鳩庵、陳小方、丁慰孫諸君賦詩祖餞于蓮池，即席口占奉酬。

② “更”，選本作“益”。

題鳩庵老人二我圖

前度劉郎是也非，廬山面目認依稀。幾經刼厲滄桑感，老子婆娑願總違。

文采風流憶少時，騷壇酒陣快驅馳。追陪悵未逢全盛，品學深堪作我師。

昨辱祖餞，意感纏綿，再賦申謝

雅集今番池上游，相談不許話離愁。蟬聲嘒嘒槐深處，香氣襲襟茶一甌。

仲舉新沽酒一壺，令威貢父并髯蘇。愁消萬古詩三疊，得以陽關勸盡無。

五月競渡

鉦鼓喧喧據上游，乘風破浪此番酬。錦標高奪誇身手，畫舫齊飛競渡頭。行樂及時沿楚俗，類人香花寫殷憂。三閭賫恨殊堪吊，不盡汨羅萬古愁。

殿軍口占

甄拔英才吏選循，諸君矯矯信超群。名成儒子聞天下（徐姓居首），我亦東籠勁後軍。

自笑冬烘鄙不文，也來逐隊步青雲。光陽七十虛抛却，贏得將軍腹策勳。

保定道上口占

江湖白髮生，猶復事長征。豪氣隨年減，前途靡盡程。空餘家國泪，殊鮮咏觴情。郊慨增多壘，何時見太平。

喜得强兒書

消息經年絶，忽來一紙書。開緘陳所歷，旅次少安居。蜀棧秋風裏，秦關暮雪餘。鴛盟聯客裏①，猶使老懷舒②。

和郭令雨村白蓮作

幽栖久已絶塵緣，萬傾汪汪俗慮蠲。玉立亭亭殊寡合，烟

① “裏”，選本作“邸”。
② “舒”，選本作“抒”。

波鎮日伴鷗眠。

不染泥污自潔芳，端居合住水雲鄉。素行信可稱君子，麗質何須似六郎。

凌波仙子降瑶池，冰雪聰明絶世姿。殘月曉風甘寂寞，羞將粉黛畫雙眉。

中庭皓月糁于霜，微雨初過自在香。宛彼玉環新浴罷，半偏雲髻懶梳妝。

寄謝郭大雨村爲題拙稿并以詩嘉從侄之負母而殯

雕蟲小技百無成，兀兀窮年澤畔行。大好山河餘涕泪，可曾天地有枯榮。一經月旦增聲價，兩共艱虞愴舊情。更感新詩矜小阮，文光應照夜臺明。

偶　成

老來豈料返依人，如鷁退飛總愴神。往事悲凉渾似夢，青衫又染帝京塵。

易占無妄却爲灾，鈴閣日斜下值回。風馭天驕車自後，居然也學玉山頽。

臥病經旬不出門，南檐納日負朝暾。支離枕伏維摩榻，静聽隔窗瓦雀喧。

九日漫興

年年客裏過重陽，渾似江湖不繫航。洲訪百花浮漢水，潮觀八月憶錢塘（曩昔所游之處①）。風塵荏苒催人老，書劍飄零底事忙。强自登高且尋樂，鞠華歸插滿頭香。

酬劉大徐州寄懷作

神交千里契，消息久疏通。書忽來天末，情還馳海東。新詩題雪夜（前年冬，于報端見題先姊古遺詩集，因與②締交），遠宦感秋風。何日一樽酒，相將話曲衷。

寄　鳩　老③

步出武昌館，訪君兵馬司。扣門鄰曲道，行已逾星期。差池日無幾，翻悔我來遲。徘徊不忍去，何以慰相思。寄問别離後，高咏幾篇詩。

---

① 選本無“曩”“所”二字。

② “與”，選本作“之”。

③ 選本題爲：寄鳩庵。

題寄强兒書面

迢迢去歲雙圖寄，欲慰高堂千里思。今附全家新攝影，端詳似否别離時。

奉和抱存九日登高懷友韵

重陽過客裏，君子意如何。佳節强簪菊，征夫尚枕戈。漫悲秋色老，極目泪痕多。且共傾家釀，衰顔欲借酡。

和侯叟九日書懷韵

星星衰鬢惜繁霜，晚景猶宜愛夕陽。籬有黄花秋更好，螯持佳節快稱觴。

近以《九日漫興》索和鳩庵、鈍禪、佛園①，遲久不至，漫賦代柬以促之②

兩度重陽皆有詩，今朝豈要③冷東籬。勸君毋④使黄花笑，除却淵明莫已知。

---

① “佛園”，選本作“小方”。

② 選本無“漫”“代柬”三字。

③ “要”，選本作“可”。

④ “毋”，選本作“莫”。

劉大書來附和作，復叠前韵以酬之

雙鯉聯翩至，靈犀一點通。群空幽冀北，名重大江東。鳩拙安遲暮，鴻毛羡順風。月明千里共，應訢别離衷。

鳩叟歸自保陽，辱承枉顧，示以和章，并鈍禪、佛園重九前一日偕登大慈閣之作，賦以酬之，兼柬鈍禪、佛園

索詩詩即至，造句喜清新。枉顧無迎送，忘形孰主賓。大慈登古閣，高會趁良辰。應念同游侶，今朝少一人。

比晤鳩老，悉鈍禪、佛園和章早經吟就，遷延未寄，賦以代柬

聞説君詩早吟就，郵筒寄我何遲遲。嶺梅未許分南北，却已春光洩一枝。

和侯大夜不成寐韵

海雲東望不勝愁，拼擲健兒顱與頭。烽火連天何日了，寒衾擁夜歷時悠。安貧樂道慚元亮，聞過謹言師少游。衰病那堪同調感，藐如蟣蝨伏皇州。

偶成兼柬鈍禪、鳩庵、佛園保定，訊其年假歸未

旬日歸家一咏詩，寒燈相伴思遲遲。霜髭捻斷不嫌冷，休怪山妻笑我痴。

新年料亦賦歸歟，樂爾賡歌兴不孤。小别團圞須痛飲，已無風雪阻征途。

益公表弟以《遷居雜咏》屬和，悵觸生平，次韵奉酬

貴陽郭外闉青排，山色樓收水竹佳。回憶兒時游釣處，雁塘歷歷印心懷（君家貴陽東郭，地名雁塘坎，有水竹花木之勝。先外大父威恪公待歸草堂在焉。鄂老舅氏常宴息于斯，堅利王子壽先生柏心有《待歸草堂記》，遵義鄭子尹先生珍嘗爲繪圖，予幼育于舅家十餘年云）。

相逢俱是客裏身，京洛遨游豈爲貧。開拓胸襟行萬里，班荆猶喜性情真（君于民六游學故都，予適莅止，始與相晤，甚欽其胸襟灑落，性情率真，比年托鉢都門，過從尤密，相視君亦霜繁于鬢矣，每至則留餐下榻。垂老弟兄情益轉篤）。

風塵游倦意何如，鄰卜三遷愜所居。萬卷圖書供嘯傲，才華卓犖裕三餘（君近十年禄之所入，半以購書）。

天涯我亦倦風塵，往事那堪回首尋。塗抹東西慚碌碌，當

年悔不重黄金（予南北奔馳，忽焉卌年，惟餘清風兩袖，殊自笑也）。

寡聞孤陋鮮音知，難得人生是友師。相與周旋欣自幸，奇文賞析夜深時。

几净軒明薜荔墻，板輿迎自待歸堂。欣欣蘭桂饒生意，繞膝含飴興自長（君年近三十尚未有室，妗氏北來乃爲成之，今已兒女成行，歡承重慶，家庭幸福，正未有艾）。

已過夭桃梅又緋，幽栖原不羨輕肥。飄零我似舟難繫，烟水五湖何日歸（君性喜花木，以新居寥無所有，殊鮮生趣，乃于窗前種桃一株，墻之西南遍植薜荔以相映帶，盆花則隨時而易，一入其門，香氣襲衣，生機滿目，雅人韵事，誠堪羡也）。

老懷日盼早休兵，鳥尚嚶鳴求友聲。春共緑楊鄰結後，相期白首頌升平。

阿王意弇春藹軒詩抄竟賦題① (阿屬僧格林沁之曾孫)

名王連鎮績，炳若日星垂。瓜嘆東陵種，朝虚南内儀。滿腔憂國泪，一卷斷腸詞。祖德頻陳述，增予無限悲。

---

① “阿”前選本有“題”字；“抄竟賦題”選本作“草”。

有　　感

顧借野猪償，用術何其巧。既不拔一毛，却將心願了。奥勢雖赫赫，未必禍福兆。縱能兆禍福，猶尚有天道。損人以媚人，所見毋乃小。以兹求富貴，富貴焉能保。何如養吾真，剪除多苦惱。

咏人物風箏

剪紙裁綾色色工，丰姿颯爽稱英雄。雖然得意春風裏，却玩兒童掌握中。

升降由來理不齊，全憑風色定高低。須知世事多如此，有酒何妨醉似泥。

題攝影寄貽以鋒徐州兼索其小照

玉札綢繆千里馳，慚從爨下辱音知。敢將衰朽侍君側，渾似程門立雪時。

頻年总未獲登龍，徒仰高山拜下風。杖履若將團扇畫，郵筒還望寄吴中。

壽家經孫

壽域宏開臘鼓中，優游杖履坐春風（月之十九立春）。東山未可怡絲竹，桑梓猶希借箸功。

廣平標格較梅清，福澤綿綿莫與京。相共歲寒人不老，長看南極壽星明。

一門和睦羨家肥，晏子狐裘儉可師。澤及交游惟恐後，有如時雨潤無私。

遲遲春日照華堂，珠履古千競奉觴。我亦忝從賓客後，載賡詩句祝陵岡。

哭劉大鳩庵（壬午，有引）

諸城劉子鳩庵，因其令叔少卿始與相識于保陽，休沐之暇，時相唱和，交日以密。別來年半，詩郵往還，殆無虛月，貌雖不接而神仍合也。客臘小除夕，冀其必歸，策杖過訪，晤其少子，告以歸期，約于除夕前一日，滿擬春椵返自潞河，當能殷勤把晤，不意我乘輿而來之侯，正值君歸真返璞之辰，歡洽三年，緣慳一面，回憶雪夜聯吟，倍增人琴傷感，芻獻外，聊綴俚語，以寄哀思。

三年緣翰墨，翻恨識君遲。迂闊偏阿好，清新夙所儀。歸裝塵甫卸，與世日長辭。甚矣孤吾道，憑棺涕泗垂。

病中追悼劉大鴻庵

世事①年來日覺非，縅愁織恨逸情稀。龍鍾類似牛延喘（一經冬令，即犯②咳喘），鳩拙渾同鷁退飛。藥裹半爐春晝永，簾垂一桁暮寒微。吟壇慟失長城將，白戰憑誰爲解圍。

新春初游北海公園

哀病侵尋深閉門，經時已不至名園。水天一色新圖畫，襟袖十年舊酒痕。久客諸侯傷老大，空前浩劫慘乾坤。頭顱拼擲知多少，惆悵東西欲斷魂。

漫興二十二韵

壬午春二月，佳節值清明。吏舍終年跼，案牘紛勞形。欣逢假休沐，風和天氣清。端居無個事，踽踽策杖行。名園之北海，恍如圖畫呈。桃李穠灼灼，衆緑競敷榮。船如天上坐，萬傾一碧澄。柳陰路紆曲，時有流鶯鳴。漪瀾人雜還，嬉春喜③同

① “事”，選本作“味”。

② “犯”，選本作“患”。

③ “喜”，選本作“有”。

情。陟彼瓊島塔，俯瞰帝京城。閭閻齊撲地，縱横若棋枰。直北樓鍾鼓，巍巍雲表横。却在眼簾底，夐莫與之京。爽氣納西山，胸襟暢①以宏。徘徊興未已，不禁百感生。當其全盛時，可能乘輿登。一朝朝市易，開放樂群氓。似此尚難保，何必熙攘争。劇憐襬衊者，沉醉唤不醒。脅肩復諂笑，孳孳于利名。感此結衷腸，爲之暗吞聲。澆斯愁萬斛，美酒頻痛傾。

讀史有感

笑駡由笑駡，好官我自爲。人間羞耻事，却已弃如遺。

稷園看牡丹

稷園久不至，今爲看花來。姚魏欣多品，嬌嬈恰半開。那堪風雨虐（近日狂風，深爲花惜），却使蝶蜂猜。旅况憑誰遣，相將對舉杯。

昔推崇效寺，今數稷園佳。品彙百餘種，花開十八臺。楊妃新浴罷，飛燕曉妝纔。燈幔聯番護，色生香國哉（詩賦次日，適報評北京牡丹昔稱崇效，今數稷園，花植十八池，株逾八百本，名標百餘種，他處洵莫與京。晝施錦幔以護驕陽，夜懸彩燈以媚皎月，殊爲香國生色，本其所評續賦以紀之，且爲花國又增一段佳話也）。

---

① “暢”，選本作“蕩”。

贈南皮張畫師①

磊落南皮老畫師，神傳妙似虎頭痴。驪黄牝牡誰相賞②，潦倒那堪花落時。

頻年鬻畫是生涯，文采風流筆一枝。詡詡如生圖耄耋，渾同漆吏夢甘③時。

客中自壽

行年六十三，猶作牛马走。嗟我生不辰，運偏厄阳九。臂伸刹那间，忽忽成老叟。秉性復迂闊，所如多不偶。塗抹四十年，産仍未增畝。先世清白風，能不恪④遵守。枉尺而直尋，何難印懸肘。寧使妻兒飢，那堪利禄誘。循分以安貧，橐筆謀升斗。糊塗过一生，黽勉糊八口。五福獲康寧，得天良獨厚。既承眷于天，自壽一杯酒。

稷園看芍藥

開罷牡丹芍藥開，扶筇我又看花來。腰圍金帶傳佳話，似

---

① 選本題爲：贈南皮畫師張藥林。

② “誰相賞”，選本作“相逢賞”。

③ “甘”，選本作“酣”。

④ “能不恪”，選本作“靦顔稱”。

此風流能幾回。

花雖爛熳惜春殘，冉冉濃陰緑遍壇。九十韶華傷別去，黯然相伴且盤桓。

次侯大感懷韵，藉慰其意

本具立群度，偏教俗慮纏。情多阿所好，貌不定媸妍。垂老愁珠米，謀生恃硯田。有家歸未得，豈但獨君然。

哀 紈 绔

江南有華胄，奕世綿簪纓。文學與政事，焜耀于有清。哀哉紈绔子，所席已豐榮。不思光前烈，翻欲希浮名。乘此維新際，一躍而公卿。公卿雖幸致，妙想誣先靈。先靈若有知，九原當涕零。

題穆健中盍簪册（有引）

建中老棣，共事經年，助借他山，宏我益多，充其學識，殊未可量，出册囑題。爲賦俚語略紀此番之萍水，藉留他日之雲泥云爾。

濁世佳公子，美眸清且揚。才豐温似玉，識卓鍊于鋼。芬久芝蘭挹，形勞案牘忙。四方正多事，努力愛時光。

壬午新秋攝影潞河，年六十有三

老朽老朽，姿同蒲柳。志雖凌雲，襟却露肘。但樂天命，不嫌無偶。時吟一詩，或飲一斗。優哉游哉，殘抱缺守。老安少懷，于我何有。

感　賦①（有引）

南皮張文襄，清末入贊機務，卜居地安門外白米斜街。民初，諸公子析居，後宅即大半次第易主，君立姊夫于宅之旁闢門出入，顏以“可園”。聯曰“無多產業殘花藥，幾許功名舊鼎彝”以寄慨，近聞可園花藥春風，管領又屬他人，因之感而有作。

一代名臣此卜鄰，卌年興替似奔輪。可園幾許殘花藥，管領春風又屬人。

壬午九日

衰齡客裏過重陽，無興登高感悼亡。從此長增兒女累（五六兩儿年逾二十，尚②未授室），而今不識綺羅香。卌年恩愛情多負，

① 選本選此。

② “尚”，選本作“俱”。

半世劬勞願未償。有子甫看頭角露，綿綿此恨可勝傷（長四兩兒甫能自立，乃詎云亡①，死而有知，其傷感應②更有甚于予也）。

秋日郊游

一灣流水自成村，殘柳蕭疏緑護門。碪杵聲敲衣薄澣，沿溪静好負朝暄。

大田多稼積倉箱，麥隴青青打稻忙。一雨含滋塵不染，迎眸無限好秋光。

寂寂柴扉鷄犬閑，開軒爽氣納西山。何時能遂耕桑願，芧結栖遲任往還。

滿山紅葉晚蕭蕭，偶出郊坰興倍饒。暮色蒼然垂四野，一鞭得得蹇驢驕。

贈李掾廣平（君屬合肥文忠公曾孫，例襲侯封。文忠與本生先祖雅州公，道光丁未詞館同年）

淵源遠溯百年前，翰墨燕京又結緣。沆瀣同舟欣共濟，勳名蓋世景前賢。彬彬文质承家學，落落英姿喜俗蠲。佇看虎頭

---

① “乃詎云亡”，選本作“乃不及待板輿迎養”。

② 選本無“感應”二字。

飛食肉，萬方多難著先鞭。

九日寄懷鈍禪、佛園保定兼悼劉

今秋客裏可登高，逸興遄飛夙景豪。慈閣如憑知感慨（去秋九重前一日適值星期，兩君與劉大登保之大慈閣賦詩寄示，劉之墓草則感青矣），燕京側望幾牢騷。紛紜案牘形爲役，生死交情念倍勞。佳節欣逢假休沐，料應沽酒對持螯。

題攝影寄漪女

自賦于歸相見疏，庭闈眷念意何如。姑將攝影遥相寄，聊慰修書問起居。

初冬旅夜

一夜風兼雨，寒威透牖生。擁衾苦難寐，死别暗吞聲。

冬日郊游

經旬蠟屐又郊游，碌碡聲中喜有秋。百穀登埸牛卧户，田家勞苦酒盈甌。

木葉蕭蕭風怒號，平疇漠漠雁行高。茂陵游子無消息，兩字平安首幾搔。

冬夜調同舍伊三雁賓

偶合萍踪風約池，終年浪迹滯天涯。閑愁且遣三杯酒，寒夜惟消一局棋。萬事信天欣自得，百憂無慮復奚疑。元龍百尺樓高卧，消息盈虛冷眼窺。

上燕京李道尹

濫竽旅進瞬三年，無補涓埃愧俸錢。人事刷新澄吏治，衰齡循例放歸田。乃承念舊情偏厚，且假閑曹惜竟蠲。從此更應效芻獻，勤求民隱佐旬宣（改聘咨議）。

調侯大主任總務

三年欽苦幹，力果更心精。莫喟無知遇，龍頭屬老成。

一再苦陳詞，急流機勇退。蓮處污泥中，芳潔猶深佩。

寄酬劉大國曆寄賀柬暨近詩

雙鯉謙光逮，三羊泰運開。情深綿遠道，詩警絶纖埃。我以衰齡黜，君真曠世才。東南欣盡美，祝共上春臺。

壬午除夕

飄零書劍志銷磨，碌碌庸庸歲又過。客裏那堪彈鋏感，年衰可奈鼓盆歌。鷄聲遠近催天曉，蝶夢依稀忘處多。且喜歲朝春戾止（元旦立春名曰歲朝。春主豐年），凍雲集霰兆豐和（一冬無雨，初雪微甚，能再得一場透雪，庶慰三農之望也）。

余前爲詩二卷，録寄强兒，比客燕京，忽忽兩年半矣，又得詩約百六七十首。惟境多拂逆，苦無佳趣，所與游者復罕，能上下其議論倡和之樂遠遜蓮池，一肚皮不合時宜。輒藉是以寫幽思，不免音多凄惋，環境使然，如啼不能强之以笑也。彙而録之，次爲三卷，姑俟郵程通暢，仍付强兒收存。俾知近況之寡歡，毋氏之云亡，當必間關萬里，挈婦歸來，情慰遲暮，哀申罔極耳。嗟乎，愛而不見，搔首踟蹰，因綴數語于卷末，聊作一紙之家書云爾。

癸未孟春，蔭餘老人記于潞河寄廬

卷　之　四

李二響泉齋蘭盛開約賞徵詩賦以酬之①

室雅如空谷，跫然來足音。允偕君子契，宜結美人心。静對開書帙，操幽理素琴。聞風自相悦，高咏集朋簪。

咏　蠅

殖繁污穢中，飛集清華地。營營欲胡爲，毋溷乃公事。

性本慕腥羶，工偏引朋類。一旦聚群居，難鼾卧榻睡。

① 自此首起，後爲《蔭餘齋詩選》多于《蔭餘齋詩草》的内容。計詩及和作八十九首。

喜得仲弟夫婦書詩，賦以代柬

雁行分十載，聽雨總關情。错落珠璣瀉，纏綿肺腑傾。感深垂老别，願未遂躬耕。羡爾眉齊案，相莊戒旦鳴。

酬張二脩府《謝友歲闌饋驢》韵

卅年斫輪手，居官不爲貧。欲抒康濟策，以福亂離人。既已化馴雉，何嫌衣結鶉。惟餘風兩袖，長伴苦吟身。

憶可園二首

喬木依然蔭四鄰，風光又是一番新。歸來海上堂前燕，壘補猶尋舊主人。

閉門却掃自情怡，春满園林酒滿巵。憶謁崇陵詩和罷，白頭相對泪雙垂（可園遺稿有和梁文忠公鼎汾謁陵作）。

偶 成 二 首

塗抹東西乖本圖，空餘豪氣满江湖。老來翻自愁珠米，却羡林間返哺烏。

憶昔河陽花植年，慚無惠政播歌弦。居心却自存忠厚，忠厚敢云種福田。

題潛子詩抄（静海癸卯太史高松泉毓彤著）

齋居五斗接清塵（光緒癸卯，予引見入都，君在翰苑，同寓宣南五斗齋，是締交之始），促席談心如飲醇。幾度别來增感慨，一編相對獨傷神。美人香草托孤憤，荒棘寒流迷渡津。回首妙年同老大，惟餘霜鬢苦吟身。

上邢太史爲序詩稿（名端，字冕之，癸卯翰林）

甚矣雕蟲技，聊堪寫我憂。扶輪承大雅，下筆重千秋。敢不脩名□，勉難長者酬。瓣香三世結，文字信缘投。

附

和　　作（甲申秋九月，蔭餘先生賦詩見贈，依韵奉和，即希吟正，世愚弟邢端甫稿）

舊夢雲烟過，長吟解百憂。詩情濃似酒，宦味冷于秋。話到交期厚，慚無麗句酬。世方珍燕石，和璧向誰投。

題詩稿寄仲弟二首

半生心血遠相貽，卷裏却多憶弟詩。誦罷料應同永嘆，白頭姜被可能期。

怡怡西蜀憶兒時，誰解人間有别離。可奈暮年成契闊，窮鄉弟老我天涯。

喜漪女得女孫四首

欣聞慈竹茁孫枝，花實旋看累累垂。廿載劬勞良不易，飴含少慰苦辛時。

夫婿温柔家計康，白頭偕老案相莊。羡兒晚景强阿父，安問猶虚點额忙。

可憐汝亦病纏身，凡事不宜過認真。付托有人心少用，優游歲月葆精神。

年來亦覺甚龍鍾，衰病侵尋却畏冬。萬事不關忘物我，幽栖只合白雲封。

喜晤史三（名樹璋，字鳳儒，與同里閈。性豪爽，能急之急。宦成歸來，伏處故都，不問理亂，惟恐人知。近有某公招之出山，乃却婉之）

别來三十載，音問復相疏。聞道花栽縣，歸歟鶴載車。何期此高會，乃與故人俱（晤于松泉女公子嘉禮堂中）。共語游踪罷，霜憐兩鬢餘。

憶舊游三十首

行年望七，餘生有限。自嗟胸臆百未一行，没世無稱，吁可慨也。惟数歷艱苦與親友曁當道之知遇，實念念難忘。爰賦小詩以付兒輩，俾知涉世之匪易，受知之宜報也。

有子差堪學負薪，憐予僕僕老風塵。雖然蔗况回甘味，何敢寧居畏苦辛。

慈母早年矢柏舟，阿耶大義凛千秋。生兒襁負承宗祧，藉慰望门雙泪流（貴陽待歸草堂。鄂老舅氏寄先慈詩有“婿没翁亦殂，望门雙泪流。之死矢靡他，傷哉賦柏舟”句。本生先大夫嘗言：據禮長子不为人後，若泥禮與俗则無以慰嫂氏心。兒生甫期，毅然襁負以嗣先慈。情深友于義凛千古）。

憶昔待歸十載居（外祖威恪公里第堂名），庚寅首夏賦歸歟。歸來始得天倫樂，弱弟相携學勵餘（石砫官廨）。

扁舟千里溯成都，案牘勞形幕府趨。眼看河陽花遍種，靈椿蔭忽感秋枯（成都。光緒己未秋，本生先大夫卸任石砫，赴引都門。次年夏，以知縣分川叙用。眷屬旋亦莅止。歷任省差厘務，器重上游，已有出宰消，未及發表。己亥秋八月，見背成都。没時亦以未能握符为遺憾）。

銜哀東下又浮槎，世父相依暫寄家。門户支持天不吊，萱闈兩度泣荆沙（沙市榷運局。伯丹叔父榷川鹽税于沙市，因之扶柩東下，相依以居。不料七年之中，本生嫡母、生母先後弃養，哀曷有極）。

風雪殘冬下武昌，生機待與女嬃商。抱冰感舊遺孤撫，弟子列將廣雅堂（武昌督署。晋謁文襄，留讀于署。三年之中，飲食教誨有情同骨肉）。

壯游足却濯扶桑，欲覓長生不老方。俗骨未砭丹未得，三山縹緲水蒼蒼（日本游歷）。

試學宦游將口餬，東西塗抹馬牛軀。年年聽鼓章江上，那得冰心在玉壺（江西。光緒癸卯秋以通判分發江西任用）。

十年聽鼓進循資，捧檄那堪毛遂悲。高卧郡齋無個事，美其名曰事同知（南昌同知官廨。宣統二年夏，權南昌同知。受知開封馮忠節汝騤，南皮張玉叔廉訪桧）。

散秩移栽百里花，俗期佩犢話桑麻。政因損益紆籌策，驚破漁陽鼙鼓撾（興安。三年春，移知興安。是年秋，武昌義起，諸政停頓，守印三月，始得釋負）。

革故鼎新漢祚移，蒼凉滿目可勝悲。人才蔚起登桑梓，敝屣只應弃如遺（天津北歸。是年冬，李烈鈞乘時秉政，登用桑梓人士，乃浩然而歸，注册天津都督府，服務于桑梓）。

漫説浩然誓志歸，盧龍塞上著征衣。敢將强項詰奸宄，肯任頑民噬擇肥（盧龍。民二年冬，檄權盧龍。次年夏，青紗帳起，有浪人闖入内地張莊，私售違禁物品，因雨借宿肇釁，槍斃莊人，致激衆怒，群起攻之，傷二捕二。聞信，飭警察所長前往調查真相，據情電呈當道，嗣經雙方派員莅縣查勘，乃多方証其釁自彼開，我方不能負責撫恤，僅将傷者捕者交其带歸，依约處分。地方未受若何損失，一塲風波和平解决，僅得當道傳令嘉獎“辦理敏捷”四字而已。受知鹽山劉巡按使仲魯若曾，欒亭史内務司康侯履晋，南皮張京卿可園權）。

一自扁舟彭澤歸，宦情遠逐白雲飛。半竿垂釣漁瀛海，欲了塵緣願總違（河間卜居。民四春，解組盧龍，卜寓河間，本期終老故鄉，只以兒女累增。未幾，又作出岫之雲矣）。

兒時愛誦放翁詩，春雨杏花繫所思。棹泛烟波如畫裏，此生恨不老囗斯（西湖泛舟）。

抱關擊柝敢云卑，前哲因之亦有爲。但願莫教尨也吠，月移花影漏聲遲（義烏警察所。民八年冬，史丈康侯荐游杭州，照岩省長以無新資格，未便假以事權，乃降格佐警義烏）。

滕王閣上溯前游，章贛依然涌閣流。欲訪石磯垂釣者，惟餘西畔一漁舟（重游江西。民九年秋，重游江右，經愛棠介紹，紹九楊省長保荐，以縣知事注册任用。甫經核准，政局又變，因之熱河）。

畫野分疆闢草萊，肯教地利弃塵埃。茫茫原隰資生計，耕牧相安泯忌猜（開魯墾務局。民十一年春，薛之珩松坪將軍介紹熱游，蒙王懋宣巡閱使懷慶咨部調熱任用，主任開魯墾務局）。

五載烏桓浪迹游，濫竽敢詡重諸侯。蒙情敦厚安耕牧，徵調力寬多事秋（綏東。民十二年冬，綏東缺出，廳道以十六字考語電保，承乏未幾，直奉戎興，所有徵調力求減免以抒民困，不忍因以爲利，歸仍兩袖清風）。

飢驅三度客鷄林，冰雪載途苦不禁。長鋏聲凄歌感慨，有誰鑒此歲寒心（吉林。民六年，唐公柔表兄介紹，郭桐柏省長、松坪推荐高旅長。民十六年，張忠孫介紹熙格民參謀長）。

梁園賓客散于烟，卧病相如秋雨天。塔勢孤高聳天半，可曾依舊尚巋然（開封省署。民十五年，張庶勛開府汴梁，任掾于署，席未暇暖，奉軍倉卒退却，不相關照，顛沛而歸）。

險阻歸來心半灰，衡門息影傍金臺。故人患難情殷厚，又把鋤耰闢草萊（永清官產局。鐵嶺張庶勛歸自開封，督辦全國官產，檄長永清官產）。

老來投筆事從戎，惻隱爲懷氣斂雄。聽訟得情矜勿喜，階囚忍令泣秋風（黑龍江。民十七年秋游龍沙，任副司令部、旅部、執法處、少校、中校、法官，慮因不忍草率，多所保全）。

蓬飄底事又濱江，客舍孤燈影對雙。澤畔行吟色憔悴，輕鷗片片下湍瀧（哈爾濱旅次）。

平原公子信情多，于役克山綱領嵯。不得客鄉疵是索，終教平地起風波（克山鹽倉。民二十一年，張拾遺介紹，長克山鹽倉）。

經權既昧不如歸，沽上浮家暫息機。萬事聽天欣自得，寸心庶不與仁違（沽上卜居）。

面目盧山竟別開，乘時多是不凡才。漁陽鼙鼓一聲起，驚破霓裳剩劫灰（通州。依劉愛棠）。

朝登王子禹彈冠，況復宗支情更歡。桑梓孑遺欣有托，鷦鷯姑借一枝安。（保定。依家詒孫）。

無端橐筆滯京華，心役于形願豈奢。爲愛春明烟景好，西山晴雪上林花（旅食燕京）。

故園吾亦愛吾盧，弱弟青氈世守居。垂老米珠薪似桂，未能箸借渺愁予（護持寺村。故里四十年中，歸不數次，以無恒産，欲歸不得，言之凄然）。

光陰望七已虛過，一事無成奈老何。漫紀游踪付兒輩，俾知宦海慎風波。

乙酉新年作

元旦椒盤肅薦辛，痴頑又是一年春。祥霙潤物培生意，淑氣迎人覺爽神。杖履那堪綿歲月，輪蹄際此息風塵。巡檐閑索梅花笑，欲放衝寒分外新。

和平口占

露布傳來億兆喧，歡騰公理勝鯨吞。八年苦戰民生悴，一旦和平國勢尊。魚肉頻看集砧俎，狼烟却喜靖郊原。可憐痛定還思痛，老泪那堪招斷魂（次子暨兩從侄孫先後遇難）。

偶成

秋來却喜日多佳，乘興携筇侣寡諧。熙攘迎眸無限感，扶桑品類燦天街（和平後，日僑物品拍賣，逐處皆是，胸襟爲之一快）。

遣悲

悲君終日默無言，那有餘情去鼓盆。西去料應極樂甚，可憐衰病向誰論。

满城風雨，節近重陽，凄然有懷

重陽佳節近，契闊忽經年。救世翻爲累，覆盆誰爲宣。問心本無愧，素志豈其然。想得南冠客，斯時百感牽。

丁亥元旦

一年又過一年春，羡彼陶唐耕鑿民。生不逢辰際多難，窮當益壯莫憂貧。笑梅却遜三分白（一冬無雪，除夕雨雪盈尺，庭雪室梅互相掩映，頓增嫵媚），蓄艾難醫百病身。佇盼河清書再見，且欣亥首算添頻。

喜晤故人又言别

烏桓分手廿餘秋，蜀道歸來霜满頭。談笑不殊曩情好，胸懷更薄快恩仇（談次不以報復爲然，足徵進德之猛）。白雲蒼狗悲時局，戎馬關山話舊游。歡聚無多又言别，綠波春水可勝愁。

曉　望

四圍繞屋緑參差，杏出墻頭三兩枝。圖畫天然寓詩趣，會心能有幾人知。

病中吟

長夏小年似，病中覺更長。支離匡床上，相伴衹藥鐺。

病疽竟不死，留活在人間。豈真孽未滿，故使歷諸艱。

不秉義方訓，性爲習所遷。乃竟不我顧，天顯薄于烟。

范宣祈速死，而豈得已哉。我今亦若是，那肯首重回。

虛度浮生六八秋，于今珠桂轉增愁。南陔餻膳庭闈戀，可慨多因誤自由。

自家有苦自家知，説與旁人枉費詞。恨不凌空生羽翼，逍遥碧落月明時。

夏　日

晝長無個事，斗室静香焚。意適還林鳥，心閑出岫雲。炎凉參世態，憂患歷兵氛。高卧北窗下，悠然送夕曛。

月夜泛舟

困人溽暑擬浮家，萬頃茫茫泛月華。一夜蘆花烟渚宿，白雲深處白雲遮。

哭汾侄

逃死離鄉井，軀翻爲國捐。可憐雙白髮，老哭洒黄泉。捧檄方三月，聞疴饋萬錢（侄性孝性，聞予病疽，郵寄三萬元）。許多未了事，玆乃付雲烟。

示滂兒

毋若綉花枕，中實草離離。外表雖云美，内容何足窺。吁嗟青青子，努力須及時。流光不我與，學晝荒于嬉。但患無以立，不患無人知。苟能裕學識，自無窮途悲。學識苟不裕，臨事昧所施。知艱行更艱，古训不兒欺。

讀史

西京明詔俗敦和，孝弟力田樂若何。生不逢辰天僤怒，鳳麟殊少覺梟多。

秋夜懷史三

卅載不相見，相逢分外欽。多君豪俠氣，猶具溺飢心。北海尊常满，東林禪悟深。優游高尚志，不受塵埃侵（近有某公招之出山，乃婉却之）。

寄懷月川從侄

扁舟五月下瞿塘，歸思應同江水長。夜泊姑蘇城外寺，鍾聲敲碎客愁腸。

對月遣悲用杜工部月夜韵

一片新秋月，伊誰伴供看。料應同不寐，未許暫相安。風露侵衣冷，光輝浸被寒。思君舊恩愛，雙袖泪難乾。

寄懷齊少將式昌（交河月川從侄之婿）

破浪艨艟灔澦堆，槊横不數魏王才。猿聲两岸巫山裏，啼觸鄉情首幾回。

讀方孝孺傳

满腔忠憤國忘家，抄却因之组蔓瓜。只爲綱常存萬古，拼將碧血濺泥沙。

和仲弟里中寄懷韵

雙鯉迢迢至，開緘情慰深。不才甘落拓，多病苦呻吟。寒夜消尊酒，幽憂理素琴。柴門人海杜，歸思日相侵。

附元唱

德能邁群從，友愛至情深。筆似江淹逸，詩工杜甫吟。宦游半荆棘，退隱樂書琴。兩袖清風滿，塵埃不受侵。

和侯四中秋感懷韵

佳節曾經幾度秋，一輪明月又當頭。大荒顧盼悲無可，舉世浮沉閲亦稠。有酒不妨千日醉，盈窗偏照五更愁。勸君且莫傷遲暮，濯足扶桑萬里游（君詩有“好將遲暮惜餘光”句，故以慰之）。

附元唱

中秋感懷柬蔭餘老人

一年一度又中秋，两鬢如霜感白頭。風景不殊人事改，河山依舊盜氛稠。愧無清興酬佳節，剩有衰腸攪獨愁。悔未浮槎君莫怨，于今海上亦難游（君詩有“悔不浮槎海上行”句）。

贈族媛福鈺（有引）

光緒年間，從姊芙卿以書，古遺以詩，并其德操，鄉黨仰若女中斗泰。民初，侄女積淑、積瀅亦有詩才，偶事吟咏，楚楚有致。于歸後，中饋是主不克致力于斯，殊可惜也。近歲，故鄉匪陷，從任月川不安厥居，乃挈子女冒死出亡，遠歷甘肅、青海，關間萬里，險阻備嘗，暫息輪蹄于重慶，伊女乃肄业于國立女子師範學院史地系，有聲于院。明夏畢業，有留美之保送。所著《两漢西域邊政談》，同學爲之印行，且欣家學之有承而不墜也。賦贈以嘉之。

吾宗近世嘆衰隤（通頽），靈秀偏多鍾女孩。學裕五車勤著述，壯游萬里拓胸懷。經傳伏女光前烈，史纘班昭羡异才。休怪阿耶珍掌上，乘風留美待歸來。

前詩賦就，情有未盡，又得两絶

幼齡語出即人驚，笄裁史研譽满黌。可嘆奇才鍾女子，非男亦慰若翁情。

仲謀子外皆豚犬，小阮雛中有鳳麟。先緒克承綿世澤，明珠掌上却堪珍。

送周朗如歸蘇州

筆硯三年共，論交分外投。與君此分襪，何日復同舟。世態雲千幻，閑情水一漚。片帆風遇順，相送到蘇州。

哀潛兒汾侄

强寇釁挑蘆溝日，王歸南退津沽時。吾兒是時司警政，内詰奸宄利王師。寇據津沽未旬日，悍然捕去毒刑施。可憐尸不馬革裹，以死勤事甘如飴（民二十六年八月十三日，寇于天津特别四區警察所長任内將兒及長警七名捕去，無一生還者，死時想必慘甚）。當時寇焰正猖獗，未敢爲詞以哀之。詎冀和平二年後，侄汾又爲國捐軀（民三十六年三月，任涿縣四區松林鎮警所巡官，六月十三夜，匪將該鎮攻陷，侄及長警四名被擄，匝月威脅不屈，乃于七月十三日將官警斃于匪區常村）。嗚呼噫巇！吾家子侄能以忠貞浩然氣，衛社稷而光門楣，死不虚死同不朽。舐犢豈能塞吾悲，痛定思痛情靡已。此痛已沁吾肝脾，十年之中两攖此，老泪那堪一再揮。

九 日 有 懷

又到重陽節，流光嘆逝波。與君長隔闊，之子近如何。清議終當諒，孤行那不頗。加餐須努力，豪氣肯消磨。

九日懷詒經昆仲

思親佳節又重陽，白露为霜秋夜長。所謂伊人在何許，有如异客滞他鄉。聲沉西陸蟬休唱，泪漬東籬菊采黄。無興登高還閉户，爲君欲斷九迴腸。

喜得月川從侄詩

詩筒迢遞寄新詩，佳什却多慰我思。十載光陰過客裏，一家骨肉各天涯。鄉心未遂歸歟賦，定力不堅悔合遲。甫慶向平昏嫁畢，更欣竹報茁孫枝（二三聯本詩中意，末聯述書意）。

月川詩來，歸思殊切，賦慰代柬

曰歸曰歸未得歸，歸心日逐白雲飛。事難八九能如意，豈特歸心與願違。

勸君善保客中軀，暫署烟波老釣徒。三徑已荒松與菊，南窗傲寄可能無。

月川從侄寄其女福珏[①]所爲聯語，誦覺豪氣逼人，充其所詣境地殊未可量也。賦以嘉之

（聯曰：自豪万事惟求己，各有千秋不羨人）

豪語盤空自不凡，事惟求己志深嚴。千秋各有人何羨，吾黨聞風應悚慚。

夏間病痘，委頓三閲月，慮一旦不起，爰取舊稿删定，雖

---

① “珏”應為“鈺”。

未能藏諸名山，欲存之北平國立圖書館，就正于當世摯友。響泉翁聞病枉顧，因以此意托之。翁慰予曰：省君病狀神氣，决無他虞，望加珍重，勿藥可期。尊稿姑爲君存之，容當斟酌，以期美善。盛誼可感。迨病痊詣謝，持稿相謂曰：凡詩文貴精不貴多，妄爲評選，約得原稿之半，皆可存者。如當尊意，可本此録送，必有相賞之者。病時益公表弟亦來省視，且謂予曰：君詩欲送圖書館，保存則有餘，流傳則不足，不如就君所喜，選録百餘首，致之商務印書館，不取版權，以供大雅評選，或可風行一世耳。予味其言殊有理，乃録兩册并綴數語于篇末，用誌两君拳拳裁成之雅意云。

丁亥重九日，蔭餘老人識于燕市蝸廬，時年六十有八

卷九　耕𩝐倡隨録

卷上　識耕堂詩草①

獻縣劉修鏐鈍成未定草

題　詞

叢集蒐羅富，清芬在誦先。深情聯棣萼，佳什藉郵傳。不寐懷人句。相思寄内篇。相春還有稿，合輯倡隨編。

諸城劉維城鳩庵甫拜稿

寥落郵筒底，一編見性情。誦芬傳世德，多難感生平。舊夢邊情遠，新詞雪月清。閨中有良友，不羨錦衣榮。

交河蘇耀宗鈍禪拜題

① 録自劉修鑑《清芬叢鈔》（鈔本，國家圖書館藏）《耕饁倡隨録》卷上。

癸丑六月將赴歸化與三弟言別

回首當年事，聰明誤此生。二毛徒見嘆，一事竟無成。悵別腸千斷，臨歧耳復鳴。傷心吾老矣，僕僕苦長征。

感懷二首

自履歸綏氣候更，而今領略得邊情。騷人思婦詞章老，塞馬胡笳夜月明。見慣牛羊悲漢節，望穿魚雁阻長城。凌晨怕聽鈴聲緊，攪碎詩腸夢不成。

朔方地本隔长城，万籟缘何入耳縈。鵲噪鸦啼皆塞感，鷄鳴犬吠盡邊声。南飛歸雁齊天遠，北去悲笳觸客驚。更有令人凄絶處，霜風怒吼夜三更。

薩縣道中

怪石如人立，當途阻客行。冰堅防馬蹶，夜黑惡鴞鳴。塞月寒無色，霜風怒作聲。叫關馳倏忽，投宿已三更。

十月廿四夜四鼓起行，星月無光，仄徑牛車阻不得行

天昏暗，牛車慢。牛車不能疾奔馳，牛車但曉勞牽絆。牛人執鞭驅牛走，牛衹逡巡古道右。二牛在前不肯行，一牛轅下

空垂首。阻我征程不能前，怨牛詈牛牛茫然。老牛第作服軛苦，老牛那識四體習習霜風穿。皮毛禦寒寒不透，牛車載途夜不住。牛鐸鳴兮牛不驚，牛人那有惜牛情。

夜長不寢作此代柬

新愁舊痕太無端，長夜漫漫泪暗彈。一片俠腸成傀儡，十年壯志付波瀾。驚人事業原如夢，舉世楸枰局已殘。别後勞君頻問訊，聊書數語報平安。

連日大雪，同人堆雪美人，戲作寄内，以博一粲

淡淡妝成楚楚腰，梨花满地貯阿嬌。玉顔自古遭天妒，夢入昭陽魂已消。

寒　食

梨花幾團雪，杜宇聲聲血。本是斷腸人，又逢寒食節。

看　花

看花來紫陌，蜂蝶鬧紛紛。世亂聊隨俗，時危慎合群。生涯同退鷁，熙攘宛飢蚊。箕踞長松下，銜杯送久曛。

游中央公園

毵毵弱柳拂晴波，翠袖紅裳結隊過。休説滿園花正好，可憐春去已無多。

客中雜詩十一首

灼灼三春花，湛湛澄潭水。心閑物我忘，太空無塵滓。

秋風木黄隕，春至花争麗。人世本炎凉，香國亦興廢。

柳綿逐風飛，月魄有圓缺。君勿怨别離，終老會同穴。

眠酣魂夢清，睡足心怡悦。攬衣步中庭，梨花落殘雪。

向夕静無人，獨坐書空字。尺書望不來，惟見飛鴻至。

春來花惱人，雨後鶯饒舌。莫嫌報書稀，猶勝無家别。

閑花自開落，浮雲争起滅。不知造化心，吾自守吾拙。

曙色透疏櫺，角聲起天際。我心與世違，我身如匏繫。

春色半闌珊，庭花自開落。酒醒世慮忘，閑似籠中鶴。

塵慮淡已忘，枯坐類喑啞。返理舊時書，悔尤庶可寡。

萬物秋凋殘，衆芳春燦爛。巧哉天帝心，徒自將人眩。

感　懷

歲月去如梭，雄心付逝波。文章難濟用，志氣漸消磨。故友音書斷，深秋感慨多。空囊餘一劍，猶自日摩娑。

寄　内

雨後梨花半欲殘，一年春色客中看。將雛弱燕營巢苦，鎩羽飛鴻振翮難。憑寄數行相慰藉，惟餘兩字報平安。何時得遂田園興，耕饁相隨盡古歡。

漫　興

欲俟河清未可期，孤吟兀兀守吾痴。晴窗睡足渾無事，自酌醇醪讀楚辭。

戲贈王二

阮籍途窮休慟哭，死生有命思之熟。濠梁魚鳥自相親，那管中原競逐鹿。

遠　歸

廿年爲客滯他鄉，常逐征鴻覓稻粱。且喜老兄猶健飯，艱難家計細商量。

壬申五十初度

韶華似水去悠悠，倏忽虚過五十秋。自笑生涯同退鷁，静觀世事等浮鷗。濠梁魚鳥原同性，紫陌笙歌聊解愁。外患内憂方日棘，可能投筆博封侯。

大明湖即景

歷山黯淡柳毿毿，北極閣前小駐驂。一片湖光横素練，纖塵不染似江南。

緑柳青蒲護短堤，一湖烟水色凄迷。畫船歸去游人歇，剩有流鶯恰恰啼。

歸自壽光，胸中鬱甚，藉以遣悶

一枕華胥自在眠，黑甜境上去游仙。人心險巇五丁剗，宦海風波精衛填。極樂國中花不謝，廣寒宫裏月長圓。東方欲曙翻然覺，待把心情訴九天。

次式三長兄《十剎海北岸信步以眺古遺女兒寓樓》韵

秋深景物已蕭疏，墻外垂楊猶蔭廬。讀罷新詩思往事，傷心樓在靡人居。

顧覆卅年深自愧，再思把晤已無期。江湖落拓誰青眼，僕僕風塵不遇時。

憶北京舊居

安樂堂前聚一堂（寓之街名），回思風景已蒼茫。深情愛我空留迹，有負君期枉斷腸。

三十年前事業非，高樓大厦映斜暉。而今可有人居否，月落西山烏夜啼。

次式三長兄《喜得所寄書》韵

時已深秋草木疏，蕭條獨自理琴書。愧君敦勸作歸計，奈我囊空只劍餘。

明知久客計全疏，深感良言遠寄予。媳惡兒庸歸去後，恐將殘喘不留餘。

附詞

如夢令

風定花飛紅雨，酒醒香消蘭炷。往事細思量，盡被聰明耽誤。休住，休住，且伴東風歸去。

清平樂（癸丑暮春，重寓張文襄公故邸）

楊花亂撲，芳草無情綠。濁酒自斟歌當哭，且伴嫦娥幽獨。

落紅似我飄零，更堪綠野堂扃，春盡淒清池館，羊曇醉裏魂驚。

前調（有感）

客愁誰共，酒薄春寒重。天也將人胡作弄，往事總如春夢。

懵騰春夢頻驚，惱人枝上流鶯，一陣微風吹過，落紅點地無聲。

眼兒媚

無端鶼鰈各東西，長遺夢魂迷。兩行紅泪，一般憔悴，萬種相思。　　個人應似黄花瘦，刀尺製秋衣，簾前明月窗前燈火，同照鴛機。

南　歌　子（旅感）

客雁寒如我，秋花瘦似伊，月斜孤館費矜持，近日帶圍寬褪，怕教知。　　欲致纏綿意，頻通宛轉詞。書中不敢説相思，可奈浣花箋上，泪痕滋。

前　　調（中秋）

倦旅傷心易，深閨慰意難，清輝移近曲闌干，照見影兒厮并，是何年。　　露下羅衣薄，風前鬢影寒。嫦娥若是肯相憐，唤取離魂同向，月中圓。

前　　調（有憶）

嚴角中宵咽，新寒入夜增。披衣坐起數殘更，偏是蟲聲絮絮，不堪聽。　　意密書難寫，魂牽夢易驚，却嫌秋月太分明，勾惹客愁别恨，一時生。

夢　江　南（暮春重游中央公園）

生意滿，草長更鶯飛。水榭回廊還似昨。衣香鬢影踏青歸，風景記依稀。

遐方怨（游南海公園）

携女伴，踏香塵，柳絮如綿，點衣日麗恰良辰，瀛台勝地且游春，鶯花看未足，月痕新。

玉樓春（春感）

名園何處風光好？帽影鞭絲長安道。裌衣初試不知寒，有約玉樓人去早。　　隔花倩影喧嬌笑，小弄鞦韆飛燕巧，誰知游子客天涯，別具牢愁滿懷抱。

清平樂（春游）

昨宵微雨，乳燕雙雙語。賣餳聲裏人催起，憑遍紅欄九曲。

一番花事又更新，陌頭幾許游人，約共嬉春去也，百花生日今辰。

附記

鈍成仲弟，少負聰明，不甚致力于學，比出應世，殊不稱意。每借杯中物消其塊壘，以是常在醉鄉，迨其悔悟，時亦不再來矣。半生潦倒，殊可感傷，郵來詩詞，雖不多，語尚性靈。玆將伊婦所作合輯一編，本其詩語，顏曰：耕饁倡隨録，藏諸行篋，聊自怡悦，何敢望堂登大雅，不過藉志先緒之有承而不墜也。

己卯夏正長至節兄鑑志于保定蓮花池北

卷下　相春廬稿

武進劉王韵婉未定草

題　詞

漢水東流不可尋，皖山曾是舊登臨。愁多積得詩千首，晚歲相看感不禁。

容華絶代天應妒，詩境工時運轉窮。獨得風人忠厚旨，何曾幽怨訴孤桐。

艱難家計苦牽蘿，得意詩編寄外多。人事升沉那足論，但藏斗酒待東坡。

西風殘照柳成株，弱絮當年憶小姑。料得白門離別苦，幾多清泪貯冰壺（女士之姑屬余衿氏，僑寓金陵，頗饒園林之勝，集有別姑金陵詩，因道及之）。

宛平袁勵杰寄萊拜題

冰雪聰明錦綉腸，原知織女近文昌。握來一管生花筆，幼婦辭成總擅場。

九曲明珠上手時，深閨一卷性靈詩。應教舉世鬚眉折，才子由來號掃眉。

素琴寶鏡報秦嘉，織就回文錦上花。造物與才仍與德，齏鹽猶自善持家。

東廂夫婿擅清詞，一室吟哦甚畫眉。休嘆世途多坎壈，倡隨直到白頭時。

涿縣陳善同佛園拜稿

德行才華久習聞，親承閨訓懔嚴君。深情伉儷清貧耦，妙句披紛錦綉文。耕饁待償夫子願，吟哦不廢婦功勤。詩成珠玉皆天籟，誦罷還留齒頰芬。

諸城刘维城鸠庵拜稿，己卯小寒前五日

毗陵盛文藻，閨秀擅清才。辛苦甘儒素，吟哦續玉台。遠游飽風雪，偕隱寄蒿萊。唱和多佳興，花間酒熟纔。

交河蘇耀宗鈍禪拜稿

春日漫興

春光淡宕賣餳天，燕子雙飛落照邊。滿院花香人獨立，朦朧心事付蒼烟。

壬子中秋同湛然居士、韵秋三娣對月

中秋桂子正芬芳，對月銜杯興味長。如此良宵如此景，清談那怯露華凉。

送别湛然居士

别話經宵未忍離，殷勤携手問歸期。明朝怕見扁舟發，曉月疏鍾是去時。

對　雪

雪花六出慶年豐，笑拔金釵付酒傭。最愛窗前風景好，遠山都化玉芙蓉。

采蓮曲二首

妾貌不如花，妾心或可鑒。零落南塘秋，敢向西風怨。

紅香千萬重，碧玉一池涷。寄語采蓮人，莫破鴛鴦夢。

秋　　夜

小院新寒木葉摧，一丸涼月度高槐。撩人別緒砧聲急，獨倚雲屏待夢來。

古遺伯姊與諸兄公雅集清風臺賦詩寄以索和

（臺在廬龍，式三兄公時宰斯邑）

無窮妙緒擅清新，康樂篇章迥出塵。雅集不殊桃李宴，古臺荒寺一時春。

送別古遺伯姊

別酒同傾無限情，數聲風笛送君行。瀟瀟暮雨人歸後，獨掩柴扉對短檠。

感　　懷

清光皎潔浸樓臺，花不流螢去復回。風送秋聲桐葉落，征衣未寄雁歸來。

春暮漫興

倚窗小坐聽黄鸝，飛絮紛紛入硯池。春老落紅飄萬點，雨餘新緑簇千枝。人生聚散登場劇，時局推移打劫棋。拋却窮愁且行樂，日長自課一篇詩。

奉和湛然居士歲寒社分題限韵

蘆簾紙閣歲寒初，心迹相親意自如。我欲妝臺開講席，與君同讀十年書。

寄　外

萬金一紙寄何遲，兒女嬌憨妾護持。阮籍窮途宜自愛，薄寒况是落花時。

寄文霞表妹二首

鴻雁來時望楚天，幾回飛夢到君前。西窗燭剪知何日，兩地相思各黯然。

舊事回思若目前，穿針鬥草樂當年。分飛宛似離群雁，落月停雲最可憐。

奉和伯姊白梅韵

冰姿皎潔玉精神，湖上頻開報早春。孤鶴未歸和靖去，窗前愁損淡妝人。

寄湛然女史 (時伴伯姊游西湖)

常抱離愁鬱不開，天風吹下雁書來。勝游有句勞相憶，夢到西冷又幾回。

寄杭州二兄兼憶鄂州兩弟

院静少人行，沿階草色平。春風摇樹影，落日聽鵑聲。漢水波無極，西冷泪共傾。何時重聚首，相與話離情。

寄古遺姊

去年花下送君回，今日庭前花又開。悵望天涯雲樹隔，夢魂飛不到金臺。

春日漫興

柴門深閉緑苔生，瓦雀雙雙噪晚晴。人意也同天意懶，櫻桃花下過清明。

雨　　夜

風冷群芳歇，連宵雨不停。悲秋同宋玉，訴與落花聽。

庚申金陵喜見四姑二首

相逢疑是夢魂親，携手凝目恐未真。兩鬢婆娑容色改，康强喜是舊精神。

南北暌違二十年，今朝始得話樽前。一從世事滄桑後，骨肉重逢豈偶然。

留别四姑二首

山霧空濛護馬蹄，别時風景更凄凄。傷心最是臺城柳，飛絮漫天鶯亂啼。

明知聚散等浮漚，況又匆匆賦遠游。幸有名園好頤養，竹林漾出一天秋。

過三娣宅感賦

嗟君去鄉里，舊宅鎖柴荆。寂寞閑花落，青葱老樹榮。當階蛛網結，繞徑蘚紋生。室邇人偏遠，徘徊不忍行。

和古遺伯姊萬泉河即景韵

明月漸東上，晚來天氣新。一聲柔艣過，争看采蓮人。

萬泉河上賞佳辰，冰雪聰明得句新。始信曲江家法在，風雛驥子總詩人。

賀一韓二兄四旬自壽韵四首

臘鼓咚咚岳降時，修箋頌獻愧蕪詞。欲稱眉壽無堪贈，鄧尉梅花寄一枝。

渾似知非衛大夫，下車先已靖萑苻。堂前草木皆生意，福種吾家千里駒。

自古江山説永嘉，官齋幽雅勝仙家。訟庭草滿無人到，鎮日彈琴更種花。

襟期清比玉壺冰，循吏風規衆口稱。白叟黄童齊晋祝，神君福録邁岡陵。

示汾兒二首

游子去鄉里，踟躕不忍行。征裝連夜束，客棹趁風輕。村樹隨堤轉，漁舟隔岸横。前途應奮勉，慎勿墜家聲。

勿作兒女悲，何須怨別離。丈夫期遠大，所貴在乘時。班子鄉關去，汾陽事業垂。興家每多難，先哲有遺規。

元旦次日夢洪兒

夢魂猶似課新詩，笑語依然是舊時。醒後心傷腸欲斷，一天霜雪滿空墀。

春日感懷

陰晴不定日昏昏，細雨黏花簇簇新。入耳鳥聲初破曉，多愁人意總傷春。年年遍地干戈裏，處處鄉居盜賊頻。有酒不妨謀一醉，人生能得幾良辰。

戲贈外子

終日昏昏在醉鄉，醒來斗酒又頻量。酩酊快意千愁解，高卧胡床南面王。

早春

東風吹暖白蘋波，雁字書空天際過。絲柳含烟沿岸緑，不知何處得春多。

寒食思親

時逢寒食思如煎，祭掃家家赴墓田。伯道無兒誰插柳，他鄉有女泪流鉛。獻陵悲思迎鴻雁，鄂渚荒邱泣杜鵑。萬里關河欲一慟，天風亂舞祇榆錢。

雪後散步

匝地悲風捲白沙，一宵樹樹放梨花。蒼茫古道無人迹，飛過南樓祇暮鴉。

示汾兒

每恨人間事不平，欲將因果證前程。願兒抱定淩雲志，百切都從一簣成。

和南皮姊寄詩

離情委宛意如痴，喜誦佳章絶妙詞。夢裏猶尋江上路，燈前却憶俊游時。清貧鮑叔頻相慰，憔悴沈郎勉自怡。何日草堂重聚首，村南賡賦杏花詩（寄詩有“思君預訂明年約，携手村南看杏花”之句）。

苦　旱

赤日勢鑠金，稼穡枯可憐。甘霖望難得，血汗亦徒然。流離去鄉土，躑躅大道前。露宿無草薦，乞米無釜煎。弱稚委溝壑，哭聲上干天。可憐豪華子，日食費萬錢。乾坤尚傾陷，貧富隔天淵。空具安懷志，窮困年復年。

讀古遺姊所寄詩二首

手把遺編涕泗漣，鍾情于我太纏綿。蘭心蕙質超凡俗，應是修文召上天。

一幅琅玕泪數行，從今誰與細商量。香消雪散惟青塚，極目蕭蕭盡白楊。

書懷二首

一腔心緒暗傷神，未得揚眉鬢似銀。途厄渾同晋阮籍，囊空宛若趙蘇秦。文章滿腹難争命，經濟空談不救貧。幸賴兄公不我弃，年來深荷解推頻。

吴山楚水夢魂牽，忽忽鄉居三十年。自笑生涯寒似水，那堪世態薄于烟。霸王創業終成幻，班子封侯亦罔然。惟有安貧隨分過，南華悟徹了前緣。

哭古遺姊

落葉滿庭砌，寒風透幌帷。蕭然徒四壁，倀倀欲何之。思君腸空斷，冥路渺難追。泉下知我苦，應爲我心悲。昨夜夢見君，音容如舊時。絳帳空留幻，春臺無見期。君今弃我去，憐貧更有誰。門庭日淪落，鬱鬱不舒眉。獨自思君德，君今能否知。慟泪愁中盡，良言焉敢違。殘類昏暗壁，永夜泪雙垂。

途中口占二首

日落江城漲暮潮，輕軀恨不付洪濤。關懷兒女今何處，不見歸鞍見柳條。

命薄一身漂泊慣，車中兀兀數殘更。那堪今夜風兼雨，猶似昨宵泣別聲。

寄懷湛然居士

忽忽年華似水流，無聊情思又經秋。花開寂寞空含笑，月暈凄凉若帶愁。秀句分題閑睹酒，夕陽零亂怕登樓。此生若得重相聚，風雨聯床到白頭。

贈族媛福瑗二首

頻年離緒思無窮，水遠山長路不通。明月在天霜滿地，欲尋消息望飛鴻。

聚散如雲無定期，眼前生計總堪悲。春蠶作繭絲將盡，無限離懷欲語誰。

同雅琴女士游公園二首

松柏森森石徑斜，濃陰匝地影交加。多情最是池邊草，留得輕陰伴落花。

月明人静晚凉天，花影横斜夜色妍。最愛前邊溪石好，板橋行邊聽流泉。

述　懷

何處是故鄉，征人正斷腸。九歲已失恃，父慈勝阿娘。二十賦于歸，山川阻且長。聞父弃我去，欲歸河無梁。夫婿不得志，寸草未酬將。姊妹先我逝，骨肉嘆凋傷。陰陽兩决絶，往事焉能忘。人事有代謝，草木凛冰霜。强自作達觀，登臨望八荒。

易州懷古二首

蕭蕭易水晚風凉，縱目城樓望八荒。休怪荆卿疏劍術，本來天不救燕亡。

匕首空懷西去秦，咸陽碧血報知音。千秋易水聲嗚咽，不盡潺湲流到今。

寄剛如女士二首

别君三月似三秋，相聚無多意更稠。悵望京華雲樹隔，有斜陽處怕登樓。

空階秋色凉如水，兩地離愁薄暮天。好景勸君莫辜負，西山晴雪薊門烟。

登校中平臺

步上高臺眼界寬，倚欄閑眺遠山寒。紛紛落葉隨風下，點點寒鴉帶日還。流水却憐人去後，斜陽且向夢中看。南雲黯淡關河冷，對此茫茫感百端。

聞淑女割臂療翁

刲臂療翁出性真，賢名遠播慰雙親。儂家有女能如此，不愧明珍①掌上珍。

送式藩婿歸易州

雙輪旋轉疾如飛，瞬息黄埃翳落暉。寄語閨中休悵悵，菊花時節待同歸。

和外子五十自壽韵

荷風習習水悠悠，揆覽良辰慶此秋。自古豐才每磨蝎，且欣無束是閑鷗。牛衣静對安天命，鴻案相莊滌古愁。花滿園林供嘯傲，此生何必羡王侯。

感　賦

窗外西風緊，愁多夢不成。頻年嗟落拓，何日露峥嶸。枕上啼痕濕，燈前百感生。沈吟思往事，鬱鬱總難平。

① “珍”應爲“珠”。

己巳中秋感賦

時挈次女瀅服務獻邑女校，長女淑留學都門，次子汾肄業黑龍江警高學校，夫子則伏處里閭，一家五人分散四處，值兹佳節，能不悵然?

雲净天空涌玉盤，桂華露冷客衣單。誰家歌舞歡今夕，頓觸離愁到夜闌。自嘆衷懷恒鬱鬱，那堪兒女路漫漫。天涯應灑思鄉泪，千里明月四處看。

悲秋四首

幾陣西風雨報秋，百花憔悴盡低頭。生成薄命遭天妒，艷質都隨逝水流。

無限繁華過眼休，茫茫天地一虛舟。鏡花水月都如此，何事營營鎮日愁。

石橋風冷又經秋，別緒縈懷總是愁。瘦柳數枝烟雨裏，依稀猶認去時舟。

細雨無聲送落花，隨風飄泊到天涯。惜花愧乏金鈴護，一任殘紅路幾义。

戊寅避地曲阜，秋夜不寐，同鄉孔太夫人視同骨肉，始終如一，感而作（孔太夫人，江南人）

惆悵秋風秋雨天，况當羈旅思綿綿。近階蟲語繁窗畔，遠寺鍾聲送枕邊。半世炎凉頻見慣，一生枯菀總堪憐。江湖落拓誰知己，喜接高風洙泗賢。

見曲阜孔府諸閨秀多嫻吟咏，感而有作

靈根鍾魯地，薪火紹千秋。後裔才如錦，先賢澤永流。詩成誇謝咏，史續與班侔。窗外花開落，書堂景物幽。

奉懷湛然女史

孤飛一燕去天涯，社日淒凉應念家。秀句不慚吟柳絮，高情衹合伴梅花。

和曲阜孔府諸閨秀作

紅梅早報一枝春，臘鼓催來咏絮新。筆似生花情旖旎，詞如戛玉氣清醇。萍逢兩地交非淺，緣結三生夙有因。別緒離愁勞夢想，郵筒遥盼尺書頻。

咏孔太夫人贈玉簪花

名花相贈半開時，玉映繁枝態最宜。移得銀瓶香細細，淡妝仍是舊丰姿。

寄曲阜孔府諸閨芳

紅梅謝却杏花開，日暖風清逸興催。遥憶去秋同唱和，魯南閨秀信多才。

己卯元夜

似水流光又一年，元宵别緒更纏綿。沿街簫鼓迎新歲，比户花燈列綺筵。心静但知尋舊句，窮愁悵未賦歸田。東風剪緑絲絲柳，却訝春來在客先。

新秋即景與瀅女聯句

紛紛落葉滿階飛（瀅），爲愛清光惜翠微。籬菊飄香留晚節（韵），海棠争艷燦斜暉。新秋景物如春麗（瀅），大好湖山與願違。幾陣凉風動修竹（韵），月華初上覺星稀（瀅）。

雨後蟬聲

初放晴光景物新，蟬吟高樹噪芳辰。千山雨過湍聲急，萬丈虹垂彩色匀。濁酒澆愁都是泪，繁花墮地總無聲。闌干倚遍情無限，習習凉風頓爽神。

己卯夏五静琴女史約賞蓮花

雲淡日光華，詩人興自賒。碧疑香玉凍，紅襯夕陽斜。簾捲留芳影，軒開透晚霞。花前頻小立，悵望水之涯。

式三兄公寄示寄萊表兄賜題拙作，拜讀之餘，不禁感增今昔，賦以志謝二首

承贈瓊瑶憶幼年，皖江猶記識英賢。悠悠四十春秋度，感慨流光去不還（皖江拜識後，屈指四十有二年）。

迢遥天半悵征鴻，潦倒頻年嘆道窮。人事滄桑如夢幻，不堪回首憶江東。

己卯歲暮

莽莽乾坤寄此身，丹硃緑蕚又逢春。韶華荏苒催人老，鏡裏驚看白髮新。

曲阜旅次不寐

寂寥夜未央，窗欞月如霜。倚枕聽鼓角，披衣數漏長。俯仰思今昔，幻影集衷腸。兄公年漸老，所志在四方。頻年屢分潤，義氣何慨慷。貧賤恩莫報，細思德難忘。但願風雲際，門户重興昌。家運年來厄，事事變滄桑。流離因逆旅，輾轉憶故鄉。羨彼空中雁，北飛千里行。何時道路清，返我故草堂。歸去糧無宿，進退總徬徨。愁絲抽不盡，永夜自感傷。擁衾仍欲眠，月暗星微茫。群鴉啼遠樹，雲淡現日光。

和外子明湖即景韵二首

滿湖蘆荻緑毵毵，按轡閑行不駐驂。極目水光山色裏，不堪回首憶江南。

輕舟一葉過長堤，回首千峰入望迷。幾朵荷花迎曉日，柳陰深處乳鶯啼。

感事兼謝寄萊表兄推薦外子二首

遭逢世亂困風塵，骨肉流離暗愴神。儂本有家歸不得，杜鵑啼碎黛眉顰。

田園寥落亂離中，各地分飛西復東。客裏幸逢吴季子，高情古誼感無窮。

湖上口占

絲絲垂柳映長堤，三五流鶯不住啼。近水遠山堪入畫，陶情緩步過橋西。

滯留濟南婿家忽焉四載，春杪返里，遇亂復回，感而有作

今又來齊地，離家已四年。荒村無吠犬（被匪屠盡），老屋剩飢鳶。骨肉飄零散，親朋慰藉先。相携還舊室，窗外月清妍。

遣　懷

不管窮途困阮郎，雄心未肯負流光。詩情游興真無限，祇顧揮毫貯錦囊。

奉懷汪三表妹二首

風采回思尚宛然，皖江一别隔雲天。遥知近景多安樂，翹首燕台情暗牽。

拂柳攀花憶舊游，年華似水付東流。凝情往事都陳迹，望斷江邊黄鶴樓。

和曲阜孔太夫人見憶韵

懷君正苦聚無由，忽接瑶章快展眸。一片離情千里夢，三分明月幾經秋。濟南烟柳添游興，曲阜雲山繫别愁。人事滄桑家四海，何日共把菊杯酬。

奉和式三兄公十刹海北岸眺古遺姊氏寓樓韵

梧桐葉落影蕭疏，環佩無聲返舊廬。月照樓東花黯淡，滿階衰草鎖空居。

憑欄同望波千頃，風雨論詩無再期。東閣梅花香久冷，西山鬱鬱月明時。

春日感事

陽春正三月，蝶舞鳥亦歌。人生本如寄，百年倏忽過。我生多坎壈，意興早銷磨。桑榆日已晚，無計遣愁魔。閑誦貝葉經，性定氣自和。但得心境舒，何愁横逆多。

和恩熹姻講（恩熹乃雲亭侄之婿）

筆底生花本不多，丹青寫罷又高歌。神龍豈是池中物，他日風雲意若何。

憶瀅女暨其女拾生

數載依依繞膝前，尋芳玩景興無邊。大明湖畔毿毿柳，同渡輕舟看采蓮。

勝游幼稚每同偕，一朵芙蕖帶笑開。冰雪聰明神秀逸，喃喃巧語可人懷。

寄積潔女侄

憐爾生少孤，堪悲兄劇危。舉目腸寸斷，歸寧倚賴誰。良人隔千里，何時得唱隨。翁姑多慈愛，婦職勤勿虧。孝義人欽敬，鬼劉默佑綏。夫婿才德茂，聲譽隆西陲。謝家多餘慶，門第生光輝。黄菊傲嚴霜，何患花開遲。秋夜長惻惻，有夢欣若期。醒後聽雨聲，轉輾動離思。

盼（瀅、淑）兩女書不至

露冷新秋近，時乖事業非。胡笳仍斷續，尺素又疏稀。悵望鴻聲遠，迢遥蝶夢飛。清風明月夜，千里共依依。

哭　長　姒

北風增寒時，噩耗來京師。乍聞疑是夢，凝思泪若絲。音容渺難接，言笑憶當時。遺言猶在耳，相見竟無期。福壽難兩全，那堪與世辭。吊影寒燈畔，安仁悲可知。恨無長生術，鴻案偕齊眉。夜臺逢二子，相將叙離思。一棺寄蕭寺，淒風冷繐帷。路遥難一慟，腸斷涕交頤。

附詞

眼兒媚

極目登高望八荒，雲水自幽揚，齊侯霸業夷吾才略，幾度滄桑。　　人事升沉却是幻，春去斷人腸，一簾風雨兩地離緒，何處尋芳。

前　調（游大明湖）

東風剪剪柳含烟，遍地鳥聲歡，千紅萬紫夕陽西照，人倚橋邊。　　漁翁張網湖波緑，雲山水接天，春光淡蕩留連無盡，似醉如仙。

憶江南

風兼雨，寂寞又黄昏。往事思量如幻影，怕聽咽露凍蟬聲，絮絮更愁人。

南　歌　子(夜雨)

灑窗一夜雨，縈懷別緒增，殘燈挑盡數深更，風送誰家，幽怨玉簫聲。　　萬點飛花落，千條弱柳輕，杜鵑啼血不堪聽，可奈流光，春去太無情。

前　　調(感懷)

風急催木落，霜重壓梅寒，拈毫欲寫泪潸然，憔悴韶光，人事共摧殘。　　潦倒人輕視，迷離夢不安，江南舊事化雲烟，老大徒悲，生計嘆艱難。

鈍成仲弟婦，湖北鄖陽通守武進王子均先生作霖之次女，幼年失恃，父撫成立，天賦聰明，性復柔則，僅誦女誡，他非所習。于歸後，見古遺女兄日事吟哦而心好之，因問詩可學乎？曰：可。授以唐詩三百首，爲之講解聲律比興之體例。俾諷誦之，不三月試使作之，居然出口成章，大爲女兄所嘉許。于是始習弄筆墨抒寫胸臆，凡有抑鬱輒泄于詩。久之，積成卷軸，摛辭措句雖未能工，意尚可達。以學無根柢之閨秀而能若是，豈不有愧鬚眉耶。假使不縈情兒女，勞形井臼，專致于斯，抑或處夫通都大邑，請益作者，造詣殊未可量。惜迫環境，意殊不適。言爲心聲，無怪乎音多愁苦，誦未終篇，不禁頓增身世之感，爲之掩卷而長嘆息也

壬午夏正冬至日，修鑑記于蔭餘堂

卷十　吉光片羽録

過三蘇遺址

獻縣劉肇培静岩①

三蘇舊址至今存，名世文章萃一門。貢院流風宗矩矱，眉山巨筆傲乾坤。二年梗迹塵緣斷，一瓣心香古誼敦。千載君家能有幾，子雲亭下更何論。

待月有懷

待月月未上，待人人未來。待月月如約，待人空費猜。

擬林黛玉葬花歌

盈盈黛玉如花女，小立池邊對花語。花不戀儂儂戀花，與花常結同心侶。昨夜花開笑，今朝花落掃。花落不復生，儂心躬自悼。探尋十姊妹，檢點勸娘子。白雪逐烟銷，紅顔含笑死。一抔相附替花愁，無限柔情長已矣。香埋零弱雨，玉碎擲輕雲。彩幡招魂罷，薤露踏歌沉。千古馬嵬吊妃子，夕陽青塚泣昭君。黄鶯來唁子規啼，芳枝弄影花已離。明年枝上縱復蒂，此花終不飛上枝。葬花拭儂泪，祝花重生意。重生在隔年，儂猶貞不字。願花生作蝴蝶飛，與儂同向畫欄歸。願花生作鴛鴦隊，與

---

① 劉肇培（1826—1903），字静岩，獻縣人。書年侄。庠生。歷任嘉明鎮巡檢、西陽州吏目、金堂縣典史。

儂慣繞紅邊睡。切勿托生秋海棠，此花聲聲號斷腸。吁嗟乎！芳菲已盡春不留，千古佳人無白頭。緑珠若不墜樓死，老大霜華空自羞。最憐當日絳珠仙，花歇魂歸離恨天。不及脱凡史家女，三生石上枕花眠。

桂　　花

折得天香不忍簪，欲酬佳節客思深。萬家异馥全舒錦（中秋出游，街衢俱有桂香，蓋家家都折桂也），四出花葩滿散金。明月三分生幻想，小山一曲動歸心。年年幾度攀花約，今日初纔到桂林。

重過薛濤井感賦

此地重來訪舊因，仙家曾否忘劉晨。樓臺烟雨仍臨水，門巷枇杷不見人。或者今翻都是夢，轉疑前度竟非真。如何萬里橋邊客，好似漁郎再問津。

仙子原來有舊盟，當時一夢悟三生。只今風利無能泊，非是游人獨寡情。

秋柳二首

獻縣劉肇堺伯丹①

凄凄白露變爲霜，緑蓐濃陰半染黄。落葉翻飛驚蝶舞，柔條零亂怨鶯狂。陌頭憔悴佳人泪，野渡蕭疏古夕陽。物理循環應運轉，來年依舊笑春光。

黄鶯已去雁南歸，古塞霜深菊正肥。亞父營中秋氣老，吴家堂上夢魂飛。可憐裊娜空風韵，忍見蕭條盡落暉。蒲柳無能撑晚節，漫將長夏論芳菲。

紅　梅

萬木凋零苦歲寒，繁華妝點料應難。春風忽送胭支雪，莫作人間俗艷看。

月　夜（用杜工部《月夜憶舍弟》韵）

地僻少人行，荒城聽柝聲。何來一片月，斜照半窗明。客思先秋發，鄉愁入夜生。四郊尚多壘，萬里共徵兵②。

---

① 劉肇堺（1849—1911），字伯丹，獻縣人。其年子。天資高絶，受知于張之洞，保舉松滋知縣。

② 謹按：此詩作于辛亥時，正鬧鐵路風潮。佺修鑑注。

月夜寄姬人

月夜照庭除，閨人意不舒。療貧憑刺綉，排悶且披書。莫念征夫苦，聊隨大婦居。吾家尚勤儉，疏食樂何如。

謹按：伯丹叔父，本生先祖雅州公之長子。本生奉政公嘗道其天資高絶。當同塾時，課期燈候必問藝得未，如曰未也。院中徘徊數次，伏案伸紙急書而藝成矣。初游陝晋不遇，而嗣游嶺南，受知南皮張文襄公，因仕于粤。比文襄移節兩湖，咨調來鄂，保擢知縣，叙補松滋，去之日不名一錢，其保全者不抑多耶。當佐文襄幕時，文襄偶以平疇交遠風試帖課諸子侄，代爲捉刀，不兩時許，得詩五百，各如其格調，比獻，殊蒙嘉獎。鑑鄂游時，諸表兄猶津津樂道之，以爲美談。惟天資既高，偶有所作亦不甚愛惜，故存者絶少，經苦搜索得此數首，能不視爲魯靈光之巋然耶。

侄修鑑謹志

七　夕

獻縣劉志沂浴春

盼得今宵會有期，鵲橋只恨架來遲。歡娱漫説情難盡，鐘鼓團圞總别離。

新　涼

何處占秋信，梧桐一葉飄。霜濃蟲語寂，天闊雁聲遥。紈扇凉未度，紗窗暑暗消。月明砧杵動，倚枕客無聊。

采　蓮

采蓮曲罷櫓聲回，姊妹摇舟渡水隈。留得半開休折盡，堤防明日好重來。

玉　簪

淡淡丰姿窈窕妝，墻陰深處雪埋香。折來莫向搔頭插，恐惹蜻蜓繞髻忙。

大　烟　袋

好大長烟袋，窗臺放不開。誤將窗碰破，勾進月光來。

族兄浴春生于道咸間，聞不知書，以耳食之學解吟咏，性靈之活潑，不讓斛律光，專美于前矣。本生祖父雅州公，偶有所咏誦之，以聽爲易一字，大爲擊節，戲稱一字師。然偶爾有所作，亦不甚收拾，故鮮流傳。兹經月川從侄搜寄數首，敬編集中，藉志一門風雅佳話。

中秋陰雨，夜仍不晴，客次無聊，率成二絶 ①

獻縣劉積清月川未定草

浮雲底事太無情，萬叠千重夜未晴。今夕家中望明月，那知照不到邊城。

長年作客异鄉游，每值良辰易動愁。最是離人斷腸處，凄風苦雨度中秋。

壬戌冬朗山曉行

山上白雲飛，山下寒泉流。行人苦山徑，我樂入山游。策杖向前去，去去不停留。回看動身處，嶺外曉烟浮。

山村夜宿

西山隱夕陽，茅店息育忙。野簌半甌淡，新炊一角香（西山居民多以黄米爲炊，以餉游客。購者按角論值，一角約一合云）。牛羊卧當户，樵牧話聯床。徹夜北風急，朝來霜露長。

---

① 時任吉林中學教員。鑑注。

留贈朗山主人温潤生

朝入朗山游，日夕下東峽。自愧非徐孺，來下陳蕃榻。主人意殷殷，鷄黍樽前話。再來訪林園，三年願我假。

山主殷殷索贈詩，班門弄斧敢先施。塗鴉半幅不能句，留待他年認故知。

游山歸途口占

旬日太行游，歸途興不休。山靈來呼唤，十步九回頭。

觀劇夜歸

劇罷歸來夜色清，步車坦蕩漫行行。天涯莫謂無知己，明月隨人并入城。

重游易州

易州形勢蓋燕幽，前度劉郎又此游。偏是青山情意重，遥遥向我亂抬頭。

送王雲青歸省（天津人）

客歲南來入雁行，同飛同宿向衡陽。洞庭湖上波心月，黃鶴樓頭雲外霜。萍踪羡君隨燕北，鄉心令我逐鴻忙。臨歧欲贈無他語，兩字平安報高堂。

鄂渚波初緑，津沽柳乍黃。迢遥歸故里，盼望慰高堂。一路春風暢，千重別緒長。客中偏送客，那敢説思鄉。

小　喬　墓（在岳陽城内）

岳陽樓畔草離離，日暮城頭啼子規。荒塚一邱埋秀骨，蒼苔幾片認殘碑。凄凉景色今如此，旖旎風光已屬誰？倚徙石欄凭吊久，芳魂應亦蹙蛾眉。

吊　小　喬

巾幗姓名留，千秋重石頭。阿郎忒英杰，有姊更風流。佳話三分國，芳踪一古邱。藁砧不偕老，薄命恨悠悠。

登岳陽吕仙亭

碧瓦朱欄白玉屏，祠高百尺吕仙亭。門前歸棹來湘沚，窗外洪濤撼洞庭。竹樹參池一城翠，樓臺環拱萬峰青。登臨渾似凌虚客，隔斷塵緣世俗情。

洞庭晚眺

湖上西南望，茫茫接太空。臨流帆影白，落日浪花紅。水闊舟浮鶩，風迴濤吼龍。何時能泛宅，八百洞庭中。

寄諸遠人

睽違數寒暑，南北亂飄蓬。國事蜩螗裏，家庭風雨中。天涯盼魚雁，日久隔烟烽。但願心常壯，無爲泣路窮。

寄長婿式昌夫婦（時在桂林）

嶺上梅花早，衡寒到是鄉。勞他慰顛沛，庶此免栖遑。地北憂心重，天南客思長。殷勤尋驛使，寄我一枝香。

書　　感

朝朝無事却無閑，滑酒憂餘夢黑甜。寒重那曾知歲近，夜長亦未覺明年。深憐逆旅豚兒賴，每盼遥天雁使還。風雨飄摇何限意，怕關情處愈情關。

游 艑 山（在洞庭東偏，距岸三數里，原游者有天津劉潤軒、任邱劉潤芝）

三位劉郎一棹來，艑山幾訝是天臺。烹茶綠汲湖心水，煮酒紅燒洞口柴。波撼懸崖山怕倒，雲封亂石路難開。芳香來啜胡麻飯，謂是仙人去没回。

月川從任清季畢業直隸高等學堂，獎給舉人，任用内閣中書，旋改七品小京官，籤分郵傳部。清社墟後，隱居不仕，從事教育，筆耕舌耨不以爲苦。其旨趣殊甚嘉尚，偶爲韵事，語亦粗可觀。兹録以殿叢刊，藉著家學之有承而不墜也。

鑑志

附

山鐘夜渡空江水

獻縣劉其年芝泉

一水環山寺，横江暝色封。尋聲如唤渡，入夜忽聞鐘。過嶺將沉浦，摇天尚抱峰。鯨鏗懸八百，鼉浪破千重。低曳波光定，虚涵石氣濃。暗潮和月上，斷響帶烟冲。清夢何人覺，遥空有鶴從。鳳樓延曙色，待漏慶躬逢。

獨揀詩章教鸚鵡

慧舌憐鸚鵡，聰明未解詩。揀應存艷什，教獨啓靈思。啄稻依籠久，披沙得句奇。前頭芟細語，上口習新詞。刷羽添文采，聞歌憶別離。賦從黄祖愛，派與白家宜。待唤垂簾後，曾驚下筆時。心經誰共授，綺語戒須持。

日長花氣撲人衣

萬花深醖釀，一氣襲芳菲。天届初長日，人來欲撲衣。有風增馥鬱，不雨亦霏微。汁染疑彈柳，香熏勝盥薇。壺中駒小住，襟上蝶雙飛。潤比沾雲似，輕知叠雪非。珠塵吹滿徑，錦障簇成圍。禁籞晴暉永，爐烟惹袖歸。

賦得天心水面[①]（得知字，五言八韵）

魚躍鳶飛地，風來月到時。天心開晚霽，水面净春漪。丹桂初團影，青萍偶漾絲。了無雲點綴，微覺浪參差。鏡朗空明界，川流活潑思。高懸珠彩焕，遠送縠紋遲。檻外情俱適，環中理可窺。御園宸賞洽，理藴契真知。

---

① 録自劉其年會試硃卷。

卷十一　獻陵劉氏懿行録

獻縣式三劉修鑑　敬輯

和劉仙石見贈即次原韵

河間左喬林

儒生弄毫素，貴立一家言。况生壽陵鄉，尤宜紹前賢。獻王富典籍，文光照山川。後有文達公，詞源滚流泉。茫茫千百載，絶續一綫牽。濁世佳公子，又有瀛州仙。劉家三珠樹，皎潔超塵緣。君尤擅夙慧，學海深無邊。石人靡兜鞬，竹書徵紀年。雲斤文陣斫，月斧詞鋒懸。硬語盤空來，五丁力開山。麗句濯蜀錦，天上坐春船。高軒賦總角，神愕昌黎韓。恨不識君早，使我豁心顔。今春同舌耕，相遇芸窗前。瞻君冠玉姿，陡覺俗慮捐。讀君錦囊詩，服膺常拳拳。愧我無大志，願坐寒齋氈。五斗懶折腰，百里羞争權。豈曰慕高尚，淡性難移遷。君才可預券，他年玉笋班。嫏嬛控秘笈，金簡與瓊編。出守導五馬，豈羡集三鱣。携將五色石，鎔補媧皇天。學問兼經濟，勳業高雲淵。

長至登安順城中塔山作歌呈仙石太守

桐鄉嚴緇生辰

冷雲下垂天漫漫，至日不行非閉關。豺狼當道道爲塞，主人留客姑盤桓。羈愁不耐竟日坐，忽聞城中有塔山。一騎獨出問何往，寺門只隔街三灣。僧雛引我徑造頂，不覺四顧舒眉攢。

黔山處處苦叢薄，目力所到輒被攔。此郡岡巒持①疏落，此山中聳成奇觀。群峰環擁東西南，獨放北面天宇寬。略見遥山四五點，綽約隱見如仙鬟。霜林落盡了無障，從知眺遠宜天寒。城中萬户若鱗次，屹然重鎮非彈丸。昂頭北望遠無際，驀地令我思長安。吾皇今日受朝賀，玉階仙仗排千官。消寒正獻九九盒，冰鮮賜出堆銀盤。草茅下士蟣虱臣，亦曾拜闕瞻龍顔。臨雍觀禮幸與列，俯伏側聽鳴和鸞。而今淪落向荒徼，早行夜宿儕苗蠻。却因令節發遠慕，葵藿亦抱丹忱丹。况公早作香案吏，承恩屢見芝詔頒。皇華奉使極榮遇，吾鄉文藪曾網珊。一麾出守走萬里，天教風俗移苗頑。才人大都愛山水，政暇亦可常躋攀。萑苻四起愁殺人，運籌决策那得閑。酬恩中外自一體，其奈蒿目逢時艱。玉堂定有清夢到，回首天上非人間。作詩投公公勿笑，野人亦欲談金鑾。

途次寄謝劉仙石太守

桐鄉嚴緇生辰

九衢識面已前游，不意相逢在此州。莫惜攀陪纔五日，居然商榷到千秋。蓬萊豈入凡夫夢，樗櫟偏邀大匠收。滄海横流何處好，避氛可得向瀛洲。

飛符忽報失安南，射覆藏鈎宴正酣（初四日，在公署小集，談宴正歡，忽報安南失守）。驚破歡場空咄咄，傳聞小醜尚耽耽。公

① “持”，嚴辰《墨花吟館感舊懷人集》作“特”。

能决勝機休失，師要遄行亂易戡。却笑書生真命薄，窮途一醉亦難堪。

十年索米住長安，頗荷群公异眼看。一自南奔拋儔侣，幾回北望愴孤寒。蠻烟瘴雨才人少，流水高山識者難。今日見公狂不得，紛紛珠玉落毫端。

任丘晤仙石前輩賦呈

桐鄉嚴緇生辰

七載思公夢亦寒，雲龍會合忽無端。還鄉且喜雙旌貴，憂國驚看兩鬢殘。世變離奇難逆料，宦情瀟洒任旁觀。微名那足酬知己，衹恐青霄未易干（甲寅惠題拙集，有“感遇莫争雲出岫，儲材應待樹干霄”之句）。

感舊懷仙石觀察暨令子伯洵明經①

桐鄉嚴緇生辰

曾邀青眼慰途窮，復與郎君縞素通。老鳳既吪雛鳳靡，令人咄咄欲書空。

---

① 嚴辰《墨花吟館感舊懷人集》中題爲：劉仙石觀察前輩書年暨令子伯恂明經。“素”作“紵”。詩後有注：公爲直隸獻縣人，道光乙巳翰林，官至貴州候補道。余于咸豐甲寅道出安順，與公相識，以詩就正，極承鑒賞。迨丙辰到京後，又與令子伯恂明經交契甚深。

二月二十日，以病新愈，命同兒赴貴陽，書寄劉仙石書年觀察

遵義鄭子尹珍

病起忽若夢，不知此何節。惟見櫻桃花，滿山白如雪。憶我除日歸，絶粒已半月。居然不許死，天意豈無説。持杯勸口飲，汝窮命真鐵。

三年弃校官，無疾羡藜藿。醫師頗相妒，不買一錢藥。豚羜蹴唐園，陰陽患因作。饑飽有定分，違即攘其鑿。逝結無情游，行歌老帶索。

河間劉大夫，儒雅今文房。小男十二齡，月讀能一箱。乃肯坐令拜，侍盤辱符郎。人老愛佳子，病過畏遠方。清晨花樹下，正咽天人糧。念至忽抱書，翠眉立我旁。無緣使終業，慨然思禮堂。

識途豈乏良，疏請差厥峨。還書驚深眷，謂即小兒可。我已不足師，況乃更遜我。盛意良難違，事賢彼猶頗。老深舐犢愛，行笈計瑣瑣。遥懷正五游，樂事慚坡過。吁嗟意氣感，正不爲貧餓。

清晨坐亂堆，日夕不出門。山花漲香海，開落忘問存。厮氏起欠伸，吾亦頭眼昏。貧人做富事，勞力增病根。旁觀竊相

笑，此意難共論。古來幾窮者，正以爲昔魂。心想迫衰暮，命在何復[1]言。

秋夜有懷仙石芝泉昆仲

同邑崔士元次龍

十城雄郡將，廿載舊詞臣。鑾花拂貂珥，應念故園春。

如不識字人，豪俠厭迂腐。金門久困頓，憐君好眉宇。

十一月十五日月下爲詩吊仙石

同邑崔士元次龍

嗟來秋冶子（仙石自號），而已返其真。茫茫天地間，而我復爲人。人生能幾何，匆匆向蒿裹。思君中腸熱，同臭摧蘭芷。憶在春夏交，君從夜郎來。衰墨届小祥，形瘁心彌哀。終天痛萱闈，春暉别寸草。寸草不獨生，銜悲萬里道。夏初遠見過，吐辭若冰雪。書我手中扇，竟作千古别。蟹老黄花秋，我歸自春明。夢君輿蓋來，長揖更遠行。長揖更遠行，袖出一卷詩。開視青電光，驚覺君何之。去君幾何許，起坐然疑作。聞君在床蓐，心病不可藥。我懷數日噩，知君乃騎鯨。五城十二樓，迢迢白玉京。人間已茫昧，安能知地下。剪紙招君魂，哭君泪如瀉。拳拳車笠盟，金台寫素心。招我紅藤杖，賞我緑綺琴。

---

① "何復"，《巢經巢詩鈔》作"復何"。

携我舊吟卷，延賞漫盧胡。使我浪得名，藉藉滿帝都。五馬之大涯，軍書恒旁午。聞君擒蠻酋，破巢得銅鼓。不以矢石危，不以豸冠榮。將母徒有心，賢勞阻君行。傷心詎有極，母歸不再見。臣死歸鄉前，質亡瘦形在。哀我寒畯朋，痛我筆硯交。詎知即夜臺，千年不復朝。檢我舊書篋，剩稿雜柬牘。招魂不得語，焚詩以當哭。

卯金子行贈姊夫劉伯洵

南皮張孝達之洞

大鵬向南飛，萬里一徘徊。羊角多迴風，轉爲葦上鷦鷯哀。狂國笑狂類如此。河間今見卯金子，卯金之子能好學，雙瞳奥澈剪秋水。問君據案讀何書，乃是黄帝太公之陰符。神州如沸何人責，作此寂寂真非夫。既不羨賤儒科名嚇腐鼠，復不爲才人詩酒鬥龍虎。纖美容儀何害崔伯深，縱横大略誰識陳同甫。我性樸鈍君靈奇，匆謂相反却相知。雄談能使臧獲訝，標榜誤被親朋嗤。規我太剛必損缺，我亦戒君精鋭防顛蹶。固知利用非鉛刀，更憂經久無冰雪。君今杖策游燕都，新交得有奇士無。山水雖好琴弦歇，風雨方急鷄鳴孤。勉旃崇德且餐飯。金玉終當遇薛卞，商歌夜火何時旦。

寄示劉葠生（肇埈）

獨山莫郘亭友芝

葠生于記誦，乃獨易于詩。固喜别材美，亦賴經訓基。兒童宂章句，要及勺舞時。逮其人事多，專精已難爲。慎勿嗜好雜，實此朝光曦。乃翁名翰苑，樸學守漢師。教爾劇致慎，庶幾嗣其規。兩歲郡齋聚，遠道惜路歧。此別定久近，經畬好敷菑。須令再執手，起予過所期。

筱春賢阮近日思歸，有鬱鬱不自主意。因憶鄙人當庚申之變，日居危城中憂愁苦思，真無可解，遂作觀夢、觀我兩詩以自慰，特録呈一粲，即以解嘲可也

太谷温味秋忠翰

觀　　夢

杞人不解事，獨抱蒼天憂。今我亦傖父，乃爲斯世愁。同處大夢中，勞勞何時休。况夢乃噩夢，顛倒無來由。歡樂何減少，哀怨何紛稠。或若登蜀道，或如困楚囚。驚悸嘆蛇豕，惝怳傷蜉蝣。醒者已決絶，夢者徒淹留。更有夢中夢，奔走傾王侯。夢外亦有夢，小覺歸林邱。我畏斯夢惡，安睡願乃酬。客有占夢者，請試爲推求。蒼生亦何辜，逢此離亂秋。占者啞然笑，爾夢曾醒不。

觀　　我

翰也無寸長，自謀計亦拙。京華二十載，入世多怠忽。齋

館殊寂寥，友朋常契闊。涸轍類魚枯，端居如蚓結。我與我周旋，二我共淒了。故我笑我冷，面冷心膽熱。今我笑我痴。情痴心傲兀。我身雖不才，我心自坦率。先求我自諒，方可與世質。焉知世變深，因我更奇突。我前赤狐飛，我後豺虎歇。我居嘆屢空，我行慮顛蹶。殷憂從中來，攬鏡照華髮。中亦有我相，相對兩淒絶。我曰汝勗哉，努力保霜雪。

大雪送式三弟沙市歸省，用坡公鄭州西門別子由韵

女兄文嘉

別酒欲傾愁兀兀，客子聽鷄待明發。陟屺無辭行路難，莫使倚閭悲寂寞。咫尺天涯言笑隔，行迹旋看雪花没。嚴冬于役愁衣薄，舟楫馬蹄銷歲月。行人嗟嘆農人樂，雨雪載途寒惻惻。從來志士恥温飽，居無求安爾毋忽。起登高閣望歸人，人去江空景蕭瑟。莫因別去慘離愁，色笑娱親供子職。

寄懷式三族弟

清漳鉅元

生逢季世歷蹉跎，無限詩情感慨多。垂老光陰愁裏度，頻年喪亂夢中過。饑寒翻为兒孫惜，衰病偏招筆硯磨。花甲餘生無長進，放懷惟有一高歌。

次式三世哥見贈韵

宛平袁寄萊勵杰

珍重清芬百代前，壁中金石有深緣。檐邊剩有瀟瀟竹，相對無言俗慮蠲。

獨懷利器憑誰語，博覽群言有所思。曾是廬龍舊令尹，豈徒名吏復名師。

式三世哥歷宰名區，清廉足式，年來坎坷抑鬱，時以詩鳴，兹步原韵，率成短章以志欽仰并希教正

三黜何曾枉事人，每從直道見天真。吏才總被詩才掩，成事翻爲敗事因。不信囊中無智略，誰從席上聘奇珍。前程不乏迴翔地，竟入文壇誤此身。

拜讀琅函，實殷葭憶。仰瞻玉律，如睹㝵輝。錕益昌下士，樗櫟自慚。馬齒徒增，依人壓綫。謬蒙青睞，感慚交加。前賦短章，藉抒鬱悃。疇意山歌村笛，引出大呂黄鐘，洵幸事也。謹次元韵，再忝效颦，倘邀不弃，仍希郢政。他日登龍，再當親承麈教，盼何如之

永清劉以鋒用錕

黄鐘白雪調驚人，不弃雕蟲感激真。倚馬每深慕李意，登龍愧乏識韓因。願言三叠歌流水，蒙惠雙魚等錫珍。倘睹廬山真面目，和風馬帳慰心身。

劉君式三不吝珠玉賜和山歌，使錕受寵若驚，無任雀躍，再步瑶章，仰酬雅誼，并祈指疵

永清劉以鋒用錕

家學淵源代有人，望風拜手每情真。劍南吐囑八叉彦，河北賡歌兩樹因。似我庸才磚引玉，盼君時錫月明珍。仰攀願結神交誼，可許程門立雪身。

次蓮池送春韵賦贈（有引）

修文戚璧如廷瑄

甲子歲奉檄松州，適式兄于役彼都，極相契合，遂締交焉。

嗣兄出宰綏東，轉遷遼北，分飛各別十有餘年。庚辰春，同客范陽，重逢舊雨，每談往事，輒盡更籌。兄以所咏蓮池送春屬和，勉步原韵，藉志鴻泥。

吾愛陰餘子，襟懷秉太和。苔岑交已厚，磋切荷尤多。勞燕頻飛散，滄桑幾度過。西窗重話舊，不問夜如何。

敬誦蔭餘世丈保定留別之作，次韵奉和

諸城劉鳩庵維城

乘興能高咏，雄談四座傾。閑愁餘宦迹，别緒入詩情。我本鳩安拙，君真鶴待鳴。故都吟眺處，舊雨笑相迎。

讀陳君小方叠留别韵之作，不覺技癢，勉步一首，録呈蔭丈一粲

諸城劉鳩庵維城

舊雨賡三叠，陽關酒待傾。愛民循吏志，惜别故人情。鵲喜連朝報，騶還指日鳴。妻孥歌樂爾，僮僕亦歡迎。

同鈍禪老人赴齋話别，叠留别韵奉寄蔭餘世丈

不讀文通賦，歡然笑語傾。論交原有舊（丈與家叔少卿先生在鄂共事有年），話别更多情。亂世衰難起，狂懷憤欲鳴。今生休返古，聊復學逢送。

送蔭公大令之燕京，即步留别韵

涿縣陳小方善同

歲首袁絲去，明湖意每傾。與君今又别，嗟我若爲情。祖道虚三雅，驚人聽一鳴。長安名利地，莫更懶逢迎。

前詩意有未盡，再成一章，仍步留别韵

諸城劉鳩庵維城

促膝趨公隙，詩懷每共傾。那堪分道意，無限逐雲情（用東野事）。柳怕臨歧折，蜩因惜别鳴。有人翻喜色，籃笋盼相迎（數歸期者如願以償矣，一笑）。

蔭公有燕京之行，不禁觸我歸思，三叠留别韵，并呈哂政

荆榛彌遠道，客舍泪頻傾。行矣看君去，歸歟觸我情。深閨縈蝶夢，别路聽驪鳴。每念痴兒女，牽衣累送迎。

蔭餘先生年逾花甲，慷慨悲歌，壯心未已。來保後，與諸同人過從唱和無虚日。兹以將有燕京之行，賦詩留别，鵬翼扶摇，將于此行卜之。次韵呈政，并以作鴻泥之迹云

交河蘇鈍禪耀宗

金臺招俊乂，才望久同傾。遽報遷喬喜，難勝折柳情。鬢華春已暮，匣劍夜猶鳴。他日長安道，停車一笑迎。

蔭餘重游保定，行將遄返，同鳩庵、小方、籲孫餞于蓮北，即席賦贈

交河蘇鈍禪耀宗

不墜青雲志，馮唐晚遇奇。浮生常落拓，佳興總淋漓。游刃才原裕，操觚學未遲。君家饒治譜，樂善偶從師。

浪迹江湖久，瀛洲舊比鄰。交從文字密，詩愛性情真。荷沼重逢夏，京華幾度春。莫辭杯酒意，展足看飛塵。

蔭丈以事重游保陽，將返舊都，乃同鈍翁、籲叟、小方公餞蓮池，賦此爲贈

劉鳩庵

先芬世德仰循良，翰苑聯翩譽復揚。奕代清廉垂矩範，半

生艱苦歷滄桑。拯民有地猶初願，課吏成班亦舊章。此日禮堂齊鵠侍，訓詞典麗誦輝煌。

古蓮池上藕初栽，前度劉郎恰又來。待到高吟消暑候，不期送別看花開。盤飧薄具非珍味，樽酒新沽乏舊醅。不飲也能知醉趣，共君高舉掌中杯。

敬讀蔭丈留別言之作，依韵奉答

劉鳩庵

异地時相聚，情懷老倍親。雖爲干禄侶，也是亂離人。酒罷言無盡，詩成味益醇。宰官身再現，馳騁舊畿塵。

蔭餘翁重游將返，賦此惜别

陳小方

百里曾爲令，甘棠處處花。爲諳新治譜，重理舊生涯。共伫青雲上，休云白髮奢。一尊聊遣意，同泛臉波霞。

晚如得相識，文章結古心。重來成小聚，惜别更長吟。夢繞燕南路，風傳冀北音。蓮池花正發，香氣襲衣襟。

己卯臘八雪夜，哀雲亭從侄四首 (有序)

蔭餘

昨得鈍成仲弟書述悉，故鄉于十月之交又罹匪患，云侄負其八十老母逃竄村野，竟中流彈以殞。侄幼年失怙，母撫成立，頗能博其歡心，鄉里亦重其人。偶有紛争，一言立解，誠屬後起之秀。聞其慘亡，曷勝惋慟，賦此短章以哀之，并望大雅君子憫其遇而矜其行，表而章之，藉作叔季忠孝之氣名，庶不與草木同腐，或可慰其九原也。

噩耗傳來感且驚，之推偕隱竟捐生。可憐垂老倚閭望，日日應將血泪傾。

患難相隨忍負親，由來孺慕見天真。精誠死去應難昧，料得仍依白髮人。

作善降祥不善殃，個中消息總微茫。苦心詎料天仍負，欲扣重閽問彼蒼。

歐風東漸不堪論，生長誰知襁負恩。濁世如君能有幾，愁雲長掩護持村 (里居村名護持寺)。

劉君式三令侄雲亭先生孝媲綿山，慘歌薤露，望風懷想，能不依依，勉步元韵，藉表欽仰

永清劉用錕

大雅云亡世所驚，光風霽月仰前生。仲連仙去紛難解，慕李情殷有泪傾。

劉臻椒獻足娱親，負米斑衣自有真。孝思感天天有召，前身想是玉樓人。

蠢爾萑苻肇禍殃，綿山殘月路茫茫。文章不永機雲壽，魂繞慈萱鬢髮蒼。

星沉處士不堪論，碑口枌榆説舊恩。他日令威應化鶴，凄迷烟樹護持村。

步蔭餘老人挽其從侄遇難負母中彈而亡元韵

雄縣郭雨村芳春

草木風傳鶴唳驚，倉皇負母冀偷生。彼蒼不恤旻天孝，竟爾須臾一命傾。

流離詎肯弃慈親，生死同甘性自真。飛彈一聲全孝道，倚廬哭煞白頭人。

池魚無妄竟遭殃，因果循環更渺茫。作善降祥今適反，不禁搔首問芎蒼。

倫常久弛不堪倫，末世誰知父母恩。偕隱綿山同一轍，可曾烟火禁荒村。

哀獻縣劉孝子雲亭

劉鳩庵

當年詩禮號儒鄉，烽火頻頻作戰場。至竟安全何處是，暫離村舍避灾殃。

萑苻遍地日驚猜，忍使慈親陷眚灾。背負倉皇尋樂土，不圖奇禍突飛來。

寸心原欲報春暉，冒險何期願竟違。寒月凄風聞鬼哭，歸魂猶自戀慈闈。

憫　孝　行（有序）

陳小方

獻縣劉君雲亭，今之孝子也，負母避亂，慘遭不測，心爲哀之，而作是詩也。

茫茫天道殊堪嗟，奇禍偏罹孝子家。孝子家居獻王里，彭城著姓敦詩禮。弱歲身丁陟怙悲，雛孀崽子交相倚。長符鄉望衆所尊，鼠牙紛争片言已。菽水家貧善養志，承歡長得親心喜。五十而慕古所希，于今六十猶孺子。饑饉貧年多盜賊，大好田廬恣聚嘯。官兵一旦搗其巢，村前村後硝烟罩。流彈紛紛如雨散，村人避地争逃竄。白頭人負白頭母，力衰路阻行來慢。欻如一彈風聲送，母身墮地兒胸洞。兒死母啼兒不知，道旁觀者咸爲痛。母今龍鍾八十奇，殘年倀倀將何之。所恃惟兒兒已死，縱復能生復幾時。吁嗟乎！縱復能生復幾時，茫茫天道竟如斯。

哀孝行

蘇鈍禪

雲亭，獻縣望族，夙有孝行，爲鄉里所重。己卯冬，其村適兵匪交鬨，槍彈如雨。雲亭負母逃出野外，中彈而亡，時矣聞者傷之。

衰翁竭蹶行且憊，尚有老母在其背。寇來如虎兵如雷，飛鋒所及無不摧。奔馳衹爲全老母，母全子身復何有。倉皇脱出兵刃間，身死心安骨不朽。淋灕碧血殷黄沙，行人掩泪争咨嗟。云是獻陵卯金子，奕葉書香蔚國華。可憐亂世命如蟻，惡耗傳來駭人耳。豺狼人立沐猴冠，非此莫見忠臣孝子光明純潔之心肝。

吊劉雲亭姻兄

河間趙浚川

炮火連天逼近村，扶持老母出閭門。峻坡方下初移步，流彈横飛已斷魂。鴞嘯烏啼徵惡兆（數日來，有烏鳴庭院，雲亭深惡之），洞胸破腹剩傷痕。萱堂衰邁兒孫弱，誰報昊天罔極恩。

苦雨憶妹孟端[①]

遵義唐鄂生炯

平生女兄弟[②]，栖心在松柏。分手四月多，遽如十年隔。書來説家鄉，亦雨無其極。念我遠羈宦，勤勸加餐食。寒燈照無寐，厭聽檐溜滴。

有懷寄諸妹成都武昌

遵義唐炯

維余女弟四，長者歸于劉。夫婿家河間，千里悵悠悠。婿没翁亦殂，望[③]門雙泪流。之死矢靡他，傷哉賦柏舟。仲氏適同里，式好固無尤。中道忽分折，不得到白頭。縱有遺腹子，何

① 《獻陵劉氏家乘》作“苦雨”。

② 《獻陵劉氏家乘》原有注：謂劉氏妹。

③ 《獻陵劉氏家乘》，“望”作“壹”。

以解我憂。滿君嫁南皮，張季真好逑。謂余不家食，連年事戈矛。至誠結大願，長齋不茹饈。書來悔嫁早，念我無時休。小妹遵女訓，儀度何婉柔。恨都不作男，吾家其衰不。奔走二十年，足迹天下周。九死餘一生，未能雪大仇。壯也不如人，老矣焉能售。讒夫屬高張，隨事生瘡疣。巨魚念縱壑，蒼鷹民脱韝。自非貪餌故，寧復網羅投。臨餐獨三嘆，悼往難爲收。各各厲所守，毋貽地下羞。

唐貞女劉母事實册題詞

湖南瞿根約方梅

男童而殤，女童而嫠。彼蒼者天，百憂其罹。(一解)
天之厄我，實爲我特。身雖未嫁，義則已匹。(二解)
睢以摯别，人而不如。之死靡慝，日諸月居。(三解)
舅姑兄公，相繼而隕。我天何依，得正而盡。(四解)
惟天粤宛，福不唐捐。報施明德，厥光其門。(五解)

題旌表貞女劉母唐太宜人事實册

畢節路金波朝鑾

父忠烈，女貞美，一門節概照青史。女身未嫁女夫亡，女心湛然古井水。撫孤矢志存宗祊，女夫無子今有子。或云廟見禮未成，胡爲守義相終始。平生一諾重山邱，小孺咋舌寧辨此(明歸熙甫《貞女論》謂：女在母家不應以身屬人，所許嫁者亡而爲終身，不和于義)。悲哉禹域灌洪濤，破裂綱維羶附蟻。翻雲覆雨翳何人，馮道褚淵真愧死。欲將巾幗勵鬚眉，懦立頑廉孰與起。君不見，獻縣劉君未嫁室，威恪公女曰唐氏，父忠烈，女貞美。

敬題旌表貞節劉母唐太宜人事實册爲式三大令作

樂亭史康侯履晋

金閨有女含冰霜，夫族曰劉母氏唐。生時未識夫容貌，夫死甘心稱未亡。仰藥殉夫志未遂，刲臂療母心逾傷。舅姑兄公相繼逝，家無所依心不二。姑有繼子已生兒，在室撫兒爲夫嗣。柏舟苦節廿餘年，終以殉親成夙志。唐劉二姓皆名門，一則忠臣一循吏。衹今嗣子能顯揚，恪守家風無失墜。手編遺事來徵言，愧乏雄文表奇懿。吁嗟乎，古來姆教重讀書，讀書守禮成名姝。今人讀書蕩閑檢，翻嗤貞義爲庸愚。狂瀾既倒不可挽，爲世詬病如妖狐。安得母儀式天下，重興婦學除腥洿。

題劉節母事實册

湖南雷小秋飛鵬

春秋録伯姬，風詩美共姜。此義揭日月，衰世俗不良。矯矯唐大家，幼小性懷常。乃字劉夫子，天胡童而殤。凛凛二斬義，一痛絶衷腸。天既不我死，修夜安得暘。謹身報地下，皎然厲冰霜。既貞亦以孝，頹風賴以匡。肸鄉報明德，允以受命昌。

敬題旌表貞節劉母唐太宜人事實册爲式三表弟作

寧河王酌笙聞長

父爲忠臣女則貞，刲臂殉母孝以成。立石志墓言有兄，聖君賢相爲之旌。獻王遠裔家難丁，童而傷者十四齡。女媧補天天爲驚，興滅繼絶延宗祊。邱淵高下理亦平，人禽霄壤一念争。嗚呼！黄帝立國千萬年來此風忽已古，使余提筆四顧心怦怦。

敬題叔母唐太宜人畫册家書

女侄文嘉

念昔我祖守黔地，至今黔民頌廉吏。叔父隨侍舞勺年，能賦高軒有奇志。忠孝門楣遵義唐，金閨有女稱賢良。刲臂和藥療母疾，敦書悦禮工篇章。碩儒鄭（遵義鄭珍）莫（獨山莫友芝）兩夫子，兩家絳帳傳經史。殷勤執斧致冰言，門墻桃李偕連理。鏡台聘定始經年，昌谷嘔血竟不起。叔母笄年屏羅綺，斷髮毁容甘九死。朝朝零泪緣縏纓，環瑱永撤北宫嬰。未容寡鵠歸鴛塚，長傍靈萱植女貞。二十餘年如一日，有後承祧心事畢。晚年妙理悟南華，皎潔冰紈工點筆。丹青畫本摹滕王，蛺蝶圖成超謝逸。孤飛雌鳳甫將雛，遽控鸞驂返太虚。數紙家書明夙志，行間猶見泪凝珠。柏舟詩賦無遺稿，此扇此圖獨完好。片羽吉光幸尚存，栩栩如生集芳草。八千里外韓憑墓，雙飛影見交柯樹。遥憶松楸涕泗揮，都梁手爇紀遺徽。子孫百世藏宗祏，彤管常增家乘輝。

奉題劉節母畫册

蕭山錢單士釐

閨中猶子竹林才，揚播仁風慰夜臺。一片慈心傳翰墨，温家母訓詔將來。

女節忠親事可悲，芳流青史日星垂。但將名教扶頹俗，試讀瀧岡表墓碑。

劉節母畫册家書題詞

錢唐吴子修慶坻

威恪高門祗教忠，璇閨弱質有儒風。阿兄苦語銘貞石，留待千秋耀管彤。

賦悲英鵠魯陶嬰，玉札綢繆古性情。詩教河間本柔厚，崇臺應與築懷清。

題劉節母畫册家書

仁和葉伯高爾愷

天然性德坤安貞，十四齡女爲陶嬰。陶嬰黄鵠曾諧鳴，女也未識夫容型。義氣更使人天驚，割臂療母疾①惟貞由。孝成縞素廿四載，一朝危坐歸瑶京。女誡閨箴夙誦習，針樓餘事工丹青。留傳此册世寶貴，對之凛凛心魂清。父爲監司殉國難，千秋祠祀光英靈。郎有季母亦烈婦，後先輝映門題旌。兩家三仁成鼎足，地維天柱賴此撑，無裂崩吁嗟乎！變詐人心甚蝮虺，世界玄黄靡所止，慕楚朝秦不足耻，聞節母風顙應泚。

題劉節母家書畫册

江都卞薇閣綍昌

黄鵠山頭憶孝烏，昔傷父爲國捐軀。何期憑吊千年石，也作貞珉痛望夫。

柏舟矢志重葩經，知義猶嘆在弱齡。生死相依慈母側，女貞終古自青青。

繪事曾分刺綉功，爲留團扇奉仁風。開緘况有遺書在，字字珠圓與泪同。

久欽道韞謝家才，視若杯棬意倍哀。門有題旌家有乘，此情已足慰泉臺。

① “疾”應為衍字。

壬子秋敬題劉節母唐太宜人遺册

貴陽邢蟄人端

未甘同命作鴛鴦，漫歌黄鵠自摧傷。貞心九死終無悔，續得清芬一脉香。

嘉木葱蘢識女貞，高臺今更築懷清。成山名論關風教，要爲璇閨洗不平。

節義忠貞萃一門，天留餘澤庇靈根。人間今見何無忌，畢竟彭城有子孫。

懿範長隨蝶夢消，衹餘柔翰上輕綃。揚州倘拜梅花嶺，定逐貞魂一例招。

先姑母劉宜人遺象、手札、畫扇合册，式三表兄命題，敬書其後

侄唐益公

兩世心肝奉至尊，至今滇楚尚懷恩。無私天意憐芳潔，故遺忠貞萃一門（先祖撫楚，先公撫滇，至今彼都人士感念不替）。

志皎冰霜動九天，揚徽意美感前賢。梅花嶺上千林月，長與寒謦照歲年（同治十二年，直督李文忠公列姑行誼以聞，旌焉，卒又

葬梅花嶺先祖母墓右。蓋是時表兄尚幼，其家遠而又無可依者，不克歸櫬獻陵也）。

太息生遲事寡聞，遺容瞻拜緬清芬。行高自足流千載，況有先公表墓文（益生姑殁已十八年，長讀先公所撰墓表，于姑生平始識一二）。

無限恩慈數紙書，撫孤心重肯躊躇。平生荼苦甘如薺，世澤方長定不虛（手澤數通，皆與侄論立嗣撫孤者，讀之動人。今式三表兄及其子積鴻、積治俱有聞于時，姑之遺澤正未有艾也）。

弱歲閨中蝶夢闌，枯榮夭壽早齊觀。霜毫不著閑花草，留取後人醒眼看（姑蚤悟南華，妙解無礙。性喜畫蝶，多以紈扇爲之，親舊家頗有珍藏者，此特其一焉耳）。

手澤重開泪數行，天涯同感鬢毛蒼。表貞自是關風教，詎獨蘇程兩姓光（册中題咏名作頗多，式三猶累相屬，矜慎，久未以報也。兹世變日亟，罔知止泊，懼孤盛情，勉事篇什，棖觸疇昔，相對泣然）。

補遺

讀劉仙石先生黔行日記①

陳雲誥

帝遣詞臣出，黔陽把一麾。壓裝三月記，行篋百篇詩。風雨觚稜夢，山河鼓角悲。驛程雖險惡，猶幸是明時。

響泉先生以劉仙石太守日記見示，讀竟感賦②

埶人邢端

雪虐風餐苦見侵，蠻烟瘴雨況相尋。七年游子還鄉夢，萬里勞臣戀闕心。歲暮懷人驚戰鼓，夜闌揮涕計祥琴。峴山幾度登臨遍，墮泪捫碑感不禁（公在黔惠政，張文襄志墓已詳言之。其旅途所經皆昔日北上舊道也）。

讀《黔行日記》後③

陳雲誥

夜郎罷郡又從戎，蹇蹇老臣孝作忠。萬里白雲親舍痛，兩年墨绖省防功。北歸通許驚風鶴，東過荆襄記雪鴻。想見吮毫

---

① 録自《劉貴陽遺稿》黔刻本。

② 録自《劉貴陽遺稿》黔刻本。

③ 題目爲編者加，録自《劉貴陽遺稿》黔刻本。

和血泪，奇文寧止柳州同。

讀劉公仙石日記詩稿敬書其後①

唐益公

記程兩卷動心脾，萬里黔山陟屺悲。墨絰無慚王輔國，千秋忠孝啓人思。

經説信是許無雙，餘事詩文亦大邦。前有潘張（文勤、文襄）近存素（吾鄉朱桂辛先生有堂名存素），闡幽心力到窮窗。

行吟到處起邊愁，不遣登臨體國憂。珍重殘縑留手澤（謂式三表兄），百年家乘重宜州。

題劉仙石太守書年黔程吟記②

桐鄉嚴緇生辰

九年仙吏住蓬萊，一障乘邊瘴霧開。莫怪賡颸詩體變，天教才子格苗來。

大江西上悲歌起，剩水殘山戰血腥。最是岳陽題句好，聲聲變徵不堪聽。

---

① 録自《劉貴陽遺稿》黔刻本。

② 録自《墨花吟館詩鈔》卷之三。

霞客閑情著游記，山薑餘事輯黔書。此編一出成三絶，莫惜傳鈔累小胥。

鄰疆忽地起干戈，洗甲憑公手挽河（時安南有警，公將親帶團練防勦）。儒將敦詩誰和者，狂奴準備制鐃歌。

爲劉仙石太史書年畫扇[①]

潘曾瑩

鎖院夜不眠，真趣静中領。知君抱古懷，爲此蕭寥境。月華孕波心，雲氣互松頂。昨夢叩柴扉，山山踏秋影。

題劉仙石書年先生所藏《春山幽隱圖》[②]

鄭伯更知同

懶僧不出山，俗士不入溪。天然邱壑誰管領，衹有烟霞野客來無期。脱巾緩步日卓午，酒榼茶鐺行自携。偶逢佳處得小憩，静掃苺苔坐忘機。水流雲起别天地，猿鳴鶴唳空塵羈。倦游一盞助歌嘯，但聽松風謖謖過頭吹。借問人間那得此，無乃襄陽米老黄鶴之幽栖。吁嗟乎！東山戰伐西鼓鼙，河清欲俟知無時，安能着我移家奉親老，青鞋布襪長追隨！

---

① 録自潘曾瑩《花間笛譜》卷一《庚戌春闈紀事十首》，光緒六年庚辰（1880）影印本。

② 録自鄭知同《屈廬詩稿》卷一，《清代詩文集彙編》720 册。

後　記

《歷代獻縣詩鈔》的倡議最早是由于萬復先生發起的。萬復兄熱愛家鄉文化，有感于家鄉文化博大而散佚甚夥，于是想將獻縣歷代詩人的作品匯抄出來，讓後人知道家鄉文化的繁榮。隨着搜求範圍的逐漸擴大，萬復兄深感匯整詩鈔已經非一人之力所能擔當，就將熱愛獻縣文化的家鄉人聚在一起。我于 2013 年加入整理獻縣歷史文化和詩鈔的行列。

獻縣歷史上詩人衆多，家集衆多，由于古代印刷業不發達，許多詩人的詩集多是以鈔本、稿本的形式存在，甚至許多衹此一家，因此詩集散失無考者众多。首先在萬復兄的带領下我們進行了起底式的检索，將詩文提要、方志、家譜、詩集中提到的獻縣人的詩集做了清理，也就是要知道我們都有哪些東西。然後再逐一落實，哪些詩集存在，存在什麼地方，有幾種版本。在這些基礎工作之上，我們搜求和抄録兩條腿走路。

抄録的過程中甘苦與共，時有前途暗淡，時又柳暗花明。崔士元是清代道咸同時期的著名詩人，著有《雪廬詩草》，民國《獻縣志》上也有著録，可惜搜索了許多圖書館都没有查到，我們以爲這部詩集不存在了，準備放弃。2014 年我們在國家圖書館古籍部查到了張之洞輯刊的《思舊集》中崔士元《鷗影詩録》，抄寫完成後，我與李浚之輯録的《清畫家詩史》中崔士元的詩比照，發現多數詩歌并不出自《鷗影詩録》。一天，我讀《清史稿》查閱資料的時候，發現有資料記載崔士元的《雪廬詩草》進入了《清史稿》，我于是在《清史稿》中尋找，但始終不知道哪個集子中有崔士元的詩。後來在民國一位詩人的集子中發現崔士元是“燕齊四家”之一。我開始在各大圖書館中檢索“燕齊四家詩”，最後在天津圖書館找到了崔士元和他的《雪廬詩草》，通過詢問胡艷杰老師，確定了我們苦苦追尋的《雪廬詩草》就在天津圖書館。在胡老師的幫助下，吕永森最終完成了對《雪廬詩草》的抄録。滄州的孫建先生知道我們搜求崔士元的詩集，又將他收藏的崔士元與紀堪琴《花王閣剩稿遺稿用韵》刻本提供給我們，最終使崔士元的詩集更加豐富完善。

《清芬叢鈔詩全集》是在民國劉修鑑鈔本的基礎上，結合我們的一些新發現完成的。獻陵劉氏一門忠義，詩書傳家，是典型的科舉家族，在獻縣、直隸乃至全國都有很大影響，是我們研究詩歌文化、科舉文化和文化世家的一個樣本。爲了做好這本詩集，我將目前所能見到的集子重新做了抄録和校勘。劉廷楠、劉肇域、劉修鏐、王韵婉等詩人的詩集只有《清芬叢鈔》中有，我們在國家圖書館古籍部進行了三校，力求保持詩鈔的原貌，對于重要的内容也做了適當的補遺。在整理的過程中，劉文嘉、劉修鑑姊弟爲傳承家族文化做出的付出，劉廷楠、劉書年父子的爲官、爲人、爲文、爲詩都深深地感動了我；唐孟端、沈氏、劉雲亭的孝節至今令人唏嘘不已。

在搜尋抄録的過程中，上海師範大學的楊廷智博士用自己的相機爲我們拍攝了劉清漳的《衡門叟詩集》；天津圖書館的胡艷杰老師一次次幫我們檢索拍照詩集，不辭辛苦；獻縣的劉振華老師爲我們提供了《獻陵劉氏家乘》，爲我們徹底弄清《清芬叢鈔》中的人物關係和詩人的生卒年月提供了幫助，也幫助我完成了《劉書年年譜長編初稿》。這樣的幫助還有很多，可以説呈現在讀者面前的這本詩鈔是許多人的無私奉獻和辛苦工作的結果。

這套詩鈔整理完成正趕上河北大學與獻縣人民政府戰略合作協議簽署，雙方建立了文化研究院，合作開展文獻整理工作，推進地方文化發展建設。《歷代獻縣詩鈔》就是合作的重要成果之一，由河北大學國學傳承與發展協同創新中心提供出版經費，中心主任劉金柱先生多次給予熱情的指導和建議。感謝河北大學國學傳承與發展協同創新中心，感謝河北大學文學院劉金柱院長。感謝獻縣人民政府高金庚副縣長的大力支持。感謝我的妻子金慧敏的無私支持。需要感謝的人還有很多，在《清芬叢鈔詩全集》的整理和抄録過程中，我得到了許多師長朋友的悉心指導和熱心幫助，感謝給予我幫助的人們！

杜書恒

二〇一七年三月一日